약편

仙道 체험기

21

신선神仙되는 길이 보인다
경이적인 현상이 눈앞에 펼쳐진다!!
선도수련의 현장을 체험으로 파헤친 충격과 화제의 소설

글터
GEUL TEA

약편 선도체험기 21권을 내면서

『약편 선도체험기』 21권은 『선도체험기』 94권부터 97권까지의 내용에서 선별하여 구성하였다. 시기적으로는 2009년 1월부터 2010년 1월 사이에 일어난 삼공 김태영 선생님의 선도 체험 이야기, 수련생과의 수행과 인생에 대한 대화, 이메일 문답 내용이다. 그리고 18번째부터 20번째까지의 현묘지도 수련 체험기가 포함된다.

한국의 고대사에 깊은 관심을 가지신 삼공 선생님은 『소설 한단고기』, 미래소설 『다물』 등을 저술하시고, 우리나라가 세계에 크게 도약하기 위해서 모화 사대주의, 식민 사관, 서구 우월주의에서 벗어나야 함을 강조하셨다. 또한 6·25 전쟁을 몸소 겪으셨기에 이념적인 이슈에 민감하실 수밖에 없으며 그런 배경에서 『선도체험기』에는 역사와 시사 문제가 자주 언급되기도 했다.

그런데 『약편 선도체험기』를 수련을 중심으로 엮다 보니 역사, 시사 관련한 이야기가 배제되었는데, 삼공선도가 출가하여 세속을 등지고 수행하는 것이 아니라 사회생활과 가정생활을 하면서 수련하는 생활행공 체계이므로 그런 이슈에서 동떨어져 있을 수만은 없다. 그래서 권수를 거듭하면서 이런 주제를 조금은 포함시키고 있다.

본문 편집 시 문장은 한글 맞춤법에 따라 수정하되 어투, 사투리 등은 가급적 살렸다. 원본에서 날짜순으로 나열된 이메일 문답 내용은 동일인의 경우 한곳에 모았다. 그리고 질문에 대한 답에서 중복되는 문장은 삭제하기도 했다.

이 책이 수행자들에게 도움이 되기를 바라며, 교열을 도와주는 후배 수행자 일연, 따지, 별빛자 님들께 고마운 마음을 전한다. 끝으로 『약편 선도체험기』를 발행해 주시는 글터사 한신규 사장님에게도 감사의 인사를 드린다.

단기 4355년(2022년) 6월 13일
엮은이　조 광　배상

차 례

〈94권〉

다음은 단기 4342(2009)년 1월 9일부터 단기 4342(2009)년 4월 30일 사이에 있었던 필자의 수련 과정과, 필자와 수련생들 사이에 오고 간 수련과 인생에 대한 대화 그리고 필자와 독자 사이의 이메일 문답을 수록한 것이다.

수련의 성패는 집중에 달려 있다

우창석 씨가 말했다.

"선생님, 수련의 성패는 무엇에 달려 있다고 보십니까?"

"수련의 성패는 얼마나 효과적으로 집중(集中)할 수 있느냐에 달려 있습니다. 단전 축기 역시 집중 여하에 달려 있습니다."

"집중이란 무엇입니까?"

"집중이란 우리들 각자의 의식과 정신력을 자기가 목표로 하는 대상에 결집시키는 능력을 말합니다. 공부하는 학생은 그가 얼마나 선생님의 말씀에 집중할 수 있는가에 따라 성적이 달라지게 되어 있습니다. 학자나 연구자, 기업인 역시 그가 원하는 대상에 얼마나 집중할 수 있느냐에 따라 연구와 사업의 성패가 달려 있습니다."

"그럼 집중이 잘되는 것과 잘 안되는 것 사이에는 어떠한 차이가 있습니까?"

"집중이 잘된다는 것은 집중할 때 잡념이나 번뇌 망상 따위가 개입하지 않는 것을 말합니다. 집중이 잘 안되는 학생을 예로 들어 봅시다. 그 학생은 교실에서 선생님의 말씀을 들으면서도 온갖 잡생각을 다 합니다. 맛있는 음식 먹던 일, 친구들과 재미있게 놀던 일, 전자오락실, 영화나 텔레비전 화면을 떠올리곤 하다 보니 한 시간 동안 수업을 받고 나서도 머리에 남는 것은 아무것도 없습니다.

그러나 그동안에 선생님의 말씀에 집중할 수 있었던 학생은 선생님의 강의 내용이 고스란히 녹음, 녹화되어 머릿속에 저장이 되므로 따로 공부하지 않아도 시험 때 좋은 성적을 올릴 수 있습니다."

"집중이 잘되고 잘 안되는 차이는 왜 생기게 됩니까?"

"집중이 잘되면 잡념에서 벗어날 수 있습니다."

"잡념이란 무엇입니까?"

"마음이 콩밭에 가 있는 것을 말합니다."

"어떻게 하면 잡념에서 벗어날 수 있습니까?"

"아상(我相)을 떠나야 합니다."

"아상이란 무엇인데요?"

"아상이란 이기심 즉 욕심을 말합니다."

"그러니까 아상에서 떠나려면 마음속에서 이기심과 욕심을 비워 버려야 되겠군요."

"그렇습니다."

"그럼 이기심과 욕심을 비워 버리려면 어떻게 해야 됩니까?"

"대인관계에서 나보다는 남을 먼저 생각해 주는 일이 습관화되어야 합니다. 아상이 강하면 강할수록 집중하려는 대상을 휘장이나 안개처럼 가려 주지만 남을 배려하는 마음이 강하면 강할수록 사물을 객관적으로 있는 그대로 진솔하게 시야에 들어오게 하기 때문입니다.

그러나 남을 미워하고 증오하는 데만 익숙해져 있는 이념(理念)꾼들이나 공산주의자나 사회주의자들은 바로 이 증오심 때문에 사물의 진상을 있는 그대로 파악할 수 없게 됩니다. 그래서 동서고금의 성현들 예컨대 붓다, 예수, 공자, 노자, 소크라테스 같은 선배 구도자들은 한결같이 남을 배려하라, 서로 사랑하라, 남이 나에게 해 주었으면 하는 일을 네가 먼저 남에게 해 주라고 입이 닳도록 말해 왔습니다.

이처럼 자기 자신에 앞서 남을 먼저 배려할 줄 아는 사람일수록 마음속에 사심이 없으므로 잡념과 번뇌 망상 따위에 시달리거나 끄달리는 일이 없게 되므로 집중이 잘됩니다. 그러니 자연히 공부도 잘하고 구도자가 되면 수련이 일취월장하게 되어 있습니다."

"요컨대 남을 배려하는 마음이 집중력을 키워 준다는 등식(等式)이 성립되는군요."

"바로 핵심을 찔렀습니다."

"이타심, 남을 사랑하는 마음, 역지사지 방하착 정신이 공부와 수행과 성공의 지름길이라는 말씀인가요?"

"그렇습니다. 이타심(利他心)이야말로 만병통치약이라고 할 수 있습니다. 수행은 이타행에서 시작되어 이타행으로 끝나게 되어 있으니까 그럴 수밖에 없습니다. 그래서 얼마 전에 선종하신 김수환 추기경도 범사에 감사하고 서로 사랑하고 사랑하라고 늘 주문처럼 외우시다가 눈을 감지 않았습니까?"

"선생님, 제 친구 하나는 고질적인 불면증으로 고생한 지가 10년이 가까워 오고 있는데 그 원인이 어디에 있는지 모르겠습니다."

"다른 특별한 질병은 없는가요?"

"없습니다. 병원 의사들은 심인성(心因性) 질병이라고 한답니다."

"무엇인가 정리되지 않은 채 마음을 괴롭히는 일이 있지 않나 생각됩니다. 어쨌든 그분도 자기 자신을 생각하기에 앞서 남을 먼저 배려하는 마음을 일상생활화 한다면 틀림없이 불면증이라는 고질에서 벗어날 수 있을 것입니다.

대인관계에서 내가 상대보다 좀 손해를 본다는 심정으로 만사를 처리하면 그 당장은 손해를 입은 것 같아서 께름칙하겠지만 마음은 늘 편할 것입니다. 힘이 좀 세다고 하여 남을 때려 준 사람은 그 당장은 승리감에 도취되어 기분이 좋을지 모르지만, 속으로는 매 맞은 사람이 혹시 진단서라도 떼어 경찰서에 고소라도 하면 나는 꼼짝없이 돈 주고 합의를 하지 못하는 한 감방에 가야 하는 것이 아닌가 하고 밤잠을 설치게 될 것입니다.

이렇게 마음을 졸이기보다는 차라리 매를 맞은 사람은 마음이 편해서 깊은 잠을 잘 수 있을 것입니다. 남들은 이런 사람을 보고 바보 멍텅구리라고 하겠지만 사실은 이런 사람은 항상 마음이 편안합니다. 마음이 편안하면 양심에 거리낄 일이 없으므로 잡념이나 번뇌 망상 따위에 시달릴 일도 있을 수 없습니다.

마음이 편안한 사람은 자기가 하고자 하는 일이라면 무슨 일에든지 집중을 할 수 있습니다. 집중만 효과적으로 잘할 수 있으면 무슨 일을 하든지 성공할 수 있습니다. 수련에 정진(精進)할 수도 있고 임의로 선

11

정(禪定)에 들 수도 있습니다. 선정에 들 수 있는 사람은 지혜의 꽃을 피어나게 할 수 있습니다."

며느리에게 꼼짝 못 하는 아들

2009년 3월 27일 금요일, −1~7℃ 맑음

강남구 대치동에 사는 60대 후반의 김용재라는 여자 수련생이 좌선을 하다가 입을 열었다.

"선생님, 아무래도 오늘은 선생님한테 제 집안 사정을 털어놓아야 할 것 같습니다. 그동안 이 얘기를 해야 하나 말아야 하나 수없이 망설였습니다만 제 혼자 힘으로는 아무래도 해결하기가 어려울 것 같아서 털어놓기로 했습니다."

"무슨 말씀인데 그렇게 망설이셨습니까?"

"제 개인적인 문제이기도 하여 창피한 생각도 들고 해서 그랬습니다."

"이왕 말 나온 김에 기탄없이 말씀해 보세요."

"며느리와 관련된 일입니다."

"혹시 며느리가 말을 잘 안 듣습니까?"

"그런 건 아니고요. 며느리가 밤늦게 직장에서 돌아온 아들에게 따뜻한 밥상도 차려 주지 않고 하루 종일 산더미같이 밀려 있는 설거지를 아들에게 하라고 하면, 아무 소리 못하고 피곤함을 무릅쓰고 그 일을 하는 것을 보면 속에서 천불이 확 치밀어 오르곤 합니다. 그런 때는 정말 혈압이 올라 정신을 잃을 지경입니다. 가뜩이나 혈압이 높은 편인데 그런 꼴을 한 번씩 보고 나면 혈압 때문에 아무래도 제명을 못 살 것 같습니다."

"그 정도로 심각한 문제라면 진즉 말씀하실 걸 그랬습니다. 아들네와 함께 사시는 모양이시죠?"

"아무래도 바깥양반의 연세가 팔순이 가까워 오다가 보니 갑자기 병이 나도 그렇고 노인네 둘이서 해결할 수 없는 일이 생겨도 그렇고 하여, 외아들과 살림을 합치자는 것을 제가 반대해 오다가 결국은 아들네 바로 옆에 나란히 아파트를 얻어 수시로 서로 왔다갔다합니다."

"직장에서 돌아온 아드님에게 따뜻한 밥상도 차려 주지 않으면서 설거지만 시키는 것을 보면 며느님께서도 직장을 가지신 모양입니다."

"며느리는 직장에는 나가지 않지만 통장 일을 보고 있습니다. 통장 일에다가 두 남매 학교 데려다주고 데려오고, 과외 공부시키느라고 여기저기 하루 종일 아이 데리고 이리 뛰고 저리 뛰다가 보면 시간이 어떻게 가는 줄 모르게 하루해가 저물어 버리곤 합니다.

그 사정을 모르는 것은 아니지만 하루 종일 직장에서 시달리다가 밤 늦게 돌아온 아들애가 제 손으로 밥상을 차려 먹든가 라면을 직접 끓여 먹는 것을 볼 때는 속에서 울화가 치밀어 올라서 참을 수가 없습니다. 그 때문에 혈압이 올라 한 번 자리에 눕게 되면 사나흘씩 못 일어날 때가 있습니다."

"그러니까 아드님 내외는 결혼 시초부터 분가해서 살았습니까?"

"직장이 여수에 있는 화학회사여서 어쩔 수 없었습니다. 11년이나 지방에 살다가 직장을 서울로 옮겼습니다."

"그러니까 결혼 초기부터 벌써 11년 동안이나 분가하여 살다가 뒤늦게 합치셨군요."

"살림을 합친 것은 아니지만 이웃 아파트에 살게 된 거지요."

"통장 일하는 며느님에게는 동사무소에서 보수가 지급되는가요?"

"그렇지는 않지만, 비공식적으로 약간의 사례는 있는 모양입니다. 그러니까 통장 후보자도 한둘이 아니랍니다."

"혹시 아드님 내외가 사이가 나빠서 서로 다투는 일은 없습니까?"

"그런 일은 별로 없습니다. 싸우기는커녕 아들은 제 아내 비위 맞추어 주느라고 절절매면서 삽니다. 며느리가 워낙 기가 강하고 말발이 어떻게 센지, 간혹 언쟁이라도 벌어지는 날이면 으레 아들이 판정패당하고 맙니다. 며느리는 남편을 꼼짝 못 하게 휘어잡고 부려먹으면서도 자녀들의 교육에는 누구 못지않게 지극정성입니다. 살림살이를 깔끔하게 잘하진 못하지만 생활비는 철저하게 아껴 씁니다. 그러한 면에선 나무랄 데가 없습니다."

"아드님 내외는 어떻게 맺어진 사입니까?"

"대학 다닐 때 저희들끼리 좋아서 양가 승인받아 연애 결혼했습니다."

"그렇다면 천생연분이라고 할 수 있겠는데요. 결혼한 지는 몇 해나 되었습니까?"

"큰 애가 6학년이니까 벌써 13년이 되었습니다."

"그동안 큰 말썽은 없었나요?"

"아직은 남들처럼 이혼을 하느니 마느니 하는 일은 없었습니다."

"그럼 저희들 나름으로는 오순도순 잘살고 있는 것이니 그대로 내버려두는 것이 좋겠는데요. 요즘은 날이 갈수록 곤도수(坤度數)가 강해져 가는 여성우위 시대입니다. 이 시대는 이 시대대로의 추세와 취향에 맞게 살아가야 합니다. 남성우위 시대에 형성된 의식과 개념과 관례와 문화대로 살아가려 한다면 매사에 젊은 세대와 충돌과 알력을 빚지 않을 수 없습니다. 제가 보기에는, 아무 문제없이 그들 나름으로는 잘살고 있는 아들 내외라고 생각됩니다.

만약에 며느님이 바람이라도 났다든가 이상한 사이비 종교나 술이나 춤이나 마약이나 도박 같은 부도덕한 것에 빠져서 가출이라도 한다면 지금 한창 자라나고 있는 두 손주들은 누가 돌봐야 합니까? 천상 할아버지 할머니들의 차지가 아닙니까? 그렇지 않아도 요즘은 며느리들의 가출과 이혼으로 조손가정(祖孫家庭)이 날로 늘어나고 있습니다."

"그래도 밤늦게 직장에서 돌아온 아들이 제 손으로 밥 차려 먹고 나서 하루 종일 밀려 있는 설거지를 도맡아 하는 것을 보면 속에서 천불이 나는 것을 어떻게 합니까?"

"그런 것은 관점(觀點)만 바꾸면 아무 문제도 없는 일입니다. 본인들은 아무 일 없이 잘 적응하여 살아가는 관행인데 이제 가리늦게 시부모가 그런 일을 보시고 끌탕을 하는 것은 지나친 간섭이라고 생각되지 않으십니까? 만약에 사부인(査夫人)이나 사장(査丈)이 아드님 내외가 살아가는 것을 보았더라면 어떤 생각을 했을 것 같습니까?"

"그렇지 않아도 아들이 처가에 가면 사부인이 사위보고 자기 딸 아껴주고 사랑하고 도와주지 않는다고 보통 잔소리가 심한 게 아니라고 합니다."

"그것 보세요. 그렇게 관점은 보는 시점에 따라 얼마든지 달라질 수 있습니다."

"그렇다면 선생님은 제가 며느리를 대하는 관점이 한쪽으로 치우쳐 있다는 말씀인가요?"

"그렇고말고요. 김용재 님만 그런 것이 아니고 사부인 역시 사위를 보는 관점이 지나치게 자기 딸 위주로 편중되어 있습니다."

"그럼 이런 경우 어떻게 해야 됩니까?"

"공평하고도 객관적이고 냉정한 관점을 늘 유지하도록 힘쓴다면 아드님이 직장에서 늦게 돌아와 제 손으로 밥을 차려 먹든 라면을 끓여 먹든 일체 간섭을 하지 말아야 합니다. 자기네들끼리는 아무 문제도 없다는데, 무엇 때문에 그런 일에 간여할 필요가 있겠습니까?"

"무슨 말씀인지는 알아듣겠는데요. 그러나 아들이 밤늦게 귀가하여 제 손으로 밥 차려 먹는 것을 보는 에미 심정은 도저히 진정시킬 수 없습니다."

"그럴 때마다 며느리가 내 딸이라고 생각하십시오."

"저는 제 딸에게 그렇게 가르치지는 않았거든요."

"그럼 며느님과 허심탄회하게 대화를 트도록 하세요."

"대화를 해 보았는데 자기도 낮에 아이들 학교 교육, 과외 교육 시중들고 통장 일 하다 보면 녹초가 되어 한 번 뻗어 버리면 도저히 일어날 수가 없다고 합니다. 억지로 몇 번 밤늦게 밥을 차려 줄 수는 있지만 그렇게 하면 자기는 골병이 들어 살아남을 수가 없다고 합니다."

"그게 무슨 뜻입니까?"

"과로 때문에 중병으로 쓰러진다는 얘기 같습니다."

"그렇다면 더구나 김용재 님께서 생각하는 관점을 바꾸셔야 합니다. 주변 환경을 내 뜻대로 바꿀 수 없으면 어떻게 해야 한다고 생각하십니까?"

"『선도체험기』에는 주변 환경을 자기 마음대로 바꿀 수 없으면 자기 마음을 주변 환경에 맞게 바꾸라고 했는데, 저는 며느리 일만은 아무리 그렇게 하려고 해도 안 됩니다."

"그럼 두 가지 대안을 생각해 볼 수 있습니다."

"그것이 무엇입니까?"

"하나는 이혼을 시키는 겁니다."

"그건 아들도 며느리도 찬성하지 않을 겁니다. 저희들 나름으로는 아무 문제없이 잘살고 있는데 이혼을 하라고 해서 순순히 따르지는 않을 것입니다. 그리고 설사 이혼을 한다고 해도 아들이 금방 재혼을 하지 않는다면 두 손주는 어떻게 합니까?"

"그거야 할머니 할아버지가 의당 맡아야 할 것이고 그렇게 되면 또 하나의 조손가정(祖孫家庭)이 탄생하게 되겠군요."

"우리 두 늙은이들은 제 몸도 제대로 못 가꾸는 판인데 어떻게 초등학교에 다니는 두 손주의 수발까지 든단 말입니까. 그건 안 되는 일이죠."

"그렇다면 천상 관점(觀點)을 바꾸세요."

"관점요?"

"네, 생각과 마음을 바꾸라는 말씀입니다. 내 관념과 의식과 취향대로만 살려고 할 것이 아니라 상대의 취향과 의식을 감안하여 내 의식과 취향을 적절히 조정(調整)하는 지혜를 발휘하라는 말씀입니다. 바꿀 수 없는 환경과 조건을 바꾸려고 애쓰지 마시고, 자기 의지로 바꿀 수 있는 자신의 마음을 주변 환경과 조건에 맞추어 변화시킨다면 아무 문젯거리가 될 수 없는 일입니다."

"그게 그렇게 맘대로 되는 일인가요?"

"아상(我相)만 비우면 누구나 다 할 수 있는 일입니다."

"아상이 무엇인데요?"

"아집(我執)과 집착과 고집입니다. 그것만 바꾸면 이 세상에 문제될 것은 아무것도 없습니다."

"그럼 이혼 말고 또 하나의 대안은 무엇입니까?"

18

"아들 내외와 멀리 떨어져서 살면 됩니다."

"그것도 어렵겠는데요."

"왜요?"

"저나 바깥양반이 갑자기 병이라도 나면 며느리가 제때에 병원에도 데려가고 약도 꼭 제때에 챙겨서 먹게 해 주는데 그럴 순 없는 일이죠."

"그럼 며느님이 시부모에 대한 기본적인 의무는 잘 지키고 있는 셈이군요. 요즘은 그런 며느리 만나기도 어렵습니다. 제 생각 같아서는 지금 상태를 계속 유지 발전시켜나가는 것이 가장 현명한 방법일 것 같습니다."

"며느리가 우리를 돌보는 것은 우리 두 늙은이 죽으면 물려받을 재산을 바라고 그러는 것이겠죠."

"효도를 너무 곡해하시진 마셔야죠. 그럼 양자택일(兩者擇一)을 하시면 되겠습니다."

"양자택일이라뇨?"

"지금 이대로 아들 내외 옆에 사시든가 아니면 멀리 떨어진 곳에 있는 고급 유료 양로원으로 아예 들어가 버리시든가 하면 될 것입니다."

"고급 양로원에 수억씩 내고 들어갔다가 뜻밖에도 양로원이 부도가 나는 바람에 알거지가 된 노인들이 적지 않다는 소문입니다. 우리도 그 생각을 안 해 본 것도 아닌데 고급 유료 양로원도 믿을 수 없다고 합니다."

"그건 사기꾼의 계획적인 농간일 것입니다. 구더기 무서워서 장을 담지 않을 수는 없지 않겠습니까?"

"그건 그렇다 치고요. 만약에 말입니다. 대단히 외람된 가정(假定)이긴 하지만, 선생님께서 제 며느리시라면 이런 때 어떻게 처신할 것인지 말씀해 주시겠습니까?"

19

"그 가정(假定)에 대답하기 전에 알고 싶은 것이 있습니다."

"어서 말씀하세요."

"지금 아드님의 경제 능력으로 자기네 네 식구의 경제 수요를 충분히 감당할 수 있습니까?"

"아직 그렇지 못합니다. 아들의 월급은 3백만 원인데 두 아이들 과외비가 3백만 원 정도 나가니까 항상 3백만 원이 적자인데, 그것은 우리가 대주고 있습니다."

"그럼 김용제 님 내외분께서는 아직도 수입이 있으시군요."

"자그마한 빌딩이 한 채 있습니다. 우리 내외는 40년 동안 맞벌이하면서 절약하여 겨우 그 건물을 한 채 마련했습니다."

"그럼 자녀분은 아드님 하나뿐입니까?"

"딸이 하나 있는데 유능한 남편 만나서 미국에 살고 있습니다."

"그렇다면 장차 그 재산의 반 이상은 아드님에게 상속되겠군요."

"아들이 젊었을 때의 자기 부친만큼의 경제 능력만 있어도 그 재산을 사회에 환원할 생각을 해 보았을 텐데, 워낙 형편이 그러니 결국은 상속을 해 줄 수밖에 없을 것 같습니다."

"그렇다면 제가 만약에 며느님 입장이라면 지금 당장 통장직을 반납하는 한이 있더라도 시부모 모시는 데 더욱더 지극정성을 다할 것입니다. 통장은 누구라도 능력만 있으면 할 수 있는 일이지만 한 지아비의 아내 그리고 시부모의 며느리 노릇은 당사자 외에 아무나 대신할 수 있는 것이 아니기 때문입니다. 더구나 아무리 남편이 밤늦게 퇴근하는 일이 있어도 반드시 제 손으로 밥상을 차려줄 것이고 남편에게 설거지를 시키는 일은 하지 않을 것입니다. 왜냐하면 시어머니가 싫어하는 일을 하여 시

어머니 가슴에 못을 박을 정도로 나는 바보가 아니기 때문입니다."

"역시 선생님은 다릅니다."

"지혜란 그런 때 쓰라는 것이 아니겠습니까?"

두 개의 낙랑(樂浪)

우창석 씨가 말했다.

"선생님, 2009년 4월 13일 자 《동아일보》 20면에 보면 '중국 한(漢)나라가 고조선을 멸망시키고 세운 낙랑군'이 마치 낙랑 공주의 낙랑인 것처럼 쓰고 있는데 이건 역사적 사실과 다르지 않습니까?"

"물론입니다. 낙랑 공주가 살아 있을 무렵에는 낙랑이라는 곳이 두 군데 있었습니다. 하나는 지금의 베이징 지역이고 또 하나는 평양 부근입니다. 평양 부근에 있던 것은 그 당시 엄연히 독립 국가였는데, 그것이 바로 지금 평양, 원산, 함흥, 해주 지방에 있던 낙랑 공주가 살던 낙랑국입니다. 그런데 한나라가 고조선을 멸망시키고 세운 낙랑군 운운하는 것은 일제의 식민 사학이 만들어 낸 허위, 왜곡, 날조한 것을 복창하는 것입니다.

나는 이 사실을 내 저서인 『다물』과 『소설 한단고기』, 『소설 단군』에 아주 자상하게 움직일 수 없는 증거 자료를 동원하여 반론의 여지없이 명확하게 밝혀 놓았습니다. 증거 자료란 한국인을 일본의 영원한 노예로 길들이기 위해서 일제가 날조해 놓은 식민 사학을 반대하는 단재(丹齋) 신채호(申采浩), 위당(爲堂) 정인보(鄭寅普), 문정창(文定昌), 임승국을 위시한 재야 민족 사학자들의 다년간의 연구 결과를 종합한 학문적 연구 성과이기도 합니다."

"그런데 위 기사를 쓴 동아일보 기자는 낙랑사 전문가인 윤용구라는 사람이 내놓은, 2005년 평양에서 발견된 목간(木簡) 연구 결과라고 하면서 낙랑 공주의 낙랑국(樂浪國)을 한나라가 고조선을 멸망시키고 세운 낙랑군(樂浪郡)이라고 기사 서두에 분명히 밝혀 놓았습니다.

낙랑 문제 전문가로는 평생을 낙랑과 '한사군' 문제로 일제와 싸웠던 위당(爲堂) 정인보(鄭寅普) 선생의 저서들을 먼저 공부했어야 하는데 기자는 출발을 잘못한 것 같습니다. 그렇다면 그 기자는 아직도 일제의 식민 사학의 악몽에서 깨어나지 못한 것을 말해 주는 겁니다.

한사군(漢四郡)이라는 것 자체가 일찍이 역사상 존재한 일도 없는 순전히 일제의 어용 사학자들이 만든 한국사 왜곡 날조의 산물이라는 것을 전연 모르고, 아직도 식민 사학자들이 쓴 교과서대로만 공부한 역사 지식을 가지고 신문기사를 쓰려니까 그러한 엉뚱한 실수를 저지르게 된 것입니다. 암울했던 일제 강점기에 손기정 선수의 쾌거를 동아일보에 발표할 때 일장기를 말소했던 선배 기자들의 기개를 계승하지는 못할망정 일제의 식민 사관을 아직도 복창하고 있다는 것은 얼마나 한심하고 낯 뜨거운 일입니까?'

"우리가 일제로부터 해방된 지 어느덧 64년이란 세월이 흘렀건만 우리의 역사 지식은 아직도 식민 사학이 가르친 역사를 아무런 반성 없이 학교에서 복창하고 있다는 것은 아무리 생각해 보아도, 이해할 수 없는 일입니다."

"물론입니다."

"그렇다면 이제부터라도 무슨 혁신 운동이 벌어져야 하는 거 아닙니까?"

"당연히 그래야죠. 침략자가 우리를 자기네 노예로 길들이기 위해서 일본의 국가권력을 총동원하여 만들어 놓은 식민 사학(植民史學)이라는 정신적인 족쇄를 아직도 그대로 차고 있다는 것은 국가적이고 민족적인 수치가 아닐 수 없습니다. 그런데 지금 우리나라에는 일류 선진국가로 진입을 해야 된다는 국민적인 공감대는 이루어져 있지만, 이를 실천하기 위해서는 국가 경쟁력이 향상되어야 합니다.

바로 이 국가 경쟁력 향상을 위해서는 우리 민족을 노예화하기 위해서 과거의 침략자인 일제가 만들어 놓은 식민 사학이라는 족쇄를 반드시 벗어던져야 하는데, 지금 어디에도 이를 위한 적극적인 노력의 기미가 보이지 않는다는 겁니다. 반미 친북좌익 민간단체들은 국가의 보조금을 타 가면서 각종 반국가 운동을 활발하게 벌이고 있지만, 일제가 날조해 놓은 잘못된 역사를 바로잡아야겠다는 민간단체의 활동은 아무리 눈을 씻고 찾아보아도 보이지 않습니다. 우리 역사, 특히 상고사(上古史)의 진상이 밝혀지지 않고는 우리 민족은 일류 선진국으로 힘차게 미래로 도약해 나갈 수 없습니다. 왜냐하면 역사만이 우리가 나아갈 미래를 가르쳐 주고 있기 때문입니다.

식민 사학은 굴욕의 역사만을 확대 재생산하고 있는 반면에 우리의 상고사는 동양 전역을 경영하고 통치했던 영광스러운 과정을 생생하게 말해 주고 있습니다. 불행한 역사만을 알고 있는 국민은 불행만을 반복하는 것을 숙명으로 알고 받아들일 것이고, 실패 속에서도 전연 굴하지 않고 다시 일어나 영광의 역사를 이룩한 민족은 반드시 자랑스러운 미래를 열어 나갈 수 있는 에너지를 축적하여 때가 올 때 그 영광의 역사를 재현할 수 있습니다. 역사란 이래서 중요한 것입니다. 그런데 우리는 우리의 역사 특히 대륙을 지배했던 영광스럽고도 찬란한 역사의 진실은 까닭 없이 외면하려는 괴상야릇한 습성이 있습니다."

"왜 그렇게 되었다고 보십니까?"

"고려 인종 23년, 서기 1145년에 편찬된 김부식의 『삼국사기』가 이 땅에 모화사대주의(暮華事大主義)를 제도적으로 확립한 이래 지금까지도 그 뿌리가 식자들의 의식 속에 그대로 남아 있기 때문입니다."

"그렇다면 식민 사관과 함께 모화 사대주의도 동시에 이 땅에서 뿌리 뽑아야 되겠군요."

"물론입니다. 그 외에 또 하나가 있습니다."

"그게 뭐죠?"

"서구 우월주의(西歐優越主義)입니다."

"그럼 우리나라가 앞으로 세계에 크게 도약하기 위해서는 모화 사대주의, 식민 사관, 서구 우월주의에서 벗어나야 되겠군요."

"그렇습니다."

【이메일 문답】

세 가지 질문

안녕하세요? 선생님. 대전에 조성용 인사드립니다. 제가 메일을 직접 보낼 수 없는 관계로 편지를 보낸 것인데 불편하다 하시니 집사람에게 대필을 부탁하여 메일을 보냅니다. 이제까지의 발병 상황들을 관하여 볼 때 저는 과거 어느 생에서나 거짓말을 밥 먹 듯하여 사람들을 곤경에 빠뜨리고 심지어 미치게 만들어 많은 원한을 산 것 같다는 느낌이 듭니다.

특히 여자들에게 원한을 많이 산 것 같아요. 그래서 수련을 하여 기운이 조금이라도 쌓일라치면 접신이 되어 기운을 뺏어 가고 그걸로 성이 안 차 미치게 만들어, 전생의 원한을 갚고 난 뒤에야 떠나는 것이 아닌가 생각됩니다.

그래도 다행인 것은 발병을 하여도 어느 정도 시간이 흐르면 제정신이 돌아온다는 것이며 그로 인해 천도 능력이 향상되어 그런지 어떤지는 모르겠지만, 다음 발병 시에는 기 수련의 수준이 이전 발병 시보다 향상된다는 것입니다.

처음 발병 시에는 기를 느끼는 수준이었는데 다음엔 축기가 되고, 다음엔 대맥이 유통되고, 현재는 단전에 기방을 형성하기 위해 등으로, 가슴으로, 명문 주위로 느껴지는 기를 단전으로 끌어모으려 애쓰고 있습니다.

그래서 보험격으로 지도령과 보호령께 간곡하게 부탁하여 영력이 강하여 정신을 잃을 정도의 빙의령은 도력이 높아져 감당할 수 있을 때까지 막아 달라 하였는데 효과가 있는 것 같습니다. 전에는 빙의가 되면 상기가 되어 머리로 열이 오르고 눈이 뻑뻑하고 충혈이 되고 하였는데, 지금은 그렇게 되기 전에 천도가 되는 것 같습니다.

여기까지 저의 현재 상태에 대해서 말씀드렸고 질문 몇 가지 드리겠습니다. 『선도체험기』를 읽어 보면 기가 외부에서 들어오는 걸로 돼 있는데, 저의 경우는 가슴 부위며 등, 명문, 단전, 이런 곳에서 그냥 무엇이 폭발하듯이 뜨거운 기운이 느껴지는데 그래도 상관이 없는 건지요?

『선도체험기』를 4번에 걸쳐 읽는 동안 읽을 적마다 거북하게 느껴지는 부분이 있는데요, 물론 선생님의 높은 뜻이 계시리라 생각되지만, 이번에 『선도체험기』 입력 작업을 하신다기에 저와 같은 미개한 제자가 또 있지나 않을까 하여 여쭙겠습니다.

선생님께서는 『선도체험기』 곳곳에서 파리, 모기나 바퀴벌레조차 다 존재할 만한 이유가 있다고 여러 번에 걸쳐서 말씀하셨는데 체험기 44권 158~159에서는 부모 유산으로 여행이나 다니는 어느 여성에게 '별 쓸모도 없는 존재', '있으나마나 한 존재'라는 표현을 하셨습니다. 어느 책에서는 인간은 존재하는 것만으로도 타인에게 도움이 된다고 하였는데 제 개인적인 생각은 후자가 바른 견해라고 봅니다만 여기에 대해서 선생님의 의견은 어떻습니까?

현묘지도 수련기를 읽고 있으면 단전이 더 많이 달아오릅니다. 아무래도 현묘지도와는 인연이 많이 있는 것 같습니다. 현묘지도에 관해서 이 말씀을 드릴까 말까 많이 고민하였는데 주제넘다 하실까 봐서요. 그렇더라도 밑져야 본전이라고 말씀드려 보겠습니다. 현묘지도를 마친 수련자가 재도약을 위해 현묘지도 1단계부터 다시 수련을 할 수 있을까요? 아니면 한 번 현묘지도 수련을 마치면 그걸로 끝인가요? 그럼 안녕히 계세요. 기축년 새해 가내 두루 평안하길 기원합니다.

4342(2009)년 1월 6일
조성용 올림

【필자의 회답】

첫 번째 질문에 대한 대답 : 전연 상관없으니 안심하시기 바랍니다.

두 번째 질문에 대한 대답 : 첫 번째 예는 실제로 있는 사실을 직설적으로 말한 것이고, 두 번째 예는 이 사회에 별 쓸모도 없는 있으나마나 한 인간을 비유적으로 말한 것에 지나지 않습니다.

세 번째 질문에 대한 대답 : 수련이란 흐르는 물과 같습니다. 한 번 흘러간 물은 다시 되돌릴 수 없습니다. 시간 역시 한 번 지나간 것은 되돌릴 수 없습니다. 그래서 한 번 지나간 과거는 되돌릴 수 없습니다. 그러나 머리가 나빠서 유급한 학생이 같은 학년의 공부를 다시 하듯 할 수는 있습니다만 이것은 특이한 예에 지나지 않습니다.

마음공부에 전념하겠습니다

안녕하세요. 선생님, 대전에 조성용입니다. 설 명절은 잘 보내셨는지요. 저는 병원에서 맛있게 떡국도 먹고 나이도 먹고 『선도체험기』 읽으며 잘 지냈습니다.

그동안 수련에 진전이 있어 단전이 자리를 잡아 가는 것 같습니다. 선생님께선 『선도체험기』를 통해 누차에 걸쳐 축기의 중요성을 강조하여 오셨는데, 읽을 때뿐 실제론 제대로 축기가 되어 본 적이 없었던 것 같습니다. 아마 이것도 발병의 한 요인이 되지 않았을까 생각해 봅니다.

하여간 지금은 단전호흡을 하면 바로 단전이 달아오르긴 하지만 이물감이 들지는 않습니다. 언제나 기방이 형성되려는지, 그래서 2월 1일부터 삼공재 개방 시간인 오후 3에서 5시까지 100일간 집중적으로 축기를 할 작정입니다.

얼마 전 집사람이 면회 와서 그러더군요. 5년 정도 입원 치료하면 퇴원해도 되지 않을까 생각한다고. 참 아득하더군요. 하루빨리 퇴원하여 생식하고, 등산이며 달리기도 하고, 스승님을 찾아뵙고 기운도 받고, 천도 능력도 향상시키며 빙의굴 통과를 일찍 마쳐야 더이상의 발병은 없을 텐데, 5년이라니 집사람이 이렇게 장기 입원을 시키는 데는 그 사람 나름대로 이유가 있더군요.

제가 발병 시 무슨 이유에선지 극도의 공포심을 느끼는데 그러기 직전이면 제 눈 주위가 벌겋다고 합니다. 그리고 그 사람은 한 달에 한 번 면회를 오는데 아직도 저를 두려워하는 게 느껴집니다. 그러니 그 사람 입장에서는 퇴원을 시킬 수가 없는 거지요.

아내의 입장은 어느 정도 이해를 하겠는데 문제는 제 자신이 그렇게 보이는 원인을 알 수 없다는 데 있습니다. 아무리 관을 해 봐도 빙의령 없을 때도 그렇게 보고, 밝고 명랑하게 대하면 들떠 보인다 하고, 좀 언짢게 대하면 더 심해졌다 하고 어찌해야 할지를 모르겠습니다.

이곳 병원은 수련하기에 적합하지는 않습니다. 7인실을 사용하는데 온 종일 티브이가 켜져 있고 환자들의 비명소리며 보호사의 고함소리가 하루도 쉬지 않고 들려옵니다. 하루가 멀다 하고 환자들이 두드려 맞는 것을 보게 됩니다. 얼마 전에는 보호사에게 대든다는 이유로 한 환자가 4명에게 집단구타를 당했는데 반바보가 되었습니다. 그로부터 얼마 지나지 않아 보이지 않는 걸로 보아 다른 시설로 이송되었나 봅니다.

이런 일을 겪고 나면 한동안 속에서 치미는 분노로 안정이 되지를 않습니다. 한참 후에야 석가모니 부처님이 제자에게 답했다는 말씀처럼, 맞아 죽지 않은 걸 다행으로 알아야 한다는 것과 인과응보의 이치는 한 치의 오차도 없다 같은 문구를 되새기며 마음의 평화를 찾곤 합니다.

이런 마음의 변화를 느낄 때면 제 마음공부가 얼마나 부족한 것인지를 새삼 느낍니다. 기 수련뿐 아니라 마음의 수련에도 더욱더 정진해야 되겠습니다.

질문 드리겠습니다.

1. 선생님께서 제 입장이시라면 어떤 마음자세로 어떻게 행동하시겠습니까? 자세한 가르침 주시면 따르도록 최대한 노력하겠습니다.

2. 차주영 씨에게는 침체했던 수련을 빠르게 회복시킬 목적으로 삼공재 방향으로 앉아 단전호흡을 하라고 하셨는데 다른 방향으로 좌정하면 효과가 반감되는지요?

3. 먼저 말씀드린 지도령과 보호령께 접신령의 침입을 감당할 수 있을 때까지 막아 달라 하는 것은 괜찮은 방법인지요?

4. 중증 알콜 중독자(15명 내외)와 정신질환자(50명 내외)들과 생활하는 이곳에서 수련을 하다 보면 아무래도 빙의가 더 심하지 않을까요?

5. 메일을 보내기 전에 초안을 작성하는 것만으로도 기의 교류가 가능한지요? 초안 작성을 마쳐 가는 지금 시작할 때보다 훨씬 더 많은 기운이 느껴지네요. 읽어 주신 것을 감사드리며 이만 인사드립니다. 성통공완하세요.

단기 4342(2009)년 1월 31일
조성용 올림

【필자의 회답】

1. 주어진 환경에 적극적으로 순응할 것입니다. 지금 처해 있는 환경에 저항하면 할수록 병세는 더욱더 악화될 것이니까요. 부인과 간호사들의 의사도 전적으로 존중할 것이고, 될 수 있는 한 그들과 친밀하게 지낼 수 있도록 노력할 것입니다.

2. 삼공재 방향으로 앉을 수 있으면 그렇게 할 것이고 그럴 형편이 아니라면 어떠한 방향으로 앉아도 상관없습니다,

3. 지도령과 보호령에게 접신령을 막아 달라고 간청하는 것은 위급할 때의 일이고, 보통 때는 세 가지 수련을 착실히 하여 자기 실력을 키워

야 합니다. 그리하여 어디까지나 자기 능력으로 접신령을 천도시킬 수 있어야 합니다.

4. 어떠한 경우에도 빙의는 인과에 의한 것이므로 주변 환경에 너무 민감하지 않는 것이 좋습니다.

5. 메일 초안을 작성할 때부터 이미 기 교류는 시작됩니다.

100일 축기 수련 (1)

삼공 스승님께

안녕하세요. 대전의 조성용입니다. 보내 주신 답장 감사하게 잘 받았습니다. 답신으로 지도하신 대로 지금 주어진 이곳 환경에 적극적으로 순응해 나가고 있습니다. 집사람은 물론 치료진과도 친밀하게 지내려 노력하고 있으며 이러한 환경에 처해진 원인을 내 탓으로 생각하며 이 모든 것이 자성이 내준 숙제로 알고 좌절하지 않고 풀어 나가겠습니다.

100일 축기 수련 20일째인 오늘 작년 7월말 발병 시의 기 수련 상태보다 앞서 단전에 확실히 축기가 되어 가고 있으며, 대맥에 유통되는 기운은 이전보다 월등히 많이 느껴져 뜨거울 정도입니다. 이틀 전에는 단전에 이물감이 약하게 1분 정도 느껴지더니 더이상은 아직 소식이 없습니다. 차차 나아지겠죠. 질문 드립니다.

1. 단전에 기운이 평소와 다르게 미미하게 느껴지다 2일 혹은 7일 정도 지나면 다시 평소와 같이 느껴집니다. 이때 빙의령이 천도되었나 보다 생각하는데 그런 건지요. 이상하게 빙의로 인한 자각 증상은 나타나지 않습니다.

2. 삼공재 개방 시간에 집중적으로 단전호흡을 하는데 TV 소리, 주위에서 떠드는 소리 등으로 잡념이 많아 『선도체험기』를 읽으며 집중이 되면 수식법으로 호흡하고 흐트러지면 다시 책을 보고 하는데 괜찮은 방법인가요? 현재는 책 보는 시간이 많이 줄었습니다.

3. 13일 KBS 일일드라마 '집으로 가는 길'을 보던 중 한수인 작가와 유현수 감독이 싱글맘에 대한 기획 취재 장면에서 갓 출산한 싱글맘이 아이를 안고 이 애를 지우려고 생각했던 게 그렇게 죄스럽단 말을 하는데 눈물이 쏟아지더군요. 슬프지는 않은데 눈물이 쏟아져 제 마음을 관했습니다. 왜 눈물이 쏟아질까? 잠시 후 마음속에서 "고생했다 잘 가거라"라는 말이 나오고 17년 전 임신 4주 만에 중절 수술을 한 둘째아이 생각이 났습니다. 그동안 이런 경험을 여러 번 했는데 이런 것들이 빙의령이 천도되는 것이 맞는지요?

4. 그동안 쭉 어떤 장면이 뜨길 기대하며 왜 그렇게 비치는지 관하여 왔는데 14일 문득 떠오르는 생각이 "그것을 왜 그렇게 알려고 애쓰나? 인과응보의 이치를 믿는다면 얼마든지 유추해 볼 수 있는 것 아닌가" 하는 것이었습니다. 뒤이어 떠오른 『선도체험기』 문구, 수련이 "정도에서 이탈했을 때 같은 파장의 저급령에 빙의되어 미친다"였습니다. 그래서 정도에서 이탈한 게 뭘까를 생각해 보았습니다. 욕속부달(欲速不達)이라 했는데 우선 빨리 견성하려 욕심을 냈습니다. 그래서 집사람을 닦달했습니다. 책 읽기를 강요했고 운동을 강요했습니다.

또한 빨리 수련을 마치고 도장을 차려 많은 제자들을 배출하여 금전적으로 여유 있는 생활을 하고 싶었고 하화중생도 하고 싶었습니다. 지금 생각해 보면 걷지도 못하면서 뛰려고 했던 것 같습니다. 다 욕심이죠. 위 경우 문득 떠오른 생각이 자성에서 온 것일까요? 지도하여 주심에 감사드리며 이만 인사드립니다. 성통공완 하세요.

단기 4342(2009)년 2월 20일

조성용 올림

【필자의 회답】

기공부가 착실히 진행되고 있어서 무엇보다도 반갑습니다.

질문 1에 대한 회답 : 영력이 약한 방의령이 천도될 때 그런 일이 일어납니다. 그 정도의 의문은 스스로 자성에 물어보아도 회답이 곧 나올 것입니다.

질문 2에 대한 회답 : 공용 병실이라 소란스럽겠지만 그런 환경을 마음대로 바꿀 수 없는 한 자기 자신을 그 환경에 스스로 적응하도록 적극적으로 노력하여야 할 것입니다. 그런 노력의 일환으로 하는 일이라면 어떠한 방법도 괜찮습니다.

질문 3에 대한 회답 : 중절 수술은 분명히 말하지만 유아 살해입니다. 일종의 비속(卑屬) 살인이죠. 그런 티브이 장면을 보고 자기도 모르게 눈물이 나온 것은 17년 전의 잘못을 참회하는 마음이 무의식 속에 저장되어 있다가 문득 재현되었기 때문입니다. 일단 참회를 한 이상 다시는 그런 일이 없어야 할 것입니다.

질문 4에 대한 회답 : 정신 이상을 일으킬 정도라면 저급령에 의한 빙의가 아니라 접신입니다. 아무리 접신이 되었다고 해도 접신령을 기필코 천도하고야 말겠다는 확고한 의지만 있으면 조만간 그것을 성취할 수 있습니다. 조성용 씨는 지금 그 일을 착실히 실천하고 있어서 믿음직스럽습니다. 꼭 성공하여 다시 만나 보기를 바랍니다. 『선도체험기』 93권은 3월 중순경에 나올 것입니다.

100일 축기 수련 (2)

삼공 스승님께. 안녕하세요? 선생님 대전의 조성용입니다. 오늘 모처럼 봄비가 내립니다. 이 비로 그간의 가뭄이 어느 정도나마 해소되었으면 하는 바람입니다.

그럼 저의 수련 경과에 대하여 말씀드리겠습니다. 여러 선배님들이 현묘지도 수련 체험기를 발표하는 마당에 겨우 축기 수련에 대하여 메일을 보내려니 조금은 쑥스럽지만 저에게 의미 있는 변화라 생각되는 것들을 적어 봅니다.

수련 22일째. 천주교를 믿는 환우(患友)와 하나님에 대하여 논쟁을 벌이다 빙의가 되었나 눈 주위가 벌게지고 머리로 열이 올랐습니다. 마침 아내가 면회를 와 네 시간가량 이런저런 얘기를 나누다 돌아간 후 바로 정좌한 후 단전호흡에 들었습니다.

그런데 한동안 단전에 기가 느껴지지 않았습니다. 7일씩 가던 빙의도 기가 느껴지지 않을 정도는 아니었는데 한 30분 지나니 차츰 단전이 따스하게 달아오르더니 빙의령이 천도되는지 눈 주위의 열이며 머리의 열이 식었습니다.

수련 23일째. 어제 빙의령을 천도시켜서 그런지 몰라도 아침에 걷기 운동을 하는 중에 단전이 따스해지며 탁구공 같은 이물감이 일 분여가량 느껴졌습니다. 참 반갑고 신기하더군요. 이날 삼공재 개방 시간에 맞

취 수련에 들자 기다렸다는 듯이 단전이며 대맥이 화끈화끈 달아올랐습니다. 1985년부터 단전호흡을 시작한 이래로 최고의 경지였습니다. 조금 한심하죠?

수련 29일째. 정좌 수련 시에 단전에 AAA 사이즈 건전지 1개가 들어 있는 듯한 이물감을 2분여 동안 느껴 보았습니다. 빙의령이 3번 천도된 것 빼고 특별한 것은 없습니다. 질문 드립니다.

1. 아무 자각증상 없이 일주일쯤 걸려서 천도되는 빙의령과 자각증상은 있지만 서너 시간 만에 천도되는 빙의령 중 어느 것이 영력이 강한 건지요?

2. 대필을 시키다 보니 궁금해져서 질문 드리는데요. 메일을 대필하는 집사람에게도 선생님의 영향이 미치게 되나요? 참고로 집사람은 호흡문이 열리지 않았습니다.

3. 단전의 이물감을 느끼는 시간은 조금씩 조금씩 늘어나는 건가요? 아님 어느 순간 확 느껴지고 사라지지 않는 건가요? 저의 경우는 1~2분간 느껴지고 사라지면 다시 느끼는 데 시일이 꽤 걸리네요. 지도하여 주셔서 감사합니다. 선생님과 사모님의 건강을 기원하며 이만 인사드립니다. 성통공완 하소서.

단기 4342(2009)년 3월 13일
조성용 올림

【필자의 회답】

단전에 탁구공이나 건전지가 들어 있는 듯한 이물감을 느끼는 것은 단전에 기의 방(房)이 형성되기 때문입니다. 수련이 점차 진전되고 있으니 축하할 일입니다.

질문 1에 대한 회답 : 일주일 만에 천도되는 빙의령의 영력이 더 강합니다.

질문 2에 대한 회답 : 대필하는 사람이 구도심(求道心)과 수련을 하겠다는 의지와 정성이 있고 기문이 열려 있어야 영향을 받을 수 있습니다.

질문 3에 대한 회답 : 한동안 이물감이 느껴지다가 시간이 흐르면 그러한 이물감은 사라지지만 축기는 계속될 것입니다.

100일 축기 수련 (3)

삼공 스승님께. 안녕하십니까? 선생님 대전의 조성용입니다. 가내 두루 평안하시죠? 저는 스승님의 지도와 가족들의 염려 덕분에 잘 지내고 있답니다. 그럼 저의 수련 상황을 말씀드리겠습니다.

2009년 3월 18일 수련 46일째. 어떻게 하면 치료진과 가까워질 수 있을까 궁리하던 중 배식 인원이 들쭉날쭉하여 주임이 애를 먹는 데 착안하여 인원이 부족하면 제가 도와줄 수 있으면 좋겠다고 사전에 부탁을 하였습니다. 그랬던 것이 드디어 오늘 결실을 맺어 배식에 참여하게 되었습니다.

이곳은 학교 급식과 같이 밥, 국, 반찬 등을 통으로 가져와 환자들이 식판을 들고 지나가면 한 가지씩 퍼주는 그런 배식 방식인데 제가 밥을 맡게 되었죠. 이것이 봉사란 생각은 들지 않지만 다른 환우들을 위해 제 시간과 노력을 들여 밥을 푸는 만큼 조그마한 이타행은 되지 않을까요? 사실 이런 생각 자체도 하지 말아야 하는 건데 그게 잘 안되더라고요.

5일 전부터 기운이 절반 정도밖에 들어오지 않았는데 오늘 오전부터 단전이 달아오르더니 눈 주위가 뻑뻑하고 열이 올랐어요. 그동안 빙의되었던 것이 천도되려고 머리 쪽으로 사기가 뭉치는 것인지 백회 부위가 욱신욱신 쑤시기도 하였습니다. 하여간 오늘 내내 천도시키려 애써 보았지만 눈 주위의 열이 식지 않는 것으로 보아 천도시키진 못한 것 같아요. 하지만 단전이 이전 수준으로 달아올라 위안이 되더군요.

3월 20일 48일째. 그제에 이어 어제도 하루 종일 노력했지만 빙의령이 나가지 않더니 잠든 사이 천도가 되었나 아침부터 단전이 달아올랐어요. 삼공재 수련 시간에는 백회를 바늘로 찌르는 듯한 통증이 한 번 일기에 혹시나 하고 기다려 보았는데 단 한 번으로 끝나고 더이상의 반응은 없더군요. 어쨌든 오늘은 하루 종일 단전이 달아오르던 것이 정상 컨디션을 회복한 것 같아요.

3월 22일 50일째. 어제 이사장의 전화를 받은 간호사가 병실로 찾아와서 밥을 조금씩만 배식하라고 하더니 오늘은 아예 아침부터 밥이 5인분 가량 적게 올라오더군요. 가뜩이나 밥을 더 달라고 하는 환우(患友)들이 많은 형편인데 안면몰수하고 밥을 적게 주려니 마음이 아팠죠.

【질문 1】

배식 당번이 된 이후로 매 끼니때마다 혹여 밥을 모자라게 배식하지는 않을까, 남기는 건 아닐까 걱정해 왔는데 밥도 제때 먹지 못하며 말이죠. 이럴 줄 알았으면 괜히 배식한다고 나서서 마음고생, 몸고생 하지 않는 건데 하는 후회가 밀려왔어요. 어떻게 하면 좋을까요? 다행히 5층 책임자인 부장님이 타협하여 저녁만은 평소와 같이 올리기로 하였답니다.

【질문 2】

3월 28일 56일째. 5층 병동엔 눈먼 환우가 한 명 있어요. 점심 먹고 복도를 어슬렁어슬렁 거리다 이 환우가 벽을 더듬으며 병실을 나와 복도에 놓여진 의자에 조심조심 앉는 걸 봤어요. 이 광경을 본 저는 무슨 생각에선지 그에게 다가가 나랑 걸을래? 하고 물었죠. 그랬더니 그 환우는 뜻밖이라는 듯한 표정으로 그래 주면 고맙겠다고 대답했어요. 그래서 저희 둘은 손을 꼭 잡고 이런저런 얘기를 나누며 40십여 분가량 걸었어요. 그러는 동안 시간 나는 대로 같이 걸어 줄까 하는 생각을 해 봤어요.

그런데 일주일 전부터 계속된 기몸살과 빙의로 아프던 머리가 더 아파 와 이런 생각은 쏙 들어가고 일단 100일 수련이라도 마친 다음에 보자는 생각이 일더군요, 어떤 것이 바른 판단일까요? 이 일 직후 있은 수련에서는 빙의가 해소되어서인지 아니면 방금 전에 있은 작은 이타행에 대한 보답에서인지 단전은 뜨겁게 달아오르고 명문을 비롯한 대맥은 그보다 더 달아올랐습니다.

【질문 3】

3월 30일 58일째. 저녁 시간이었어요. 밥을 먹고 있는데 단전이 달아올랐어요. 사과를 먹을 적에는 간혹 그런 경우가 있었지만 밥을 먹는 것과 동시에 단전에 기운을 느끼긴 처음이네요, 이런 것이 녹차를 마실 때 또는 생식을 할 때 단전에 기운이 쌓이는 걸 느낄 수 있다고 한 그런 걸까요?

【질문 4】

3월 31일 59일째. 삼공재 수련 시간에 맞춰 좌정하고 수련에 든 지 얼마 후 백회 부위에 시원하면서도 싸한 느낌이 30초가량 이어졌어요. 이런 것이 바로 백회가 열릴 징조인가 하는 생각에 흥분되더군요. 소주천도 하기 전에 백회가 열리는 건 순서에 맞지 않는다는 걸 알지만 그래도 열렸으면 좋겠어요. 어떤 게 진짜 좋은 걸까요? 괜히 김칫국부터 마시는 건 아닌지 모르겠네요.

【질문 5】

4월 2일 61일째. 드디어 『선도체험기』 93권을 택배로 받았어요. 그동안 이제나저제나 하며 선생님께서 서명하여 보내 주시길 고대하고 있었죠. 그런데 전혀 뜻밖으로 유림의 배호영 사장님께서 보내 주셨더군요. 요즘 제가 입원해 있는 관계로 금전 사정이 어려워 후원금도 보내 드리지 못하고 있었는데, 참으로 감사했습니다.

어쨌든 『선도체험기』를 받자마자 단전이 서서히 달아오르는 거예요. 92권이나 되는 『선도체험기』를 수차례 읽었어도 한 번도 그런 적이 없없는데 이게 바로 말로만 듣던 책에서 기운이 나온다고 하는 건가? 정말로 신기하더군요. 곧바로 책을 펴서 읽기 시작했죠, 이전보다 단전이 훨씬 더 뜨겁게 달아올라 수련이 한 단계 업그레이드되었음을 몸으로 느낄 수 있었습니다. 이렇게 좋은 책인 『선도체험기』의 발간이 점점 늦어진다니 안타깝기 짝이 없습니다. 그래서 드리는 말씀인데 불교의 주요 경전으로 꼽는 『법화경』이나 『화엄경』 중 아무거나 하나 번역해 주시면 안 될까요?

이싱으로 수련에 대하여 말씀드렸습니다. 마지막으로 선생님의 소설선집 2, 3권(서명해 주세요)과 표준생식 한 통을 보내 주십사 부탁드립니다. 지도하여 주심에 감사드리며 이만 인사 올립니다. 성통공완하세요.

단기 4342(2009)년 4월 5일
조성용 올림

【필자의 회답】

우선 입원 생활 중에도 꾸준히 수련의 고삐를 놓치지 않고 열심히 수련에 용맹정진한 결과, 점차 그 성과를 올리게 된 것을 축하합니다. 계속 정진하여 소주천, 대주천 단계로 진행하시기 바랍니다. 그렇게 될 수 있도록 계속 염원을 보낼 것입니다.

[질문 1]에 대한 회답 : 그 후회가 일시적인 것이면 참고 그대로 진행할 것이고 그렇지 않고 후회 때문에 도저히 더 봉사활동을 할 수 없을

정도라면 그만두었다가 다시 기력이 회복되었을 때 다시 시작하는 것이 좋을 것입니다. 이 정도의 사소한 문제는 스스로 알아서 판단하시기 바랍니다.

[질문 2]에 대한 회답 : [질문 1]의 회답을 보시고 그 요령대로 하시면 됩니다.

[질문 3]에 대한 회답 : 바로 그겁니다.

[질문 4]에 대한 회답 : 임독이 열리고 소주천이 된 후에 백회가 열려야 정상입니다.

[질문 5]에 대한 회답 : 『화엄경』과 『법화경』 번역은 한 번 생각해 보겠습니다.

오래된 숙제

안녕하십니까? 안동의 이재철입니다. 오랫동안 찾아뵙지도 못하고 메일도 드리지 못한 게으르고 못난 제자를 꾸짖어 주십시오. 저에게 오래되고 난제인 일이 하나 있습니다. 제가 하는 일은 산업재해를 당한 사람들의 치료와 보상에 관련된 행정 업무를 보는 것입니다.

재해자들에 대한 처리는 재해 후 의료기관에서 요양하면서 그분들이 제출하는 신청서가 접수되어야 일이 시작됩니다. 그리고 상병(傷病)을 산재(産災)로 승인할지, 치료에 간병비용을 인정할지, 요양 기간을 더 연장할지 또는 치료를 종결해야 할지, 장해 등급을 어느 정도로 결정해야 할지 등의 모든 결정은 신청 사실에 대하여 의사들로부터 나오는 의학적인 결과에 따라 결정하게 됩니다.

몇 년 전 허리 염좌의 상병으로 치료받기 시작하여 추간판탈출증(디스크)이라는 상병으로 발전하여 근 1년 동안 치료하다 의사협의체에서 이분을 검토 결과 "드러나는 탈출된 디스크도 없고 팽윤(澎潤) 정도의 상태이며 상병 상태로 보아, 이미 1년 정도의 치료 기간이 소요되었고 더이상의 치료는 상병을 개선시키는 데는 무의미하고, 현재의 상태가 고정되어 있어서 치료 종결하고 장해가 남았다면 장해 판정을 받으라"는 결정을 받고 치료 종결된 30대 중반의 민원인이 있었습니다.

이분은 치료 당시에도 업무를 보는 사람의 입장에서는 정말 말도 되지 않는, 예를 들면 제출하지도 않은 신청서를 제출하였다고 하거나 신청서를 우편으로 보냈으니 미리 돈을 달라고 하는 등의 요구를 하곤 하였으며, 날마다 사무실을 찾아와 억지 요구를 하며 소란을 피워 경찰을 출동시켜서 진정시킨 경우도 여러 번 있었지요.

찾아오지 않는 날은 하루 종일 사무실로 수신자 부담 콜렉트 콜로 전화를 하는데, 받아서 인사말을 하고 나면 아무 소리 없이 한참을 있다가 전화를 끊어 버리는 일을 몇 시간 동안 계속하기도 했으며 전화를 잡고 온갖 욕설에 억지에 갖은 방법으로 업무 방해를 하였으며, 심지어 전화번호부를 뒤져 저와 같은 이름이 있는 사람들의 집에 전화하여 저의 근무처를 이야기하며 혹시 저의 집인가를 묻고, 아니라고 하는데도 새벽에 전화하여 괴롭히고 자식들이 무사하지 못할 거라는 암시적인 말을 하여 제가 근무하는 사무실로 엉뚱한 항의 전화가 들어와 사과하는 일도 여러 번 있었습니다.

때로는 자신이 아는 다른 환자들과 무리를 지어 사무실에서 난동을 부려 경찰의 조사를 받기도 하였고 저에 대하여 회사의 감사실, 인사부, 상급기관, 경찰서, 국가인권위원회, 부패방지위원회 등에 관련 업체로부터 뇌물을 받았다거나 성접대를 받았다거나 대낮부터 다방 아가씨를 불러 커피를 마시더라, 노래방에 가더라 등등 터무니없는 진정을 넣어 관련 수사기관으로부터 내사를 받거나 출석하여 조사받아야 하는 일도 있었습니다.

이런 일에 지친 저는 당시 사실 그 사람의 목소리, 모습, 이름을 듣는 것으로도 가슴이 두근거리고 화가 나는 것은 어쩔 수 없는 지경이었죠. 물론 그 사람으로 인하여 저뿐 아니라 우리 사무실의 직원들이 모두 고통을 당하였으나 그러한 그의 행동이 저를 겨냥하고 하는 것이므로 그 부담은 정말 말로 할 수 없을 지경이었습니다.

자문 의사들이 자문하고 돌아가는 길을 그 사람이 몇 차례나 뒤를 따라가 근무하는 병원을 알아내어 자문의가 근무하는 병원에서 난동을 부린 적도 있으며, 사무실 근처에서 기다리다 퇴근 무렵 직원들의 뒤를 따라가는 것을 알았기에 저 역시 가족의 안전을 위해 퇴근 시 다른 곳을 돌아돌아 뒤를 확인하고야 집으로 가는 일이 몇 달 동안 이어지기도 했습니다.

그 사람은 특히 자신의 치료 종결 시점에 제가 업무를 보았으므로 자신의 치료 종결 조치가 모두 제가 서류를 조작하고 자신을 괴롭히려고 그랬다는 소리를 하고 있지요. 그 사람이 어떤 사람인지를 이전 담당자들이 당하는 것을 옆에서 지켜보아 잘 알고 있었으므로 일을 처리함에 있어 최대한 공정하고 원칙을 지키는 등 지극히 정상적인 방법으로 일을 처리하였습니다.

그동안 자신의 몸을 충분하게 치료받았고 종결할 시점이 되어 치료를 종결하게 되었지만 그 사람의 생각에는 내가 이전 직원들과 달리 자신에게 악의를 가지고 있어 치료를 종결하게 된 것으로 생각하였던지 갖은 방법으로 억지를 쓰며, 자신과 관련된 모든 자료와 법규정 그리고 처리 절차 등을 공개해 주어도 전혀 인정하려 하지 않고, 날마다 사무실에 찾아와 지위고하와 나이의 과다를 불문하고 입에 담을 수 없을 만큼의 욕설과 모욕을 했었지요.

게다가 어떤 여직원은 그 사람이 따귀를 때리는 바람에 안경이 부서지고 어떤 직원은 지나친 감정의 억제와 스트레스 및 정신적인 충격으로 정신과 치료까지 받는 일이 있었습니다. 그러나 그 사내의 이러한 모든 일이 어찌되었든 산업 현장에서 일하다 다친 것 때문이고, 아직 장가도 가지 않은 젊은 사람이었으며 가정 환경도 동정의 여지가 많아 참고 지냈습니다.

그러나 이런 일이 1년 이상 지속적으로 반복되자 견디다 못한 지사장 이하 간부들의 주도로 해당 민원인을 고소 고발하게 되었으며 그 결과 재판을 통해 2년의 실형을 선고받고 복역을 하였는데, 복역 중에도 지사로 편지를 보내 민원을 제기하여 직원들이 몸서리를 치게 하곤 했습니다.

그 사람으로 인하여 지사 직원들은 자신의 가정이 있는 지역을 떠나 다른 지사로 발령을 받아 떠나기도 하였는데 저는 어쩌다 보니 그 사람이 교도소에 간 후 지사를 떠났다가 1년 만에 다시 이곳으로 발령을 받아 예전과 같은 부서에서 근무하게 되었습니다.

다시 근무를 시작한 지 6개월쯤 되었는데 얼마 전에 그 사람으로부터 지사로 전화가 왔습니다. 직원이 받아 지사장과 통화하고 싶다고 하여 지사장을 바꿔 주었는데 예전에 알던 사람이 아니라서 그랬는지 당시 자신과 관련이 있었던 직원들의 연락처를 일일이 물은 후 전화를 끊었다고 들었습니다.

그리고 그날 오후 그로부터 저에게 전화가 왔습니다. "덕분에 교도소에 잘 갔다 왔는데 이대로 끝나는 거냐?", "내게 해 줄 것 없냐?", "내가 교도소 가는 데 네가 제일 많이 기여했지 않느냐?"는 등의 말을 하며 약 5분간 통화하였는데, 그의 목소리를 듣는 순간 마음은 진정이 되지 않고 두근거리며 전화를 끊고 나자마자 바로 두통이 시작되더군요.

몇 날 며칠을 생각해 봐도 이 사람에게 정신적인 문제가 있지 않다면 이생의 인연이 아닌 다른 인연의 결과겠다 싶더군요. 그 사람을 생각하면 불쌍한 생각이 들기도 하여 다시 본다면 그와 좀더 좋은 인연을 만들어 봐야겠다는 생각이 들기도 하였지만 막상 2년 만에 그의 목소리를 다시 들으니, 과거의 상처가 재발되어 끔찍할 정도이므로 다시는 보고 싶지 않은 것이 사실입니다.

그리고 그런 일은 아직도 진행 중이어서 지사 직원들 모두가 언제 그가 찾아와 좋지 않은 일을 당할지 걱정하고 있습니다. 제가 10년이 넘도록 삼공재를 출입하였지만 아직도 멀디멀었다는 것과 예전에 말씀하신 "오습기히"의 수준임을 알겠더군요.

스승님에게 메일을 보내는 지금은 다소 마음상태가 정리되어 그에 대한 미움보다는 안쓰러움이 더 앞서고 있기는 하지만 다시 보는 일이 없었으면 하는 이기적인 마음도 있습니다. 요즈음은 그 모든 게 내가 있어 있는 것이니 나를 탓하고 나를 정화해 보자는 마음으로 늘 사랑과 감사의 말과 느낌을 가지려고 하고 있으며 그를 용서하자는 생각뿐 아니라 그런 상황을 부른 나 자신을 용서해 보자는 마음으로 생활하고 있습니다.

스승님 죄송합니다. 늘 꾸준히 하겠다고 말씀을 올리고는 있으나 어찌된 일인지 마음 고생할 일이 발생하고 그를 극복하는 과정이 반복되어 마음공부할 상황이 자꾸만 일어나고 있으며 기 수련은 진전이 없네요. 지난번 삼공재를 방문한 후 2단계 화두수련이 진척이 없자 조금 더 해 보고 안 되면 아직 선계에서 응답을 주지 않는 것이니 화두수련을 중단하라는 말씀이 있으셨고, 그 후에도 별 성과가 없어 부끄러운 마음에 삼공재 가는 길을 차일피일 미루다 보니 시간이 꽤 되었습니다. 죄송하고 부끄럽기는 하지만 스승님 일정에 별다른 사항이 없으시다면 그래도 내일은 스승님 얼굴이라도 뵙고 싶습니다.

2009년 02월 13일
안동에서 이재철 올림

【필자의 회답】

메일을 읽어 보니 내가 17년 전에 모 수련단체로부터 당한 일과 비슷하다는 느낌을 받았습니다. 그 단체의 맹신자들로부터 교대로 받은 온갖 협박, 공갈, 욕설, 저주에 대면 그래도 약과라는 생각이 듭니다. 그때 나는 여러 맹종자들로부터 교대로 그런 일을 당했지만 이재철 씨는 단 한 사람으로부터 여러 직원들이 함께 당했으니까요.

이재철 씨는 구도자요 수행자니까 이런 일에 화를 내거나 지쳐서는 안 됩니다. 이것을 도리어 자신의 인내력과 지구력을 시험하려는 섭리의 배려로 알고 꿋꿋이 참아 내시기 바랍니다. 그러기 위해서는 처음부터 끝까지 관(觀)을 하시기 바랍니다.

이 문제를 진지하게 관하는 동안 그것을 극복할 수 있는 여러 가지 지혜들이 떠오르게 될 것입니다. 그러는 가운데 격해지려는 감정을 스스로 잠재우고 안정된 부동심(不動心)을 얻을 수 있을 것입니다. 부디 이 난관을 새로운 도약을 위한 기회로 이용하시기 바랍니다.

막무가내 민원인에게 연민이

스승님 안녕하십니까? 안동의 이재철입니다. 이제 어느덧 완연한 봄이 피부로 느껴지고 있습니다.

지난번 제가 말씀드렸던 그 막무가내의 민원인은 다시 각종 유관기관의 인터넷 게시판에 무작위로 음해성 글을 올리고 있고 해당 기관으로부터 여러 차례 해명 요구가 있었으나 아직은 2년 전처럼 심각한 사태로 발전하고 있지는 않고 있습니다. 게다가 요즈음은 화가 나거나 짜증이 나는 일도 드물어지고 있고 오히려 그런 사람들에게 연민이 느껴지고 있습니다.

그래서인지 세상일들도 그리 까다로워 보이지 않고 수련의 진척이 더딘 것도 그리 나쁘게만 여겨지지 않으며 조급증도 일지 않습니다. 다만 2단계 화두의 진전에 대하여는 여전히 드릴 말씀이 없다는 것이 스승님께 죄송할 따름입니다.

낮에는 직장생활로 퇴근 후는 애들을 돌보고 밤에 갓난쟁이를 데리고 자며 여러 차례 잠을 깨어야 하는 상황이다 보니 제대로 일어나기도 힘들고 어쩌다 새벽에 일찍 일어나 화두를 들어도 얼마 후 애가 울면 중단되고 마는 생활이 연속되고 있습니다.

집사람이 다소 몸이 약하다 보니 낮에 제가 직장에 가고 없을 때 애들 셋을 건사하느라고 저녁에 퇴근해 보면 많이 피곤해하고 있어 퇴근 후 출근 전까지 제가 애들을 돌보아야 하므로 수련보다는 현실 생활에 치우치지 않을 수 없더군요.

그러나 저도 이대로는 안 되겠다는 마음이라 많이 힘들더라도 잠든 새벽 시간을 내어 보려 다짐하고 있습니다만 아직은 저의 결심이 부족한지 잘되고 있지 않습니다. 한마디로 저의 수련은 일상에 묻혀 발버둥을 치고 있으나 헤어나지 못하고 있는 듯합니다.

그러나 다행스럽게도 마음만은 어느 때보다 평화롭고 늘 즐겁게 지내고 있고 수련 시 단전의 열기도 여전하고 특히 중단전은 자리에 앉기만 하여도 파스를 바른 듯이 시원함을 느낍니다. 또한 임독에도 열기나 시원함을 여전히 느끼고 있고요.

보름 전에는 애를 들었다 놓는 순간에 허리를 삐끗하여 생전 처음 느껴보는 통증으로 걷기도 눕기도 서기도 힘들어 3일은 침을 맞기도 하였고 말끔해지지 않아 관을 계속한 때문인지 생각보다 수월하게 회복되었습니다. 며칠 전부터는 등 쪽 견갑골에 통증과 결리는 증상이 생겨 지켜보고 있는 중입니다. 특별하게 아픈 일이 없는 걸 보니 빙의 현상이 아닐까 생각됩니다.

얼마 전에는 스승님 꿈을 꾸었는데 지금보다 더욱 많이 연세가 드신 모습을 뵈었고 제가 인사드리니 이제는 조용히 정리하려 하니 전수자들에게서 배우라고 하셔서 스승님께서 누우시려는 이부자리를 봐드리던 중 잠에서 깨었습니다. 일어나고서는 웬 별 꿈을 다 꾼다고 생각했지만 한편으로 스승님께서도 영원히 계시지 않으니 계실 때 더욱 분발하라는 자성의 질책이 꿈으로 나타난 것이 아닌가라고 생각되었습니다. 그리고 스승님의 건강도 다시 한 번 기원하였습니다. 그리고 수련이 지지부진하여 부끄럽습니다만 스승님 일정에 별다른 사항이 없으시다면 이번 토요일에 삼공재를 방문할까 합니다.

2009년 04월 03일
안동에서 우매한 제자 이재철 올림

【필자의 회답】

세 아이를 키우느라고 고생이 많습니다. 3자녀 이상은 정부에서 여러 가지 혜택을 준다고 했는데 잘 챙기고 있는지요? 그 어려운 현실 생활 속에서도 조금도 기죽지 않고 씩씩하고 꿋꿋하게 수련을 하려는 노력이 가상합니다.

반드시 좋은 보답이 있을 것입니다. 내가 오늘 당장 세상을 등진다고 해도 전연 상심치 않고 의연히 수련에 매진할 수 있을 정도로 이재철 씨 자신 속의 원자로의 불이 활활 타오르게 하여 후배들에게도 도움을 줄 수 있도록 계속 용맹정진(勇猛精進)해야 할 것입니다.

앞이 깜깜하네요

선생님 안녕하세요. 사모님 또한 안녕하신지요. 벌써 2월도 마지막 날이네요. 내일부터는 3월이 시작되는데 아직도 바람이 차갑게 느껴집니다. 그래도 남쪽으로부터 꽃소식이 들려오겠지요.

일요일에 삼공재에서 선생님께 절을 올리면 때로는 엄하신 얼굴로 때로는 인자하신 얼굴로 맞아 주실 때 아, 내가 더 열심히 수련을 하고 왔어야 하는데 하고 후회한 적도 있었습니다. 하지만 습에 매여서 다람쥐 쳇바퀴 돌듯이 제자리걸음만 한 것이 아닌가 생각합니다.

선생님 당분간 찾아뵙지 못할 것 같습니다. 매주 찾아뵈면서도 수련에 진전이 없었는데 앞이 깜깜하네요. 하지만 집에서 일요일 3시부터 5시까지 『선도체험기』에 실린 선생님의 사진을 펼쳐 놓고 수련을 하도록 하겠습니다. 염치없는 부탁이지만 기운 좀 보내 주세요. 위기가 곧 기회라고 위기에서 기회를 잡아서 더 나은 모습으로 찾아뵙기를 간절히 바랍니다. 안녕히 계십시오.

2009년 2월 28일
김춘배 올림

【필자의 회답】

김춘배 씨가 삼공재에 오시기 시작한 것은 2006년 4월 16일부터입니다. 벌써 만 3년이 다 되었습니다. 그동안 김춘배 씨는 일요일이면 빼놓지 않고 삼공재를 찾아와 수련을 했습니다. "매주 찾아뵈면서도 수련에 진전이 없었는데 앞이 깜깜하네요" 했는데 과연 3년 동안 전연 아무런 진전도 변화도 없었는지요?

한 번 곰곰이 되세겨보시기 바랍니다. 과연 그렇다면 삼공재에 다시 오실 필요가 없을 것입니다. 그러나 추호라도 무슨 변화가 있었다면 이메일로 알려 주시기 바랍니다. 그것을 기초로 다음 대책을 세울 수 있겠기에 하는 말입니다.

나태에 대한 질책

죄송합니다. 수련에 진전이 없었다는 표현은 저 자신의 나태함에 대한 질책이고 채찍이었습니다. 근 3년간 사랑의 보살핌으로 이끌어 주신 선생님에 대한 배려가 빠져 있는 잘못된 표현이었습니다. 앞으로는 단어나 언어의 선택에 상대방을 생각해서 신중을 기하도록 하겠습니다.

지난해 언제부턴가 수련을 마치고 인사를 드릴 때 저희 수련생들의 빙의 천도로 인해 많이 힘들어 하시는 것처럼 느껴져서 가슴이 찡할 때가 있었습니다. 그 뒤로 저 자신을 더욱 채찍질하여 보지만 습에 매인 고리를 끊지 못하고 빙의된 몸으로 선생님을 찾아뵐 때의 그 마음이 포함된 표현이었습니다. 죄송합니다.

3년 전 처음 삼공재를 방문하던 기억이 새롭네요. 임성택 도우님께서 오셨는데 그전 도장에 다닐 때보다 많이 맑아지고 기운도 세어진 것을 느낄 수 있었습니다. 삼공재에 같이 다니면서 수련하자는 요구에 한 치의 망설임도 없이 그러자고 했습니다.

사실 그때 제 몸은 거의 폐인 상태였습니다. 그전 도장에 다니면서 처음에는 수련이 잘되었으나 이후 빙의가 들어오기 시작하면서 들어오던 기운도 막혀 버리고 몸도 여기저기 안 아픈 곳이 없게 되었습니다. 그런 몸으로 선생님을 찾아뵌 것을 지금은 후회하고 있습니다. 그때만 하더라도 선생님에 대해서 알고 있는 것은 아무것도 없었습니다.

『선도체험기』표지도 못 본 상태에서 임성택 도우님이 변하신 모습을 보고 나도 변할 수 있겠지 하는 마음에 무작정 따라나섰습니다. 『선도체험기』를 다 읽고 정성 수련이라도 100일 정도 해서 조금은 맑은 기운과 모습으로 찾아뵙는 건데 제 욕심에 그러질 못했습니다. 선생님 용서하여 주십시오. 그래도 선생님께서는 반갑게 맞아 주셨고 빙의가 되어 있다며 빙의령을 천도시켜 주셨습니다.

풍선에서 바람이 빠지는 듯하던 백회의 느낌이 아직도 생생합니다. 그 후로 수련은 꾸준히 진행이 되어서 작년에는 대맥이 돌았습니다. 물론 말씀은 안 하셨지만 선생님께서 도와주신 걸로 알고 있습니다. 대맥에 뜨거운 철삿줄로 조이는 느낌과 순간적으로 220볼트의 강력한 전기가 흐르는 느낌이 들었습니다. 기운을 많이 느껴 보았지만 그렇게 강력한 기운은 처음이었고 그것은 선생님께서 기운을 보내 주셨기에 일어난

일이라 생각합니다. 뒤늦게나마 고마움을 전합니다.

선생님에 대한 고마운 마음을 어떻게 필설로 다할 수 있겠습니까마는 저의 마음 깊은 곳으로부터 다시 한 번 고마움을 전합니다. 그 후로 두 세 번 정도 대맥에 느낌이 있었으나 저의 부족함으로 인해서 정체되고 있습니다. 요즘은 수련 중에 대추혈 부근에 강한 통증을 느끼고 있습니다. 마치 칼이 꽂혀 있는 듯한 강한 통증에 호흡마저 힘들음을 관하고 있지만 아직 잡히지는 않고 있습니다. 하지만 이 또한 수련으로 알고 열심히 관하도록 하겠습니다.

요즘은 경제적 어려움으로 인해서 선생님을 주일마다 찾아뵙지 못해서 죄송합니다. 이 어려움 또한 수련으로 생각하고 극복하도록 하겠습니다. 찾아뵙지는 못하더라도 집에서 일요일 3시부터 5시까지 시간을 내서 삼공재에서와 같이 수련하고 있습니다.

비록 몸으로는 찾아뵙질 못하나 마음은 항상 삼공재에 두고 더욱더 열심히 수련을 해서 선생님을 찾아뵐 때는 맑고 깨끗한 모습으로 찾아뵐 수 있도록 열심히 수련하도록 하겠습니다. 안녕히 계십시오. 컴퓨터를 잘 못해서 2시간 40분 정도 걸렸습니다. 틀린 부분이 있더라도 이해해 주세요.

2009년 3월 7일
김춘배 올림

【필자의 회답】

　수련이 잘되어 맑고 깨끗해진 사람은 삼공재에 찾아오라고 해도 찾아오지 않습니다. 왜냐하면 맑고 깨끗할 정도로 수련이 잘되는 사람은 더 이상 누구의 도움도 필요로 하지 않기 때문입니다. 따라서 삼공재에 찾아오는 수련생들은 누구나 다 수련이 자기 생각대로 잘되지 않기 때문에 도움을 받기 위해서 찾아옵니다.

　김춘배 씨는 지난 3년 동안 삼공재에 일요일마다 다니면서 지금은 대맥이 열리고 독맥상의 대추혈까지 지금 열리려고 통증을 느끼고 있습니다. 이것은 그동안 분명히 수련이 꾸준히 이루어지고 있었다는 것을 말해 줍니다.

　그런데도 갑자기 삼공재 수련을 중단하고 혼자서 수련을 하겠다는 것은 수련에 대한 열정과 성심이 식었다고밖에는 볼 수 없습니다. 만약에 그렇지 않다면 맑고 깨끗해질 때까지 삼공재 수련을 중단하지 말아야 할 것입니다. 이제 대맥이 열렸으니 멀지 않아 소주천, 대주천이 완성되고 임성택 씨처럼 현묘지도까지 마쳐야 하지 않겠습니까?

　수련의 기회는 언제나 노상 열려 있는 것은 아닌데 왜 그것을 스스로 포기하려고 하시는지 나는 이해를 할 수 없습니다. 내가 이렇게까지 말했는데 굳이 삼공재 수련을 마다한다면 더이상 권하지 않겠습니다. 오는 사람 막지 않고 가는 사람 잡지 않는 것이 내 생활 철학이니까요.

『선도체험기』에 의한 빙의령 천도

선생님 안녕하세요. 사모님 또한 안녕하신지요. 지난주에 회사로 손님이 한 분 찾아 왔는데 몸이 아파서 한 달 동안 집에서 쉬고 있다는 얘기를 듣는 순간 빙의가 백회로 들어오기 시작하면서 오른쪽 뇌에 못이 박혀 있는 것처럼 통증이 일었고, 어지럽고 토할 것 같고 악취에 순식간에 몸이 힘들어졌습니다.

저는 빙의령 하나 가지고도 이렇게 힘이 드는데 선생님은 여러분을 상대로 얼마나 힘이 드실까 하는 생각이 들었습니다. 나가라고 할 수도 없고 같이 있자니 고역이었습니다. 시간이 지날수록 몸이 힘들어지는 것을 관찰을 하다가 퇴근 후에 집에서 『선도체험기』를 읽기 시작하자 백회로 빙의령이 천도되는 것이 느껴졌습니다. 그리고는 통증과 불편함이 한순간에 없어졌습니다. 이것이 『선도체험기』에 의한 빙의령 천도 현상이 맞는지요? 내일 찾아뵙도록 하겠습니다. 안녕히 계십시오.

2009년 4월 11일
김춘배 올림

【필자의 회답】

네, 그것이 바로 빙의령이 천도되는 현상입니다. 지금은 비록 힘이 들지만 내공(內功)이 쌓이면 빙의령이 여럿 한꺼번에 들어와도 별로 어렵지 않게 천도시킬 수 있을 때가 반드시 올 것입니다. 김춘배 씨는 꼭 그렇게 될 때까지 꾹 참고 수련을 계속해야 할 것입니다.

돈과 인격과 수련

안녕하세요? 김태영 선생님, 저는 선도에 관심 있는 한 대학생입니다. 다름이 아니라 돈, 인격과 수련의 관계에 대해 궁금함이 생겨서 여쭤보고자 이렇게 메일을 올립니다. 저는 지금 삼공선도는 아니지만 모 단체의 수련을 하고 있습니다. 현재까지 대략 석 달 정도 됩니다. 그런데 몇 가지 생각이 듭니다.

1. 저는 우선 현실에서 자유롭게 살려면 '넉넉한 돈'이 반드시 있어야 한다고 생각합니다. 그런데 그런 것이 선도수련과 상충되는 것은 아닌가 하고 생각이 듭니다. 돈이 없고 가난해도 인자하고 자비로운 마음으로 사는 사람들을 저는 존경합니다. 하지만 저는 현재로서는 그렇게 할 자신이 없습니다. 평범한 인간이기에 돈에 영향을 받을 수밖에 없습니다.

곳간에서 인심 난다는 말처럼, 사람이라면 돈이 넉넉해야 인자하고 자비로운 마음도 생기는 것이라고 생각합니다. 예수는 "부자가 천국에 들어가기는 낙타가 바늘구멍에 들어가는 것보다 어렵다"고 했는데, 저는 잘 모르겠습니다.

저는 자유롭고 떳떳하게 살고 싶어서 부자가 되고 싶습니다. 그래서 현실로부터 저를 굳건하게 지키고 싶습니다. 적어도 돈 때문에 힘들게 살고 싶지는 않습니다. 하지만 그런 마음조차도 사욕이라서 버려야 한다면, 저는 선도수련을 포기해야 할 것 같습니다. 그렇게까지는 못 할 것 같습니다. 대체 어디까지가 사욕이고 어디까지가 정당한 건지, 부자가 되려는 마음을 가진 사람도 선도수련을 할 수 있는 건지, 부자가 되겠다는 관념이 수련에 영향을 미칠 수 있는 것인지 잘 모르겠습니다.

2. 저는 제 자신을 바꾸기 위해서 수련을 시작했습니다. 제가 지금까지 살아왔던 무기력하고 무능하고, 비열하고 우둔하고, 자신감 없고 이기적인 모습을 바꾸려고 수련을 시작했습니다. 선생님께서는 "선도라는 게 고작 건강이나 찾으려고 하는 게 아니다"라고 깨달음을 얻는 방편으로 사용하라고 하셨지만, 저는 선도를 저 스스로의 모습을 바꾸려는 목적으로 사용하고 있습니다.

저는 지금으로서는 깨달음이라는 게 뭔지 모르겠습니다. 얼마나 고귀한 건지도 모르겠습니다. 적어도 분명한 건, 깨달음이라는 것이 제가 바라는 현재 목표가 아니라는 점입니다. 제가 선도로부터 얻고자 하는 점은 제 몸과 정신과 마음이 다 건강해지고 여유로우며, 배려심 있고 총명하고, 유능하며 당당한 모습을 갖는 것입니다.

이런 목적을 가지고 수련을 하는 것이 죄가 되는 것입니까? 나 자신에 대한 '투자'라는 관념을 가지고 수련하면 안 되는 것입니까? 저는 제 스스로가 생각하기에 인격적으로나 대인관계에 있어서나 건강, 마음 크기 등등에 있어서 많이 부족한 사람이라는 것을 알고 있습니다. 이런 상태에서 저를 바꾸기 위해 수련하는 것과, 그러한 사람다운 사람이 되고 난 후 수련을 하는 것은 어떤 차이가 있습니까? 선생님의 답변 기다리겠습니다. 언제나 건강하십시오.

2009년 3월 11일
밤의 향기 올림

【필자의 회답】

질문자는 아직 선도가 무엇하는 것인지 잘 모르고 계시는 것 같습니다. 그렇다면 그 방면의 공부를 하셔야 할 것입니다. 한마디로 선도는 몸공부와 기공부를 통하여 깨달음을 성취하려는 것입니다. 부귀영화를 추구하는 분야가 아니라는 점을 분명히 아셔야 할 것입니다. 돈을 많이 벌고 싶으면 사업을 하든가 장사를 해야 하는 것이 지름길입니다. 권력이 탐난다면 정치에 입문하거나 관직을 추구해야 할 것입니다.

"몸과 정신과 마음이 다 건강해지고, 여유로우며, 배려심 있고, 총명하고, 유능하며 당당한 모습을 가질 목적으로 수련을 하는 것이 죄가 되는 것입니까?" 하고 물었는데 그런 것은 결코 죄가 되지 않습니다. 선도가 지향하는 것은 여기에서 그치지 않고, 수행자 각자의 존재의 실상을 깨닫는 단계에까지 도달하여 상구보리하고 하화중생하자는 것입니다.

이렇게 되려면 도심(道心)이 싹터야 하는데 질문자는 아직 그 단계까지는 도달하지 못한 것 같습니다. 도심이 싹튼 뒤에 다시 질문하시는 것이 좋겠습니다. 나는 『선도체험기』 저자입니다. 적어도 나에게 선도에 대하여 의미 있는 질문을 하려면 지금까지 나온 『선도체험기』를 1권서부터 93권까지 다 읽고 소화한 후에 하는 것이 예의에 맞을 것이라고 생각합니다.

폭발하는 환희지심

선생님, 사모님 그간 안녕하십니까? 그동안 복분자 밭 가지치기와 퇴비 주기 등으로 조금 바빴습니다. 요즘 수련은 조금씩이나마 진전되고 있는 것 같습니다. 지난 가을경부터 최근까지도 새로운 장소에 가거나 전화 통화, 사람들을 만나는 것이 상당히 괴로웠습니다.

많은 탁기와 빙의령 등 특히 시골에는 노인분들이 많다 보니 만나서 잠시 이야기를 나누다 보면 손기 증세가 느껴질 정도입니다. 이제는 이력이 나서인지 거의 무심으로 모든 일을 대하게 되었고 중단에서 약간의 답답증이 있다가 잠시 지나면 원상회복이 됩니다.

최근에는 수시로 마음 깊은 곳에서 저절로 환희심이 일어나며 그것이 화산처럼 폭발할 것 같이 느껴지곤 합니다만 잠시 후면 평온해지곤 합니다. 한 번쯤 이 환희심이 폭발을 해 버려야 환희심 속에서 살지 않을까 생각됩니다. 항상 이런 환희심 속에서 생활한다면 이 세상이 전부 선(善)과 행복으로 가득찬 천국의 꽃밭이 될 것 같습니다. 상구보리 하화중생할 수 있도록 더욱더 수련에 매진하겠습니다. 4월쯤에 시간 내서 찾아뵙도록 하겠습니다. 선생님, 사모님 안녕히 계십시오.

2009년 3월 25일
광주에서 양정수 올림

【필자의 회답】

수련이 계속 진전되고 있다니 다행입니다. 『격암유록』에 보면 후천개벽 시에는 이재전전(利在田田)하고 수승화강(水昇火降)하는 사람이 이 세상을 이끌어 간다고 했습니다. 예언을 꼭 믿어서가 아니라 선도 수련자는 우선 마음이 안정되고 건강할 수 있다는 점에서만도 큰 축복이라고 생각합니다. 수련에 계속 용맹정진하시기 바랍니다.

병장 휴가

삼공 선생님. 안녕하세요! 입대 전 삼공재를 들락거리던 육군 병장 유주홍입니다. 진급 휴가를 즈음해서 메일 드리고는 했는데 어느 사이엔가 전역을 앞두고 있습니다. 저는 이제 병장 휴가 9박 10일을 포함해서 앞으로 사십여 일 뒤에는 영영 소집 해제됩니다.

전역하면 예전처럼 오행생식하고, 삼공재에서 단전호흡도 하고 싶습니다. 방문객은 여전히 15시~17시 사이에 받으시나요? 괜찮으시면 제가 6월 1일 전역인데 6월 첫째 주중에 찾아가겠습니다.

그리고 고질병(하반신이 마비된 듯 힘이 안 실리고 주저앉는 것 같은) 치료를 위해 몸살림 운동 수련원도 등록하려고 하는데, 광화문 수련원을 다니면 될까요? 병원에서 척추분리증이라고 하는 이 병 때문에 군생활하면서 애로사항 많았습니다. 앞으로는 제 몸이 일상생활과 수행하는 데 걸림돌이 되기보다는 도움이 되도록 꼭 체질을 바꾸고 싶습니다.

연대 참모부에서 일을 하다 보니 스트레스를 많이 받곤 하는데 제 몸이 마음을 못 따라간다는 느낌을 자주 받았습니다. 울화가 치밀어 오를 때 묘하게도 제 마음은 제가 화를 내고 있다는 것을, 마치 타인을 바라보듯 냉철하게 알고 완급을 조절합니다. 하지만 제 몸은 꼭 가슴과 배꼽의 중간 즈음(중단전 즈음?)이 찌르듯이 아프고, 입맛이 없어질 만큼 속이 뒤틀렸습니다. 진심으로 화를 내거나 스트레스를 받으면 꼭 제 육체에는 이 후폭풍이 뒤따랐습니다.

근본적인 문제는 제 수행이 부족한 때문이라고 생각합니다. 그래서 더욱 조건에 휘둘리는 행복이 아닌 절대 평화와 부동심을 얻고 싶습니다. 저는 그 부동심을 얻는 한 방편으로 동물보호운동을 생각하고 있습니다. 아니, 사실 부동심을 떠나 동물들을 보살피는 일이 제 평생의 사명과 천직으로 다가옵니다. 처음 보는 개나 고양이, 고라니들을 보기만 해도 반갑고 행복해지고 힘이 솟습니다. 저는 인간들의 변심으로 버려지는 반려동물, 서식지의 파괴로 살 곳을 점점 잃어가는 야생동물들을 볼 때마다 너무나 안타깝고 반드시 동물들을 돕고 싶습니다.

(물론 저는 애완견만 몇 년 길러 보았을 뿐, 유기동물이나 야생동물 등에 관한 것을 체험해 보지는 않았습니다. 오랜 시간에 걸쳐 사색한 결론이지만, 제 몸으로 검증해 보지는 않아서 다소 조심스럽습니다.)

저는 내적으로는 부동심을 갈구하며, 외적으로는 동물 사랑을 실천하는 삶을 살고 싶습니다. 사진병의 적성을 살려 사진학과에 진학(미국에서 대학을 다닐지도 모르겠습니다)하고, 동물사진을 전공해 사진을 통해 동물 사랑을 실천하는 삶을요. 물론 고정적인 소득원을 가지고 독립적인 삶을 영위하기 전까지는 전력투구할 수 없겠지만요. 저에게 인류애나 측은지심이 없는 건 아니지만, 저는 특히 동물들에게 마음이 갑니다. 또 사람들에게는 준 만큼 받고 싶은데, 동물들에게는 조건 없이 내주어도 무언가 바라는 마음이 안 생기는 점도 좋습니다.

동물들에 대한 이 자비심을 뭇 사물과 사람에게도 동일하게 적용할 수 있다면 저도 비범한 사람이 될 텐데, 아직까지 그런 경지는 요원한 것 같습니다. 우선 사랑하고 싶고 사랑할 수 있는 것을 마음껏 사랑하고 싶습니다. 안부 인사드린다는 것이 너무 거창해졌습니다. 구도보다는 제

꿈에 대한 이야기가 더 많았던 것 같습니다. 지루하지는 않으셨을지 모르겠습니다.

다소 늦었지만 『선도체험기』 신간 발행을 축하드립니다. 삼대경전은 곁에 두고 자주 읽고 싶었던 책인데 최신 번역 버전이 출간되어서 반갑습니다. 입대 전에 읽었던 『참전계경』은 솔직히 무슨 뜻인지 이해가 잘 되지 않았습니다. 이번에 새로 읽을 때는 (선생님이 번역한) 『채근담』을 읽을 때의 감동처럼 읽고 싶습니다.

p.s. 『선도체험기』에서 읽은 동물 이야기로는 선생님이 기르던 개가 죽어서 선생님께 빙의되었던 이야기 외에는 별다른 내용이 없어서 선생님의 '동물관'은 잘 모르겠습니다. 선생님은 유기동물이나 야생동물 보호운동 등에 대해 어떻게 생각하시는지요?

2009년 4월 15일
유주홍 올림

【필자의 회답】

군대 들어간 지가 엊그제 같은데 벌써 전역을 앞두고 병장 휴가를 나왔다니 세월이 무척 빠르게 흘러갑니다. 빨리 전역을 마치고 그전처럼 삼공재에 와서 수련을 계속할 수 있었으면 좋겠습니다.

나의 동물관을 말하겠습니다. 동물도 자연이 주는 혜택을 인간만큼 누리고 살아야 합니다. 그러기 위해서는 우리 인간은 서구에서 발원한 인본주의(人本主義) 사상에서 하루속히 벗어나야 합니다. 인본주의란 인간을 위해서는 동물이고 식물이고 광물이고 무엇이든지 무한정 이용해도 좋다는 사상입니다.

구약성경 첫 머리에도 사람에게는 동식물을 마음대로 이용하라고 했습니다. 이것은 근본적으로 잘못된 생각이라고 봅니다. 그러한 인본주의 사상 때문에 인간은 동식물과 자연과의 조화를 깨뜨리면서까지 인간의 이익을 추구한 결과 어떻게 되었습니까?

무한정 자연과 동식물을 정복한 결과 생태 환경이 파괴되고 먹이사슬이 단절되어 연간 수천 종의 동식물들이 멸종되어 가고 있는 것이 작금의 현실입니다. 이 상태가 방치된다면 결국 인간도 지구상에서 살 수 없게 되는 날이 오고야 말 것입니다. 따라서 동물과 식물과 자연은 인간과 서로 상부상조하는 조화를 이루어야 합니다. 그런 의미에서 동물 사랑을 나는 적극 찬성합니다.

갑자기 이혼을 하자는 아내

삼공 선생님, 수련생 김찬성입니다. 2000년 미국 유학 갔다가 2004년 귀국한 후 한동안 찾아뵙다가 요즘은 거의 찾아뵙지 못했습니다. 자주 찾아뵙고 수련에 매진해야 하는데 직장일로 바쁘고 해서 그러지 못하고 있습니다.

찾아뵙고 직접 말씀드리는 것이 도리이나 이메일로 저의 가정사에 대해서 여쭙게 되었습니다. 다름이 아니고, 와이프와의 관계 때문에 그렇습니다. 결혼은 1998년 11월에 했고, 아직 아이는 없는 상태입니다.

결혼 10년 동안 특별한 문제없이 잘살아 왔다고 생각했는데, 요즘 갑자기 와이프가 제가 보기 싫다고 이혼하자고 합니다. 참으로 막막하기 그지없습니다. 제가 특별히 모난 성격도 아니고, 처가와 본가 모두 저희 부부와 관계에서 문제가 될 만한 것도 없었고, 특히 지난 10년 동안 언성을 높이며 다툰 일도 없었습니다.

결혼 전 와이프는 『선도체험기』에 관심이 있어서 20권 정도 읽고 1998년에 저와 같이 삼공재에 같이 방문하고 단전호흡도 한 적 있습니다. 그날 와이프는 단전이 후끈 달아올랐다고 합니다. 그러나 그 이후 무섭다면서 수련은 하지 않고 있습니다. 그러나 제가 선도수련하는 것은 적극 지원하는 편입니다.

와이프는 어려서부터 장모님의 극진한 정성으로 공주처럼 성장해서 철이 없는 점도 일부 있지만, 사실은 밝고 속이 깊고 마음이 넓은 여자

69

입니다. 저는 그런 점이 좋아 결혼했고, 내심 존경심도 가지고 있습니다. 그러나 단 하나, 와이프는 자존심과 자격지심이 있는 것 같습니다.

유학 시절 포함 최근까지 와이프 본가 쪽은 금전적인 문제들과 작은 집안 대소사 때문에 와이프가 힘들어 했지만 저의 본가는 그러한 문제들이 거의 없었습니다. 자존심에 상처를 받은 것 같기도 하고요. 물론 저는 와이프 얘기를 주로 듣기만 했지, 마음에 상처를 줄 만한 얘기는 티끌만큼도 하지 않았습니다.

또한 저는 박사학위를 마치고 한국에 온 이후 승진도 하고 사회적으로 성장하고 있지만 와이프는 그러지 못한 상황에 있습니다. 자산관리를 전적으로 와이프가 하고 있지만, 자기 돈으로 느껴지지 않는다고 합니다. 더이상 같이 살면 와이프가 죽을 것 같다고 얘기해서 저도 보내 주려고 마음먹고 있습니다.

도대체 왜 이런 일이 발생하고, 제가 무엇을 잘못했는지, 제가 어떤 마음가짐을 가져야 하고, 역지사지 중에 무엇을 이해하지 못하고 있는지 궁금할 따름입니다.

수련생 김찬성 올림

【필자의 회답】

결혼이란 남녀 상호간의 합의에 의한 일종의 계약과도 같은 것인데 상대가 굳이 이혼하자고 하면 들어줄 수밖에 없을 것입니다. 아이들이 줄줄이 달린 것도 아니고 김찬성 씨는 아직 젊고 유망하니 상대의 의견을 들어주어야 할 것입니다.

다만 한 가지 아쉬운 것은 김찬성 씨가 이혼 사유를 모르겠다고 했는데, 지금까지 아내에 대하여 너무 무관심하지 않았나 생각됩니다. 상대가 속으로 무슨 생각을 하고 있었는지도 모르고 어느 날 갑자기 뒤통수라도 얻어맞은 것 같은 눈치인데, 그동안 아내를 제대로 관찰하지 못했기 때문입니다. 따라서 남편으로서의 의무를 제대로 이행하지 못한 것은 자책해야 될 것입니다.

이제 아내의 이혼 의지를 다시 한 번 확인해 보고 그 의지가 확고하다면 협의 이혼을 할 수밖에 없습니다. 법원에서도 아마 한 달인가 숙려 기간을 줄 것입니다. 숙려 기간에도 그 마음이 변하지 않으면 이혼을 할 수밖에 없을 것입니다. 일이 이쯤 되었으면 앞으로, 재혼을 하여 새로운 가정을 꾸려 아들딸 낳고 잘살아야 할 것입니다.

우울증이 진행되어 왔습니다

답장 감사드립니다. 남편으로 의무를 이행하지 못한 것으로 와이프가 아이를 원치 않아 부부관계가 소원해지면서 서로 살갑게 지내는 시간이 줄어서 화근이 되지 않았나 생각합니다. 아무튼 선생님 말씀 십분 공감하면서도 이혼에 대해서는 보다 신중히 하려고 합니다.

최근 와이프가 세상에 대하여 자신감 상실 등 우울증이 진행되어 왔고, 집도 절도 싫다고 하고 그 와중에 저에게 이혼 얘기를 하고 있어서 헷갈리기 때문입니다. 와이프의 체중이 최근 5개월 사이에 상당히 줄었고, 과거 친하게 지내던 대학 친구들과도 만남이나 통화도 없고 집에 멍하니 누워 있는 시간이 대부분입니다.

걱정되어 올해 2월부터 처가에 머물고 있고 장모님의 걱정도 이만저만 아닙니다. 현재 시점에서 이혼이 능사는 아닌 것 같고, 조금 더 지켜보면서 기초 체력과 정신력이 회복되고, 그런 후에도 이혼을 원하면 그렇게 하려고 합니다. 감사합니다.

2009년 4월 17일
수련생 김찬성 올림

【필자의 회답】

주부 우울증이 확실하다면 무엇보다도 그것을 치료하는 것이 급선무입니다. 병난 아내가 이혼을 원한다고 해서 이혼을 덜컥 승인할 수는 없는 일입니다. 지금은 우울증 치료에 전력을 기울이시기 바랍니다.

결혼의 의미

삼공 선생님께, 저의 질문에 답장을 계속해서 주셔서 먼저 감사드립니다. 이왕 문제를 드러낸 김에 추가로 궁금한 사항들이 있습니다.

현실 세계에서 결혼의 의미를 계약 관계라고 말씀하셨는데, 계약의 파기로 인해 서로 간에 업을 쌓는 일에는 어느 정도 영향을 주는 걸까요? 구도의 입장에서 결혼과 이혼의 의미를 조금 더 상세히 알고 싶습니다.

2009년 4월 20일
수련생 김찬성 올림

【필자의 회답】

결혼은 일종의 계약 관계이므로 어느 한쪽 또는 양쪽이 동시에 계약을 이행할 수 없는 사유가 발생되었을 때 서로가 원만한 합의에 의해 합법적으로 이혼이 성립되었다면 그 누구도 상대에게 업을 짓는 일은 없게 될 것입니다.

양자 사이에 문제가 되는 것은 결혼 당사자의 어느 한쪽이 일방적으로 계약을 위반하여 상대의 원한을 샀을 때에 일어나게 되어 있습니다. 구도자 역시 여기에서 예외가 될 수는 없습니다.

현묘지도 수련 체험기 (18번째)

하 선 우

2009. 2. 27. 금요일 맑음

오전에 등산 갔다 내려오는데 백회 부분에서 상당한 압박이 왔다. 몇 시간째 압박이 심하였다. 오후 4시경 삼공재에 수련하러 갔더니 선생님께서 백회 부분이 열리려고 신호가 왔다고 하신다. 오후 5시에서 5시 30분경 백회를 여시고 벽사문까지 달아 주셨다. 처음이라 아직 정확한 느낌은 잘 모르겠지만 앞으로 열심히 수행 정진하여야겠다. 며칠 후에 현묘지도 수련에 들어간다고 마음의 준비를 하라신다.

김태영 선생님, 선계 스승님, 저를 잘 지도해 주시는 신명계 여러 스승님께 삼배를 올렸다.

첫 번째 화두수련

2009. 2. 28. 토요일 맑음

관악산 등산 2시간 정도 하고 삼공재에 수련하러 갔다. 선계에서 빨리 현묘지도 수련시키라고 하신단다. 제1단계 화두를 받고 일 배 올리면서 화두 염송에 들어갔다. 화두를 염송을 하는 순간 단전호흡이 저절로 되면서 백회로 머리가 어지러울 정도로 강한 기운이 들어오고 있다.

마음이 평온하고 따뜻한 기운이 나의 온몸을 감싸 안는다. 너무나 평화롭고 따뜻해서 눈물이 자꾸만 흘러나온다. 태아가 엄마의 품속에 안겼을 때의, 세상에서 가장 행복한 느낌이다. 내면에서 다음과 같은 메시지가 전달되어 나온다.

"이제 외롭게 혼자서 수행하는 게 아니고 항상 주변에 나를 도우려는 많은 사람들이 함께 하신다." 저의 부모님께 항상 감사하고, 동생한테도 항상 고맙고, 김태영 선생님, 저를 선도수련하게끔 이끌어 주신 이(李) 사형(師兄)님 등 여러분들께 속으로 감사 인사를 했다. 선계 스승님들이 항상 많이 도우신단다. 하단전에는 계속 따뜻한 기운이 느껴진다.

2009. 3. 1. 일요일 맑음

관악산 등반하면서도 계속 화두를 염송하였고, 화두도 결국은 자성 속에 있다는 느낌이 확연히 들어왔다. 삼공재에서 수련하는 도중 연두색 빛, 황금색 및 여러 색깔의 빛과 꽃이 만발한 나무 위에 머리가 빨간 팔 관조가 보였다. 둥근 유리구슬(여의주)이 보였고 맑은 시냇물이 흐르는 것이 보였다. 집에 와서도 계속 화두 염송하였다.

두 번째 화두수련

2009. 3. 2. 월요일 맑음 -1~8℃

삼공재에서 수련 도중 화면이 나타나고 머리에는 화관을 쓰고, 비단 옷에 문패 같은 것을 양손에 들고 있는 제석천황과 여러분의 모습이 눈에 들어왔다. 선생님께 말씀드렸더니 제2화두를 주셨다.

2009. 3. 4. 수요일 맑음. 등산

삼공재에서 수련 도중 고려 왕실에서 팔관회를 개최하는 장면이 나타나고 스님과 시녀들, 왕과 신하들이 제등 행렬하는 모습이 보이며 국태민안과 부국강병을 기원하는 모양이다. 다음은 부여궁의 금와왕과 왕비, 신녀들이 하늘에 제를 지내려고 동분서주하는 모습이 보인다. 전쟁 승리 기원을 위한 제였다.

다음 장면은 동굴에서 흰 수염의 백발노인 앞에서 조용히 수행하는 긴 머리의 남자 모습이 보인다. 동굴 속으로 밝고 환한 아주 강렬한 빛이 하늘에서 비쳐 주고 있다. 수행하는 남자 모습은 뚜렷하게 보이지 않지만 해모수라는 느낌이 든다. 반복해서 같은 영상의 모습이 재현된다.

사랑도 있고 돈도 있고 세상 모든 것이 존재하고, 세상에 존재하는 모습이 하나로 연결되어 있고, 있는 것이 없는 것이고, 유와 무가 동시에 공존하는 모습 즉 낮과 밤이 하나이고 선과 악이 하나이듯이 둘이면서 하나이고 하나이면서 둘이라는 생각이 든다.

2009. 3. 5. 목요일 비

버스를 타고 가면서 『선도체험기』를 읽는 도중 무의식적으로 단전호흡을 하는데, 백두산 천지 모습이 보이면서 단전에 기운이 많이 들어온다.

2단계 화두가 더이상 잡히지가 않는다. ○○은행 지점장실에서 미팅 도중 영가가 들어온다. (상중인 사람이 있었다.) 잠시 후 이 사형님과 함께 평택에 차를 타고 이동 중 빙의된 영가가 이 사형님에게 옮겨간 것 같다. 항상 고맙고 미안할 뿐이다. 나보다 먼저 수련하신 분이라 항상 잘 지도해 주시지만 본인은 자기가 얼마나 수련이 되어 있는지 잘 모르시는 것 같다.

세 번째, 네 번째, 다섯 번째 화두수련

2009. 3. 6. 금요일 맑음

김태영 선생님께 2단계 화두가 끝났다고 말씀드리자 3단계 화두를 주신다. 3단계 화두를 제가 벌써 알고 있고 이미 끝냈다고 말씀드리자, 4단계로 바로 넘어 가신다. 4단계 화두도 10분 만에 완성. 5단계 화두를 주신다. 5단계 화두는 나 자신이 평소 많이 내 자성에게 묻고 또 묻곤 하던 화두이기 때문에 성심성의껏 최선을 다해야겠다.

2009. 3. 7. 토요일

화두 받고 단전에 의식을 집중하면서 깊은 명상에 빠져들었다. 백회

부분에 견디기 힘들 만큼 강한 기운이 영상과 함께 메시지가 전달되었다. '나는 천상천하유아독존이요, 나는 사랑이요 빛이다'는 느낌이 들었다. 내가 느낀 이 사랑과 빛을 이 세상 모든 사람들에게 나눠주고 싶은 마음이다. 5단계 화두가 끝났다.

여섯 번째 화두수련

2009. 3. 8. 일요일 맑음

여섯 번째 화두를 받고 염송하자 단전호흡이 저절로 되면서 너무나 강한 기운이 백회에서 들어온다. 북한산 승가사 마애불 앞에서 명상하고 있으니까 맑고 청량한 기운이 계속 들어온다. 나는 도솔천에서 왔고, 도솔천에는 근심 걱정 없고 아주 행복하고 음악이 흐르고, 갖가지 아름다운 꽃들이 항상 피어 있고, 미운 감정, 슬픔 감정이 없는 가장 아름다운 세상에서 왔다는 느낌이 든다.

2009. 3. 9. 월요일

수련 중에 뜬 화면. 경복궁 근정전 앞에서 엄청난 기운이 계속 들어온다. 삼공재에서 명상 도중 세종대왕 모습과 근정전 왕좌에 앉아 있는 모습, 경복궁 뜰을 거니는 모습이 나타난다. 신라 시대 박제상의 모습, 다른 화면으로 이어져 신라 박혁거세라는 느낌이 든다.

일곱 번째 화두수련

화두가 끝나니 들어오는 기운이 없고 평이하다. 화두에 집중하고 있으면 무아지경에 빠져들곤 하는데 무아지경까지 계속 관찰하고 있다. 6단계 화두를 끝내고 7단계 화두를 받았다. 새로운 화두를 받으면 엄청난 기운이 들어와 몸을 주체할 수가 없다.

2009. 3. 11. 수요일

7단계 화두를 염송하면서 단전에 의식을 집중하고 있으니까 단전이 계속 뜨거워지고 몸 전체에 따뜻한 기운이 퍼져 나간다. 우주의 강력한 에너지라고 답이 나온다. 우주에 텅 빈 느낌과 가득찬 느낌이 동시에 존재하면서 이 세상 누구보다도 강력한 에너지라는 느낌이 들고 이 에너지를 세상을 변화시키는 데 좋은 기운으로 활용하라는 메시지가 온다.

화두가 빨리 끝난 느낌이 온다. 다시 한 번 잘 관찰하면서 화두 염송을 하면서 재점검해 보아야겠다.

여덟 번째 화두수련

2009. 3. 15. 일요일

삼공재에서 7단계 화두의 수련 과정을 말씀드리고 8단계 화두를 받았다. 새로운 화두를 받을 때마다 엄청난 기운이 백회로 들어온다.

30분 지나서 8단계 화두 답이 나왔다. 지수화풍(地水火風). 옆에 앉아 계신 미국에서 온 이 사형님께 화두가 끝났다고 말씀드리니까 선생님께 말씀드리란다. 처음부터 끝까지 제가 수련하도록 참으로 많이 도와주신 분이다. 수련하는 중에는 항상 좋은 스승님과 좋은 도반이 꼭 필요한 것 같고 수련자의 마음 자세도 아주 중요한 것 같다.

김태영 선생님께서도 현묘지도 수련 끝났다고 말씀해 주시고, 16일 만에 현묘지도 수련 끝났다고 하시면서 월반했으니 『선도체험기』 열심히 읽으라신다. 선생님께 감사드리고, 내 자성에게 감사드리고, 지도신명님과 선계에서 도와주신 신명님께 진심으로 감사드립니다.

일상생활에서 역지사지하면서 항상 감사하는 마음으로 살아가는 게 수행에 가장 빠른 지름길이 아닐까 생각한다.

후기

현묘지도 수련 후 변화된 나의 모습

1. 매일 새벽 3시간씩 등산을 하고 생식을 하면서 『선도체험기』를 읽는 것이 생활의 일부가 되었다. 선도수련을 만나기 전에는 대행 스님을 통해 마음공부를 15년간 수행하고 있었다. 대행 스님을 누구보다도 마음공부의 최고의 스승님으로 여겨 왔지만 더이상 수행에 진전이 없어서 안타까웠는데 선도수련을 함으로써 수행에 큰 전환을 가져오게 되었다.

삼공 스승님은 몸공부, 기공부, 마음공부 모두 조화롭게 이끌어 주시니 한층 수련 상태가 상승되는 느낌이 든다.

2. 강렬한 체험. 백회 부분에 강한 기운이 들어온다. 인당에 황금색 빛 속으로 대행 스님, 김태영 선생님이 보이면서 인당의 황금색 빛의 강한 에너지 속으로 빨려 들어가는 느낌이다. 진정으로 참된 구도자의 길을 가야겠다. 삶과 죽음 그리고 모든 착(着)에서 벗어나는 느낌이 든다. 일체 만물만생 모두가 하나이고 나와 둘이 아니라는 느낌, 홍익인간하고 재세이화할 만큼 무한한 사랑, 능력, 지혜를 가지고 있는 느낌이다.

3. 현묘지도 수련 후 더욱 절실하게 깨닫게 된 것이 있다. 몸이 있어야 마음공부, 기공부를 할 수 있고 마음공부가 되어야 기를 바르게 담을 수 있다. 그리고 기공부가 되어야 마음공부가 제대로 빛을 발할 수 있고 올바른 수행을 지속할 수 있을 것이다. 꾸준히 몸공부, 마음공부, 기공부를 병행해 가면서 아상을 버리고 늘 처음부터 시작하는 마음가짐으로 수련을 계속해 나갈 것이다.

【필자의 논평】

위 체험기를 쓴 하선우 님이 재미 동포 삼공선도 수련자인 이삼표 님의 인도를 받아 삼공재에 나타난 것은 2008년 11월 11일이었다. 삼공재에 좌정하는 바로 그 순간부터 2009년 3월 15일까지 현묘지도 화두수련을 마칠 때까지 4개월 동안 강한 무식(武息)을 동반한 그녀의 수련은 질풍노도(疾風怒濤)와 같다고 할까 전광석화(電光石火)와 같다고 할까, 하여튼 숨 돌릴 사이 없이 빠른 속도로 진행되었다. 그리고 그 수련은 그 후에도 여전히 계속되고 있다.

마치 선계(仙界)에서 수련을 시키기로 미리 용의주도하게 작정해 놓았던 것과도 같이 눈코 뜰 새 없이 일사천리로 진행되고 있는 것이다. 하긴 삼공재에서 현묘지도 수련이 시작된 후로 그런 예가 노상 없었던 것은 아니다. 가령 차주영, 설연희, 이규연, 김미경 님 같은 분들도 그러한 면이 없지 않았다. 그러나 하선우 님의 경우는 좀 유별난 데가 있었다.

1965년생이니까 금년 45세로서, 서울 법대 출신의 독신 여성 사업가다. 앞으로 이 나라에서 필요로 하는 큰일을 할 인재로 촉망되는 분이다. 만약에 그녀에게 뛰어난 문재(文才)까지 겸비했다면 보다 감동적이고 멋진 체험기를 쓸 수 있었을 터인데 그것이 아쉬울 정도다.

그러나 체험기 속에는 들어가야 할 요소는 다 들어 있다. 그리고 그 내용도 무엇을 말하는지 독자 여러분은 이미 다 간취했을 것으로 믿는다. 이로써 또 한 사람의 현묘지도 화두 수행 통과자가 삼공재에서 탄생하게 되었다. 지금의 성취를 오직 출발점으로 삼는 겸손한 마음으로 계속 용맹정진한다면 미구에 대성할 것을 의심치 않는다. 선호는 도일(道一).

현묘지도 수련 체험기 (19번째)

김 영 준

천지인삼매(天地人三昧)

2009년 4월 12일 월요일 맑음

스승님께서 물으신다. 백회로 기운이 잘 들어오고 전신으로 운기가 잘되는지. 운기가 잘되고 있다고 말씀을 드리니, 천지인삼매 화두를 주신다.

화두를 암송하는 순간 백회 부위로 강한 기운이 들어오면서 머리가 좌우로 강하게 도리질 쳐졌고, 온몸이 떨려옴과 동시에 호흡이 바뀌기 시작했다. 열한 가지 호흡이 자동으로 되며, 머리에서부터 발끝까지 온몸의 경혈을 나도 모르게 내 주먹과 손바닥이 때리기 시작하는데, 특히 머리를 중심으로 해서 때리고 있다.

수련 중 실제로 활을 쏘고, 양손으로 검(칠성검〈七星劍〉)을 쥐고 휘두르며, 창을 잡고 있는 듯 생생하게 자세를 취하면서 무술, 요가 동작들이 자연스럽게 흘러나온다. 단전에 열기가 퍼져 나가면서 손과 발에 강하게 힘이 들어갔다.

〈20:45〉

화두를 암송하자 인당과 백회 부위에 뻐근한 느낌이 들면서 기운이 강하게 들어왔다. 온몸을 두드리고 때리고를 반복하고 있다.

〈00:04〉

잠을 자야 되는데 정신은 계속해서 또렷해진다. 누워서 화두를 계속 암송했다.

〈01:51〉

「일묘연만왕만래 용변부동본(一妙衍萬往萬來 用變不動本)」『천부경』의 구절이 들려온다. "이것은 어디에서 들려오며, 나에게 말하고 있는 주체는 누구인가?" 하고 되물으면서 관을 했다. 답이 들려온다. "이것은 천리전음이다."

〈02:14〉

「용변부동본(用變不動本)」

〈02:36〉

「비무허공(非無虛空)」

〈03:03〉

「비무허공(非無虛空)」

〈03:11〉

「비무허공(非無虛空), 나는 하나다」란 천리전음이 들려오면서 기운은 끊어졌고, 계속해서 인당으로 강한 기운이 흘러 들어왔다.

처음 진동이 시작된 것은 2009년 3월 10일이었고, 본격적인 진동이 시작된 것은 3월 29일이었다. 어제(4월 11일) 대주천 수련을 마치고, 하루 만에 현묘지도 수련에 들어가게 될 줄은 생각지도 못했는데, 현묘지도 수련을 받게 해 주신 삼공 스승님과 선계의 스승님들께 감사한 마음이 들었다.

화두를 암송하니 마치 내 몸에 있던 전기 플러그가 콘센트에 꽂혀서 전기를 공급받듯이, 강한 기운이 끊임없이 나의 내면으로 흘러들어 오면서 나의 몸과 마음을 무한히 변화시키고 있다는 느낌이 들었다.

꺼져 있던 발전기가 다시금 작동되어 전기를 생산해 내듯, 나에게 들어오는 기운과 나에게서 생산되어 나오는 기운이 한데 어우러져서 무아지경으로 빨려 들어갔다. 마치 아라비안나이트에 나오는 "열려라 참깨!"와 같이 화두를 암송했을 뿐인데, 이러한 변화들이 생긴다는 것이 신묘하다는 말밖에 나오질 않는다. 현묘지도라는 말의 뜻을 온몸으로 느낄 수 있었다.

천지인삼매 수련이 끝나고 나서부터 인당으로 뻐근하고 강한 기운이 계속해서 흘러 들어오고 있다. 대주천 수련을 받고 나서는 백회와 단전에서만 강한 기운을 느낄 수 있었는데, 현묘지도 수련에 들어가고부터는 온몸에 특히 인당에서 강한 기운을 느낄 수 있었다.

유위삼매(有爲三昧)

2009년 4월 13일 월요일 맑음

스승님께 천지인삼매 때 들려왔던 천리전음을 말씀드리자 유위삼매 화두를 주셨다. 화두를 암송하니 기다렸다는 듯이 강한 진동이 왔다. 호흡은 계속해서 바뀌어 갔고 양손으로 백회, 인당, 인중, 천돌, 전중, 중완, 신궐, 기해, 관원, 명문, 대추, 옥침, 양팔과 다리 순으로 운기 상태를 섬검해 나갔다. 어제는 주로 머리 부위었는데, 오늘은 가슴 부위를 맴돌면서 두드리고 때리고를 반복해 나갔다.

수련 중 요가 자세를 취하다가 갑자기 일어나 두 걸음 걸어가더니, 그대로 오른다리를 앞으로 내뻗으며 다리를 찢는다. 순간적으로 몸을 틀어 좌우로 두 다리를 벌리고, 무술 동작을 취하면서 호흡을 강하게 했다.

〈18:31〉

화두를 계속해서 암송하자 무아지경 속으로 빨려들면서, 화두를 그 자체까지도 관하고 있다. "모든 것이 하나로구나" 하고 느껴질 수 있도록 가슴을 열고 있다는 느낌이 전해진다. 마음이 넓어지고 여유가 느껴진다. 내게 다가오는 말들이 가슴속으로 그대로 전달되어진다. 귀로 들리는 것이 아니고 가슴으로 울려온다.

〈20:35〉

화두를 암송하니 강한 기운이 들어오면서, 상·중·하단전이 하나가 되어 운기가 된다. 상·중·하단전으로 거대한 수레바퀴와도 같은 기운의 덩어리가 회전을 하면서 그 기세를 더해 가고 있다. 화면으로 보이지는 않지만 정확히 느낄 수 있으며, 단전이 달아오르고 점점 열기를 더해 갔다.

모든 것들이 하나가 되어 내 가슴 속으로 들어오며, 순간적으로 폭발하여 없어지고 고요해지고를 반복하고 있다. 한줄기 뜨거운 기운이 내 오른손 끝에서 나와 중단, 중완, 기해, 명문 순으로 짚어 나가고, 손끝이 닿을 때마다 온몸이 전기에 감전된 듯 마구 떨려 온다.

하·중·상단전으로, 상·중·하단전으로 기운이 원을 그리며 회전하고 있으며, 좌우, 중앙, 상단전 부위로 이동하면서 때로는 천천히, 때로는 빠르게 방향을 바꾸어 가면서 움직이고 있다.

〈20:50〉

화두 암송 중 피곤하여 누웠더니, 갑자기 상·중·하단전으로 강한 기운이 들어왔다.

〈20:56〉

앉아서 화두를 암송하자 잠시 후 백회로 강한 기운이 들어오더니 회음까지 내리꽂히기를 반복한다. 머리가 얼얼하고 뻐근해진다.

〈21:16〉

「도평자유(道平自由)」라는 천리전음이 들린다.

〈21:20〉

「나는 누구인가?」 빛이라 답하자, 인당으로 강한 기운이 들어온다. 「그 또한 누구인가?」 빛이라 답하자, 인당으로 강한 기운이 들어온다. 「이 또한 누구인가?」 빛이라 답하자, 인당으로 더욱 강한 기운이 흘러 들어온다. 「질문에 답하는 자는 누구인가?」 빛이라 답하니 인당 가득 강한 기운이 흘러넘친다. 「나는 하느님이다」라는 천리전음이 반복해서 또렷이 들려오면서 기운이 끊어졌다.

이번 유위삼매 수련에서는 가슴 부위를 집중적으로 두드리고 때렸는데, 중단전을 열려고 그런다는 느낌이 강하게 들었다. 이기심으로 뭉쳐져 있는 가슴을 두드리고 때려서 마음을 넓게 가질 수 있도록 해 주는, 자성의 따뜻한 배려가 느껴져 한없이 감사한 마음이다.

이렇게 가슴과 온몸에 멍이 들 정도로 때렸는데도 아직도 한참 더 멀었다는 생각이 든다. "이 정도로 내 가아의 껍질이 두껍고도 질기다는 말인가?" 이렇게라도 해서 이기심과 욕심 덩어리인 내가 죽을 수 있다면 이 자리에서 죽더라도 여한이 없겠다는 절실한 마음이 들었다.

수련이 끝나고 집에 가서 식구들과 대화를 나누는데, 뭔가 뻥하고 가슴 한켠에 구멍이 뚫린 것같이 가슴 한구석에 허전한 느낌이 감지되었다. 식구들과의 대화 도중 예전 같으면 얘기를 끝까지 듣지도 않고 짜증이 나기도 했었는데, 마음이 한없이 넓어진 것 같고, 얘기를 들어 주어도 마음이 편안하고 무한히 듣고만 있을 수 있을 것같이 마음이 너그러워졌다. 덕분에 식구들이 계속 이야기를 하고, 옆에서 떠나질 않는다. 전에 없던 일이라서 내가 더 어리둥절했지만, 뭔가 마음이 한없이 너그러워졌다는 생각에 너무도 기분이 좋았다.

무위삼매(無爲三昧)

2009년 4월 14일 화요일 맑음

「○자」가 떠오른다. "이것은 무엇인가?"하고 관을 했다. 답이 떠오른다. "이것은 다음번 화두이니 암송하라." 나는 그 대답을 관했다. "대답을 준 주체는 누구인가? 대답을 해라. 내 자성인가? 아니면 거짓된 나인가?" 관을 하니 답이 나왔다. "이것은 너를 시험하는 것이다. 화두도 없는 것이거늘 어찌 외부에서 찾는단 말인가?" 그 또한 관했다.

삼공재에서 유위삼매 화두를 암송해 보았지만, 기운은 들어오지 않고 온몸에 힘이 빠져나가며 저절로 눈이 떠졌다. 스승님께 말씀드리자 무위삼매 화두를 주셨다. 무위삼매는 명(命) 수련을 마무리짓는 과정이다. 그래서 그런지 화두를 암송하자 강한 기운이 들어오며, 머리에서부터 손끝 발끝까지 온몸에 있는 기혈들이 반복해서 유통되고 있다.

마음속에서 강한 울림이 퍼져 나온다. "꼭 「○자」를 깨어야 한다. 정신을 집중하라." 화두에 집중해 들어갔다. 화두에 집중하고 있는 나 또한 관하고 있었다. 수련 시작해서 1시간 35분 동안 온몸을 두드리며, 온갖 무술과 요가 동작을 반복하고 있는데 유위삼매 때 들려온 "나는 하느님이다"란 천리전음이 뇌리를 스쳐 지나가면서, "아! 나는 하느님이다 또한 버려야 되는 것이구나!" 하는 깨달음이 왔다. 기운이 온몸에 유통되면서 백회에서 회음까지 내리꽂히기를 반복한다. 답이 나왔다.

「진공묘유(眞空妙有), 지·수·화·풍(地·水·火·風)」이란 천리전음이 들려온다. 기운은 끊어지고, 일순간 마음이 고요해졌다. 스승님께 말씀드리고, 무념처삼매 수련에 들어갔다. 무위삼매 화두는 내가 가끔씩 암송하며 수련을 했던 화두였는데, 스승님께 화두를 받는 순간 이번에야말로 이 화두를 꼭 깨어야겠다는 강한 의념(意念)이 들었다.

이번에 이 화두를 넘지 못한다면 안 된다는 생각에 더욱 정신을 집중했으며, 강한 기운에 휩싸여 무아지경 속으로 빨려 들어갔다. 예전에 암송했었을 때는 무슨 뜻인지 알 수가 없어서 몇 번이고 화두를 던져 버리곤 했었는데, "이번에야 말로 꼭 넘고 말리라." 나 자신과의 싸움이었다. 이렇게 1시간 35분 동안을 치열하게 나 자신과 싸우고 있었다.

「진공묘유, 지·수·화·풍」 내가 무위삼매 수련 때 얻은 답이다.

진공묘유란 텅 비어 있지만 비어 있지 않고 가득차 있는 것, 이것을 얻으려면 무한히 비워내야 한다. 내가 먼저 버리지 않는다면 무엇인들 얻을 수 있겠는가? 이것을 깨닫기가 무척이나 어려웠다. 수련이란 내가 무언가를 얻기 위해서 하고 있는 것이 아니고, 내가 가지고 있는 것들을 버리기 위해서 하고 있는 것이다.

내가 가지고 있던 이기심, 가아, 욕심, 탐진치, 희로애락 등등을 버리기 위해서 하고 있는 것이 바로 수련이다. 무한히 비워 버릴 수만 있다면 무한히 채울 수도 있는 것, 이것을 온몸으로 깨닫기가 어려웠다. 만약에 삼공 스승님과 선계의 스승님들께서 현묘지도 수련을 지도해 주시지 않았던들 나는 이러한 이치를 깨닫지 못했을 것이다.

무념처삼매(無念處三昧)

스승님께서 열한 가지 호흡을 하라시며, 종이 한 장을 내어 주신다. 강한 기운이 전신을 감싸며, 종이에 적혀 있는 열한 가지 호흡이 저절로 되고 기운이 끊어졌다. 스승님께 말씀드리니 천천히 다시 해 보라신다. 정신을 호흡에 집중해 보지만 더이상의 기운은 들어오지 않았다. 스승님께 말씀드리자 공처 화두를 주신다.

무념처삼매 열한 가지 호흡은 처음 진동이 왔을 때부터 하나둘씩 하기 시작하더니, 천지인삼매가 시작되면서부터는 열한 가지 호흡을 이미 하고 있었다. 무념처삼매 수련을 마치고 나니 보다 뚜렷이 호흡이 변한 것을 느낄 수 있었다. 무념처삼매 수련 전이 일반 기능공 수준이라면, 무념처삼매 수련을 마친 후에는 고급 숙련공 수준이랄까? 호흡에 있어서 완전히 자유로운 단계에 이른 것이다. 빨리 걸으면 호흡이 저절로 걸음에 맞추어져서 빨라지고, 계단을 두 계단씩 뛰어올라도 자동으로 호흡이 조절되면서 숨이 차지 않았다. 천천히 가면 다시 느려지면서 갑자기 숨이 멎는다. 그래도 전혀 숨이 차지 않고 불편하지 않다.

어떠한 자세를 취하더라도 호흡을 하는 데 있어서 편안해졌다. 완전히 아날로그에서 디지털 아니 최첨단 인공지능 컴퓨터를 설치해서 자동으로 나의 호흡을 통제하고 있는 것과 같이 느껴졌다.

공처(空處)

공처 화두는 내가 이미 답을 알고 있는 화두였다. 화두를 암송하니 강한 기운이 들어왔다. 고요히 앉아서 집중해 들어가니, 곧 답이 나오면서 기운이 끊어졌다.

「비무허공(非無虛空)」

"있지도 않고 없지도 않으면서 어디나 있지 않은 곳이 없는 존재, 허공(虛空)이면서 허공도 아니고 아닌 것도 아닌 그러한 존재."

스승님께 말씀드리니, 식처 화두를 주셨다. 공처 화두는 내가 수련할 때 많이 암송했던 화두라서 그런지 스승님께 화두를 받고 얼마 지나지 않아서 끝이 났다. 「비무허공」이란 천리전음도 이미 알고 있던 답이었다. 예전에는 머릿속으로만 알고 있었다고 한다면, 공처 수련을 통해서 온몸으로 비무허공의 참뜻을 깨달을 수 있었다. 머리가 아닌 온몸으로 가슴으로 그대로 하나가 되어 몸과 마음이 바뀌어 나갔다.

「비무허공(非無虛空)」 허공도 없고 그 또한 없는 것. 그러나 어디나 있지 않은 데가 없고, 없지 않은 곳 또한 없는 것. 아무것도 걸리는 것이 없으며 자유로운 단계이다. 나는 비무허공이다. 그러므로 아무것에도 걸릴 것이 없으며, 있고도 없고 없고도 있고, 어디에나 있지 않은 곳이 없으므로 거칠 것이 없다. 이러한 원리를 머리가 아닌 가슴으로 깨닫게 된 것이다. 공처 화두를 끝내고 식처 화두를 받았다.

식처(識處)

식처 화두도 내가 알고 있는 화두와 끝의 두 자만 달랐다. 정신을 집중해서 화두를 암송하니 강한 기운에 휩싸여 무아지경 속으로 빠져들더니 잠시 후 「무극(無極)」이란 천리전음과 함께 기운이 끊어졌다.

"아무 경계도 없는데 어디서 와서 어디로 간단 말인가? 모든 것이 공한 것이거늘, 이 또한 없는 것이다."

식처 화두 역시 내가 수련할 때 암송했던 화두였다. 단지 끝의 두 자가 틀렸지만, 그 의미에 있어서는 차이가 없었다. 그래서 그런지 식처 화두도 얼마 지나지 않아서 깨어져 나갔다. 식처 화두에서 천리전음으로 들려온 「무극」이란 글자는 경계가 없다는 뜻이다. "아무 경계도 없이 모든 것을 몰락 주인공에게 놓아라" 하는 대행 스님의 말씀과 일맥상통한다. 이번 식처 화두를 빨리 끝낼 수 있었던 것은 『한마음 요전』을 읽었기 때문이 아닌가 하는 생각이 든다.

아무런 경계도 없이 너와 나도 없고, 공과 색도 없고, 유와 무도 없는, 둘은 둘이 아닌 하나이고 하나는 하나가 아닌 둘이고, 이것은 『천부경』의 일묘연만왕만래 용변부동본과도 같은 의미이다.

모든 일을 함에 있어서 나와 남을 구별하는 분별심(分別心)을 버려야 한다. 이 분별심이야말로 하나를 둘로 나누는 거짓된 나이다. 식처 수련을 하면서 머리로만 알고 있던 이러한 원리를 온몸으로 마치 스펀지에 물이 스며들듯이 깨달을 수 있었다. 식처 화두를 마치고 무소유처 화두를 받았다.

무소유처(無所有處)

무소유처 화두를 암송하니 강한 기운이 들어왔다. 알 것 같으면서도 모르고, 생각이 날 것 같으면서 떠오르지 않는다. 갑자기 온몸에 힘이 들어가면서 벌떡 일어났다. 전후좌우로 무술 동작을 하면서 화두를 암송하고 있다.

천리전음이 들려온다. "생각해 내라. 네 속에 있는 것을 끄집어내란 말이다." 화두가 깨어지질 않는다. 갑자기 양손바닥으로 머리를 치기 시작한다. 한줄기 생각이 흘러간다. "빛과 어둠이 공존하는 것, 이것을 찾아내라." "빛과 어둠이 공존하는 것은 무엇일까?"라는 생각에 집중하며 화두를 암송했다. 끊임없이 기운에 휩싸여 격렬하게 움직이고 있다.

또다시 한 생각이 스쳐 지나갔다. "이렇게 끊임없이 움직이면서도 움직이지 않는 것, 그것이 답이다."

그렇다. 지금 내가 화두를 잡고 격렬하게 움직이면서도 나의 내면은 고요한 것, 이것이 답이다.

「블랙홀」이라는 천리전음이 들려오면서 기운이 끊어졌다. 그러나 고요할 뿐이었다. 시계를 보니 무위삼매 화두를 마친 지 20분밖에 되지 않았다. 시간이 많이 지난 것 같았는데... 머릿속이 텅 비어 있으면서도 꽉 차 있다.

"블랙홀이란 빛과 어둠이 공존하는 것, 그러면서 모든 만물을 품을 수 있는 것이라고, 또한 무한히 받아들여 삼천 대천세계를 품을 수도 있으며, 또한 이 모든 것들을 한데 묶어서 없앨 수도 있고 새로 만들어 낼 수도 있으며, 어디나 있지 않은 곳이 없고, 있으면서 없고 없으면서 있는 것이라고..."라고 말씀드렸다.

스승님께서 지금 얘기한 것들을 잘 기록해 놓으라고 하시며, 오늘은 그만하자고 하신다.

그냥 고요하고, 마음의 움직임이 느껴지질 않는다. 내면에서 끊임없이 올라오던 의문점들이 그 의미를 잃어버리고 사라져 버린 것이다. 무소유처 화두를 받아든 순간 마치 잃어버린 것을 다시 찾아 헤맨다는 생각이 들었다.

마치 오랜 세월 헤어져 지내던 이산가족이 서로를 애타게 찾아 헤매듯이 말이다. 잊고 있던 내 자신, 나의 진짜 나를 만나기 위한 수련이었다. 항상 나라고 생각했던 이기심 덩어리인 거짓된 나에서 벗어나, 본래의 나를 찾는 수련이 이번 무소유처 수련인 것이다.

내가 진정한 나로서 존재할 수 있으려면 무소유처 수련을 반드시 거쳐야만 한다. 그래야만이 거짓된 나에서 벗어나 진짜 나를 머리로써만이 아닌 심·기·신(心·氣·身)이 혼연일체가 되어 깨달을 수 있는 것이다.

무소유처 수련을 마치고 집으로 가는 도중에 세상이 온통 새롭게 보이고, 모든 것들이 아름답게만 보였다. 항상 다니던 길 만나던 사람들이 달라 보이고 반가워 보였으며 이 우주만물이 나와 둘이 아니고 하나라는 생각이 들었다. 모든 것은 내 안에 그대로 있었는데, 그것을 모르고 이제껏 내 밖에서 찾아 헤매었다는 생각에 눈물이 날 것만 같았다.

이번 무소유처 수련에서는 마음에 많은 변화가 있었다. 한결 여유로워지고 편안하면서도 살짝 들떠 있는 그런 느낌이랄까? 기운도 상·중·하단전에 한결 강하게 운기가 되었고, 모든 것들이 새롭고 아름다워 보이지만, 어딘지 마음 한구석에는 아직도 많은 앙금들이 남아 있다는 것이 감지되었다. 아직까지 2% 부족한 느낌을 지울 수 없었고, 그러한 나 자신까지도 계속 관하고 있었다. 왠지 비비상처 수련도 금세 끝낼 것 같은 우쭐함이랄까 그런 속물근성까지도 감지되고 있었다.

"아직도 한참 멀었구나. 이제 겨우 걸음마를 하면서 뛰어갈 생각을 하다니" 하는 한심한 생각까지도 들었다. 그러한 나를 계속 관하고 또 관해 나갔다.

"이것은 내가 넘어야 할 나에게 주어진 숙제이다" 하는 생각도 들었다. 나에게 다가오는 일체의 것들은 나를 공부시켜 주고, 앞으로 나아가게 해 주는 채찍질과도 같은 소중한 것들이다. 이것들을 소중하게 여기고 나를 공부시켜 주는 내 자성에게 감사를 드려야 한다. 진심으로 감사를 드렸다. 무위삼매, 무념처삼매, 공처, 식처, 무소유처 5단계의 수련을 1시간 55분 동안에 마칠 수 있었다. 무아지경 속에 빠져서 시간 가는 줄도 모르고 수련을 해 나갔던 것이다.

이렇게 수련을 빨리 끝낼 수 있었던 것은 삼공 스승님과 선계의 스승님들 그리고 여러 도반님들께서 지켜봐 주시고 격려해 주신 덕분이라는 생각이 들었다.

비비상처(非非想處)

2009년 4월 15일 수요일 비

나를 관하고 있는데 「칠성검(七星劍)」이라는 단어가 떠오른다. "무슨 뜻인가? 왜 떠오르는가?" 관을 했다. 답이 나온다. 천지인삼매 때 내가 쥐고 휘둘렀던 바로 그 검이란다. 칠성검에 대해 알아보았다.

「7개의 보석으로 이뤄진 칠성검, 왕윤이 조조에게 준 검으로서 동탁을 암살하기 위하여 쓴 검. 하지만 암살 계획이 실패하자 조조가 동탁에게 칠성검을 주었는데 그 후 칠성검은 어디로 갔는지 알 수 없다.」

스승님으로부터 비비상처 화두를 받았다. 화두를 암송하니 일시에 강한 기운이 들어오면서 무아지경 속으로 빨려 들어갔다. 강한 기운이면서도 지금까지와는 달리 부드러움이 섞여 있는 편안하고 아늑한 기운이었다. 강한 진동과 함께 손끝 발끝까지 전신으로 유통되는 기운을 느끼며 화두를 암송해 나갔다. 강한 기운 속에서 화두가 자동으로 암송이 된다. 집으로 오는 전철에서도 집에서도 화두가 저절로 암송이 된다. "집중해라, 꼭 이번 화두를 깨야 된다"는 강한 의념이 인다.

〈22:13〉

「하늘을 우러러 한 점 부끄럼이 없다」라는 천리전음이 들리면서 인당으로 강한 기운이 계속해서 들어왔다.

⟨22:25⟩

「하늘을 우러러 한 점 부끄럼이 없어야 한다」라는 천리전음이 들리면서 인당으로 계속해서 강한 기운이 흘러 들어오고 있다.

"이 또한 없고, 저 또한 없는 것, 그것은 없다. 그것도 없는 것, 아무것도 없는 것이다. 있고도 없고 없고도 있는 것. 초월된 것, 초월. 초월해야 알 수 있다."

나의 내면에서 울려 퍼지는 메아리들이다.

"집중해라. 집중해라. 집중해야 한다"는 의념 속에 화두를 계속해서 암송해 나갔다.

「만법귀일 일귀하처(萬法歸一, 一歸何處)」라는 천리전음이 들리면서 인당으로 더욱 강한 기운이 들어왔다.

"만법이 돌아 하나가 되며 하나가 돌아 만법이 된다. 무릇 진리란 고정되어 있지 않은 것, 무릇 진리란 고정되어 있지 않고 변하는 것, 변하면서도 변하지 않고 이 또한 변하지 않는 것. 그것이 바로 진리의 모습이다. 이것이 바로 변하면서도 변하지 않는 진리의 참모습이다. 바로 「만법귀일 일귀하처」이다. 만법귀일 일귀하처, 만법귀일 일귀하처란 바로 이것이다."

⟨22:44⟩

한 구절 한 구절 마음속에 선명히 떠오를 때마다 강한 기운이 인당으로 들어오면서, 머리가 강하게 도리질 쳐졌고 마지막 구절을 끝으로 기운은 끊어졌다.

스승님께 비비상처 화두를 받는 순간 너무나 당혹스러웠다. 지금껏 내 자성을 보았다고 우쭐해했었는데, 나의 본성까지도 버려 버린다면 그 것은 무엇이란 말인가? 나를 있게 한 나의 본성, 주인공, 자성까지도 버려 버린다면 도대체 무엇이 남는단 말인가? 너무도 혼란스러웠다. 그러나 나를 수련시켜 주시는 삼공 스승님과 선계의 스승님들을 믿고, 이렇게 나를 혼란에 빠뜨린 나 자신을 믿고, 화두를 일념으로 암송하면서 그 화두를 암송하는 주체까지도 계속 관하고 또 관해 나갔다.

화두가 금세 깨어질 줄 알고 우쭐해했던 나 자신은 처참히 깨어져 나갔고, 화두는 깨어지지 않았다. 화두가 깨어지건 깨어지지 않건, 그것은 이미 나에게 아무 문제도 되지 않았다. 화두에 대한 생각 또한 사라져 버리고, 오직 나의 본성 너머에 무엇이 있을까?만이 나의 관심을 집중시키고 있었다. 도대체 나의 본성을 넘어서면 무엇이 있단 말인가? 나를 있게 한 주체이며, 이 세상 어디에나 있지 않은 곳이 없는 그러한 존재인 나의 본성을 넘어선다면 무엇이 있단 말인가? 이것에 온통 정신을 집중해 들어갔다.

그러나 쉽사리 답은 보이지 않았다. 마치 컴컴한 암흑 속을 헤매고 있는 듯한 착각 속에 빠져들었다. 그러나 쉽사리 포기할 수는 없었다. 여기까지 와서 포기할 수는 없었다. 내 이 자리에서 죽더라도 꼭 이 문제를 풀고 말리라. 내 이 자리에서 꼼짝하지 않고 이 의문을 풀고 말리라 하는 의념들이 점점 더 강해져만 갔다.

그러나 도무지 알 수가 없었다. 시간은 자꾸만 흘러갔다. 그러나 이미 시간도 문제가 되지 않았다. 아무것도 눈에 들어오지 않고 귀에 들리지 않았다. 오직 한 생각으로 나를 있게 한 존재 너머에 무엇이 있는가? 그것만이 내가 풀어야 할 숙제였다.

이렇게 한참을 헤매고 있는데, 「하늘을 우러러 한 점 부끄럼이 없다」는 천리전음이 들려온 것이다. 그러나 아직은 아니다. 아직은 나의 본성 너머에 무엇이 있는지 알지 못한다. 계속해서 화두를 암송하며, 암송하는 주체 또한 관하고 또 관해 나갔다. 또다시 천리전음이 들려온다.

「하늘을 우러러 한 점 부끄럼이 없어야 한다.」 이것이 의미하는 것은 무엇이란 말인가? 아직은 의미를 알 수가 없다. 계속 관하고 또 관하고 또 관했다. 답을 찾을 때까지 계속 관을 해 나갔다. 드디어 서서히 안개가 걷히는 느낌이 들기 시작했다. 암흑 속에서 헤매고 있는데, 서광이 비치듯 서서히 아주 서서히 답이 떠오르기 시작했다. "「만법귀일 일귀하처」 무릇 진리란 고정되어 있지 않고 변하는 것, 변하면서도 변하지 않고 이 또한 변하지 않는 것, 그것이 바로 진리의 모습이다. 이것이 바로 변하면서도 변하지 않는 진리의 참모습이다."

그렇다. 내가 찾고자 했던 답을 찾은 것이다. 나를 있게 한 내 본성 너머에는 아무것도 없었다. 내 본성 또한 없는 것이었다. 아무것도 없는 것이었다. 새로울 것도 없고 새롭지 않을 것도 없는, 모든 것이 원래의 모습 그대로 항상 그 자리에 있어 온 것이다. 단지 나 자신만이 그것을 모르고 본성이니 자성이니 하면서 찾아다닌 것이다. 벨기에의 문학가 마테를링크가 쓴 『파랑새』라는 희곡에 나오는 행복의 파랑새는 이미 나의 집에 있었던 것이다.

이것을 깨닫고 나자 모든 것이 원래의 자리로 되돌아갔다. 한없이 아름답게만 보이던 가로수며 집들, 차와 사람들 그리고 빽빽이 들어선 빌딩숲들이 다시금 전과 같이 평범하게 보이기 시작했던 것이다. 하루 반나절 사이에 천지가 두 번이나 개벽을 한 것이다. 무소유처 수련을 하여 나의 본래의 모습을 보자 세상이 달라 보였었다. 너무나 세상이 아름답고 마치 이 모든 것들을 내 품안에 다 품고 안을 수 있을 것 같았는데, 비비상처 수련을 통하여 나의 본래 모습 넘어 무엇이 있는지를 알게 되자 세상은 다시 원래의 자리로 되돌아간 것이다.

"산은 산이 아니요 물은 물이 아니다." "산은 산이요 물은 물이다"라는 성철 스님의 말씀이 온몸으로 느껴지는 순간이었다. 그렇다. 무릇 진리란 변하면서도 변하지 않는 것이다. 항상 고정되어 있는 것은 없다. 모든 것은 순환하고, 변하고, 또한 변하지 않는 것이다. 일체의 분별심을 버리고 세상을 둘로 보지 말고 하나로 보면서 살아간다면, 이 세상은 참으로 살기 좋은 세상이라는 것이 온몸으로 느껴졌다.

현묘지도 수련을 마치며

내가 처음으로 기(氣)의 세계를 접한 것은 1995년 1월쯤이었다. 대학 수학능력 시험을 끝내고 한가한 시간을 이용하여 김용의 무협소설 『영웅문』을 읽으면서였으니, 지금으로부터 14년이란 세월이 흐른 것이다. 신비한 기의 세계에 한껏 매료되어 대학에 들어가서도 공부는 뒷전이었고, 도서관에서 기와 초능력에 관한 책들을 닥치는 대로 읽었었다. 그래도 궁금증들과 의문들은 채워지지 않았었다.

그러던 어느 날 강의실 앞을 지나가는데 벽에 붙어 있던 한 장의 전단지에 시선이 고정됐다. 국선도 도장 안내문이었다. 그것을 인연으로 3개월가량 국선도 도장에서 먹고 자며 생활을 하다시피 했지만 오래가지는 못했다. 똑같은 동작의 반복이 슬슬 지겨워 오기 시작한 것이다. 앉아서 좌선하는 시간은 잠시뿐이었고, 계속되는 도인체조, 행공 동작, 그리고 호흡하기 어려운 흡지호(吸止呼) 호흡법들...

그렇게 알 수 없는 의문과 해결되지 않는 갈증들 속에서 목말라 하고 있는 도중, 우연히 자주 가는 헌책방에서 『선도체험기』와 만나게 되었다. 1권서부터 5권까지 나란히 꽂혀 있는데, 나도 모르게 책을 펼쳐 보면서 읽고 있었다. 이것이 인연이 되어 『선도체험기』를 읽기 시작하였고, 그것은 대학을 휴학하고 군대에 입대해서도 이어졌다.

군에 입대해서도 휴가를 나올 때면 어김없이 서점에 제일 먼저 들러 『선도체험기』를 읽었고, 일병이 되었을 무렵부터는 『소설 단군』과 『선도체험기』를 부대에까지 가지고 들어가 틈이 날 때마다 읽곤 했었다. 그러던 중 『선도체험기』 6권 54쪽 "도인이 될 수 있는 전제 조건에는 두 가지가 있는데, 첫째가 바로 독립심이다. 위에 말한 기초 도인의 능력을 갖추는 것도 중요하지만 경제적으로 누구에게 의지하지 않고도 혼자 살아갈 수 있는 능력이 있어야 한다"는 구절이 계속해서 내 마음속에서 떠나지 않고 맴돌았다.

이것은 나에게 하나의 해결해야 할 커다란 과제로 다가왔다. 대학을 2학년 1학기까지 마치고 군대에 들어갔다. 제대한 후 2년 6개월이라는 세월이 흘렀다. 더이상 부모님에게 의지하고 싶은 생각은 추호도 없었고, 기초 도인의 조건을 빨리 갖추고 싶은 것이 나의 간절한 소망이 되어 갔다. 그것을 계기로 부사관(하사관)에 지원하게 되었고, 나의 인생은 조금씩 바뀌어 나갔다.

새로 시작한 직업군인으로서의 생활은 나의 바람과는 달리, 수련에 전념할 수 있는 여건이 되어 주질 못했다. 매일같이 이어지는 밤샘 작업과 새벽까지 이어지는 고참들과의 술자리 등이 나를 더욱 힘들게 했다. 그러나 내가 선택한 것에 대해서 한 점 후회도 있을 수 없었다. 그러한 생활이 없었다면 지금의 나는 없었을 것이기 때문이다. 4년 10개월간의 군생활을 마치고 제대하면서 전에 다니던 대학은 자퇴를 했다.

더이상 다닐 필요성을 느끼지 못했기 때문이다. 대학은 나의 필요에 의해서 얼마든지 다닐 수도 있는 것이요, 옮길 수도 있다는 생각이다. 현재는 평생교육진흥원의 학점은행제를 이용하여 145학점(140학점 이상이 졸업)을 보유하고 있지만, 졸업장이란 어차피 종이 한 장 차이라는 생각에 고졸 학력에 만족하며 생활하고 있다.

스승님을 처음 찾아뵌 것은 군대를 제대한 후, 약 한 달 뒤인 2001년 9월 17일이었다. 그때부터 삼공재에서 생식을 지어 먹으며, 한 달에 한 번 꼴로 수련을 받기 시작했는데, 생각같이 잘되지를 않았다. 스승님께 지도를 받으면 수련이 금방 일취월장할 것 같았는데, 막상 수련을 해 보니 큰 변화를 느낄 수 없었다. 물론 내가 열심히 수련을 하지 않아서 그랬을 것이다. 그러나 마음만은 편안했고, 몸과 마음이 서서히 변화해 가는 것만은 뚜렷하게 느낄 수 있었다.

이 공부는 평생 하는 공부요 죽어서도 가지고 가는 공부이니, 조급해 할 것이 없다는 생각에 조금씩 수련을 해 나가자는 생각이었다. 삼공재에 나가 수련하는 도중에 공부를 한다고 빠지고, 자격증 시험 때문에 빠지고, 직장일 때문에 또 빠지고, 수련을 열심히 해야 되는데 이기심 덩어리인 나에게 실망하여 차츰차츰 삼공재에서 발걸음이 멀어져 갈 때도 있었다.

그러나 이러한 나를 붙잡아 준 것은 『선도체험기』였고, 어떠한 일이 있어도 『선도체험기』만은 손에서 놓지 않았다. 그것이 나에게는 큰 힘이 되어 주었으며, 다시금 올바른 길로 되돌아오게 해 준 나침판과도 같은 존재였다.

2008년 1월 19일부터 몸살림 운동 타인교정술을 배우기 위해 잠시 직장을 그만두었다. 몸살림 운동 인술반 3개월 과정을 마치고 나서 직장을 옮길 계획이었고, 그동안 삼공재에 열심히 다니면서 수련에 전념히지는 심정이었다.

그러던 어느 날 스승님께서 『선도체험기』를 컴퓨터에 워드로 타이핑하는 일을 나에게 말씀하셨다. 내가 스승님께 『선도체험기』와 삼공재 수련을 통해서 받은 은혜에 보답할 수 있는 길이 있다면, 그것은 기꺼이 내가 할 일이고, 당연히 해야 할 나의 사명이라고 생각되었다. 물론 장기간에 걸친 일이라 조금도 망설이지 않았다고 한다면 그것은 거짓이겠지만, 그것도 잠시뿐이었다.

2008년 4월 30일, 스승님에게서 『선도체험기』 1권을 받아들고 나서부터 지금(2009년 4월 17일)까지 36권을 입력하고 있다. 앞으로 12권 정도 더 입력해야겠지만 나는 이미 나의 공부를 하고 있을 뿐이다. 『선도체험기』를 그냥 읽는 것과 한 장 한 장 정성을 들여 타이핑을 하며 오타는 없는지 살펴보고, 모르는 한자가 나오면 옥편을 찾아보고, 의미를 알 수 없는 단어가 나오면 국어사전과 인터넷을 검색하면서 읽어 보니 전에 읽었을 때와는 그 맛이 다르다는 것을 새삼 느낄 수 있었다. 마치 씹으면 씹을수록 그윽한 맛과 향기가 난다고나 할까.

많이 부족한 저에게 이러한 큰일을 맡겨 주신 스승님께 진심으로 감사를 드리며, 부족하나마 크신 은혜에 보답할 수 있게 해 주셔서 진심으로 감사를 드립니다. 더불어 대주천 수련과 현묘지도 수련까지 마칠 수 있게 배려해 주신 은혜에 보답하기 위해서 앞으로도 한결같은 마음으로 수련에 정진해 나갈 작정이다. 삼공 스승님과 선계의 스승님들께 삼배를 올린다.

이상 많이 부족하나마 지금까지의 수련 과정을 적어 보았다. 지금까지 지도해 주신 삼공 스승님과 선계의 스승님들께 진심으로 감사를 드리며, 저의 수련을 지켜봐 주시고 격려해 주시며 여러 조언들을 아끼지 않고 해 주셨던 여러 도반님들께 진심으로 감사를 드린다. 여러 도반님들의 수련이 일취월장하시기를 진심으로 기원한다. 이것이 시작임을 잘 알기에 앞으로 더욱더 정진해 나갈 결심이다.

【필자의 논평】

이로써 19번째 현묘지도 통과자가 또 한 사람 탄생했다. 수련 과정과 신상 소개는 김영준 씨 자신의 글을 통하여 독자 여러분들은 잘 알았을 것이다. 1976년생이니까 금년 34세, 노부모와 미혼 누이와 함께 생활하고 있는 그 역시 미혼이다.

그가 삼공재에 나타난 것은 2001년 9월 17일이었다. 나와는 등산 코스도 같아서 자주 산에서 만나곤 했었다. 그 나름으로는 열심히 수련을 하는 것 같았는데 그동안 이렇다 할 변화가 없었다. 그러다가 서서히 변화가 일기 시작한 것은 작년(2008년) 4월부터 『선도체험기』를 1권부터 컴퓨터에 입력하기 시작하면서부터였던 것 같다.

그는 대학에서는 컴퓨터학을 전공했고 자동차학과 공부도 한, 국가기능사 자격증만도 8개나 가지고 있는 유능한 기술인이면서도 2009년 4월 20일 현재까지 『선도체험기』7권을 빼고 1권부터 35권까지와, 『소설 한단고기』4권까지 합쳐 모두 38권을 입력했다. 앞으로도 10여 권을 더 입력하면 48권 정도가 될 것이다.

그가 삼공재에서 수련 중에 요가와 무술 동자을 수반한 심한 진동을 일으키기 시작한 것은 금년(2009년) 3월부터였다. 취직을 유보하면서까지 약간의 수고비 정도만 받으면서 『선도체험기』입력에 이바지한 것이 그의 수련에 강력한 기폭제가 되었던 것 같다.

어쨌든 그는 2009년 3월 이후 짧은 시간 안에 대주천과 현묘지도 화두수련을 통과하여 선도와 운명을 같이하게 되었다. 그러나 이것은 선도의 문턱을 겨우 넘어선 것에 지나지 않는다는 겸손한 생각을 가져야 수련은 계속 발전하게 될 것이다. 앞으로 『선도체험기』입력을 끝내고, 취직이 되더라도 지금의 초심을 잊지 말고 계속 용맹정진하여 부디 구경각에 도달하기 바란다. 선호는 도평(道平).

〈95권〉

다음은 단기 4342(2009)년 4월 22일부터 단기 4342(2009)년 7월 29일 사이에 있었던 필자의 수련 과정과, 필자와 수련생들 사이에 오고간 수련과 인생에 대한 대화 그리고 필자와 독자 사이의 이메일 문답을 수록한 것이다.

뺑소니 사고

우창석 씨가 말했다.

"선생님, 제 동생이 한적한 시골에 있는 친구의 집에 볼일이 있어서 갔다가 실수로 길가에 세워져 있는 차를 들이받아 차 옆구리를 심하게 우그러뜨리고는 당황한 끝에 친구 집에 들르지도 않고 그대로 도망쳐 와서 지금 무척 고민하고 있습니다."

"고민할 게 뭐가 있습니까? 고민하고 양심의 가책을 받고 기를 펴지 못하면서 웅크리고 사느니보다는 남에게 손해를 입혔으면 차라리 당당하게 손해 배상을 해 주어야 하지 않겠습니까?"

"저도 그렇게 말했습니다. 그런데 동생은 자기도 몇 해 전에 어떤 사람이 자기 차를 들이받아 심하게 우그러뜨려 놓고 그대로 뺑소니를 치는 바람에 되게 열받은 일이 있다고 합니다. 그 지역에는 CCTV도 없어서 속수무책으로 꼼짝없이 당했다고 합니다. 수리비만 백만 원이나 들었다고 합니다.

그때 이가 갈리던 일을 생각하면 지금도 밤잠이 오지 않는다고 합니다. 그런 일을 당하고도 자차보험(自車保險)에 들지 않은 바람에 고스란히 차 수리비 백만 원을 뒤집어썼다면서, 이번에 똑같은 사고를 당하고도 자기만 수리비를 물어 주는 것이 아무래도 바보 같다는 생각이 들어 망설이고 있다고 합니다."

"그래서 동생에게 뭐라고 말했습니까?"

"그 자리에서 뭐라고 당장 할 말이 떠오르지 않아서 생각 좀 해 보자고 말하고는 선생님한테로 달려오는 길입니다. 선생님께서 제 처지라면 어떻게 하시겠습니까?"

"그건 마치 내가 누구에게 도둑을 맞았으니 나도 남의 것을 도둑질 좀 해도 좋다는 것과 같습니다. 그렇다면 내 것을 도둑질한 사람과 동생 되는 분이 다른 점이 무엇이겠습니까? 똑같은 도둑놈이 되는 것이 그렇게도 좋다면 그렇게 하라고 하십시오. 그래도 마음이 편하다면 얼마든지 그렇게 해 보라고 하시면 되겠군요."

이 말을 들은 우창석 씨는 그 길로 삼공재를 빠져나갔다. 보름쯤 뒤에 다시 삼공재에 나타난 그가 말했다.

"그날 선생님 말씀 듣고 곧장 동생에게 가서 말했습니다. 남이 네 차를 받고 도망쳤다고 해서 너도 남의 차를 받고 그대로 도망친다면, 어떤 사람이 네 물건을 도둑질했다고 해서 너도 똑같이 남의 물건을 도둑질을 하는 것과 다른 점이 무엇이냐?

결국은 너도 똑같은 도둑이 아니냐고 했더니 그때가 저녁인데도 시골

로 차를 몰고 곧바로 내려갔습니다. 차 주인을 수소문하여 찾아가 사과
하고 수리비 백만 원을 물어 주고 왔습니다. 피해 차 주인이 동생을 보
고 세상에 살다 보니 이런 사람도 있다면서 당신은 법 없이도 살 수 있
는 도덕군자라고 칭찬을 하면서 얼굴에 함박꽃을 피우더라고 했습니다."

"그 말을 들으니 동생 되는 분도 우창석 씨처럼 큰일은 못 하겠군요."

"큰일이라뇨?"

"그렇게 배짱이 약해가지고야 요즘 언론에 자주 보도되는 사기다운
사기를 치거나 뇌물다운 뇌물을 챙길 수 있겠습니까? 나도 군대 시절에
포병 관측장교로 OP(관측소)에 근무할 때 쌍안경을 도둑맞은 경험이 있
습니다.

그때는 도둑맞은 측은 어떻게 하든지 도둑질을 하여 보충을 하는 것
이 관례가 되어 있었습니다. 그런데 나는 제아무리 도둑질을 하여 보충
을 하려고 해도 그렇게 되지가 않았습니다. 그래서 결국은 돈으로 변상
을 하고 말았습니다."

"송충이는 솔잎을 먹어야 한다고, 우리는 우리 수준에서 놀 수밖에 없
는 것 같습니다."

윤회의 고리에서 벗어나기

우창석 씨가 말했다.

"선생님, 구도자가 수행을 하는 목적은 무엇입니까?"

"내가 수행하는 목적은 수억 번은 더 되풀이되었을 지루한 생로병사의 윤회의 고리에서 벗어나기 위해서입니다."

"그 윤회의 고리에서 벗어나려면 수련이 어느 정도는 되어야 할까요?"

"그 방면에는 불교가 제일 많은 연구 업적을 쌓아 왔습니다. 불교에서는 수다원, 사다함, 아나함, 아라한, 보살, 부처의 여섯 가지 수련의 단계가 있습니다. 그런데 이 여섯 단계 중에서 윤회의 고리에서 벗어나려면 세 번째 단계인 아나함의 경지에는 들어야 합니다. 그래서 나는 금생에 적어도 이 아나함의 경지에는 반드시 들어야 하겠다는 것이 내 수련의 목표가 되었습니다."

"그렇다면 어떻게 하면 수행자가 아나함의 경지에 들 수 있을까요?"

"물론 수행이 그 경지에 들려면 최소한 견성은 해야 합니다."

"견성이 무엇인데요?"

"견성(見性)은 성(性) 즉 진리를 보는 것을 말합니다. 다시 말해서 진리를 깨달아 자성(自性) 즉 참나를 본 것을 말합니다. 다시 말해서 자기 존재의 실상을 깨닫는 것을 말합니다. 그렇다고 해서 머리나 지식으로만 진리를 깨달아 보았자 무슨 소용이 있겠습니까?"

"그럼 어떻게 깨달아야 합니까?"

"몸 전체와 직감으로 깨달아야 합니다. 불교에서는 머리나 이치로만 진리를 깨닫는 것을 혜해탈(慧解脫)이라 하고 몸 전체와 직감으로 깨닫는 것을 구해탈(俱解脫) 또는 정해탈(定解脫)이라고 합니다."

"혜해탈이니 구해탈이니 정해탈이니 하는 것은 제가 듣기에는 아무래도 추상적인 느낌이 들어 손에 잡혀 오지 않습니다. 구체적으로 견성을 손에 잡힐 듯이 설명해 주실 수 없을까요?"

"간단히 말해서 수행이 명리(名利)는 말할 것도 없고, 적어도 식색(食色)은 초월할 정도가 되어야 합니다."

"식색을 초월하는 문제에 대하여 좀 구체적으로 알아들을 수 있게 설명을 좀 해 주실 수 있겠습니까?"

"그렇게 하죠. 음식을 먹는 목적에는 맛을 위주로 하느냐 생존을 위주로 하느냐의 차이가 있습니다. 구도자는 음식을 생존을 위해서 먹지 맛 때문에 먹지는 않습니다. 맛을 추구하다 보면 맛을 위주로 음식을 먹게 되므로 과식을 다반사로 하게 됩니다.

과식은 만병의 근원이 됩니다. 또 과식을 하게 되면 소화를 하는 데 과식을 안 하는 사람보다 더 많은 에너지를 소모해야 되므로 수련을 위한 에너지를 충당할 수 없습니다. 다시 말해서 배가 늘 부른 사람은 그 때문에 수련이 되지 않습니다. 체험을 해 본 사람은 다 아는 일이지만 배가 부를 때보다는 배가 약간 고플 때에 수련이 더 잘되는 것을 알 수 있을 것입니다.

그래서 진정한 수행자는 맛을 탐하지 않습니다. 식탐(食貪)을 하지 않는다는 말입니다. 맛을 위주로 식사를 하는 것이 아니라 생명 유지를 위해서 다소 맛이 없고 거친 음식이라도 먹는 것을 사양치 않습니다. 그래서 구도자들 중에는 예부터 생식을 하는 경우가 많습니다.

그 다음이 색(色)입니다. 일단 구도자가 되어 도심이 싹튼 사람은 색과는 인연을 끊어야 합니다. 섹스 즉 성행위야말로 인간을 생로병사의 윤회의 고리 속에 묶어 놓는 단초이기 때문입니다. 사람은 남녀의 성행위로 이 세상에 태어나게 되어 있습니다. 따라서 성행위야말로 인간을 윤회의 나락 속으로 굴러떨어지게 하는 관문이 아닐 수 없습니다.

비구(比丘)와 비구니(比丘尼), 수사(修士)와 수녀(修女) 그리고 신부(神父)가 결혼을 하지 않기로 서약을 하는 것은 바로 이 때문입니다. 그런데도 불구하고 섹스를 구도의 방편으로 이용하려는 사이비 종교와 사교(邪敎)의 시도야말로 인간의 약점을 이용하여 구도자로 하여금 벗어나야 할 생로병사의 윤회의 깊은 나락 속으로 무한정 빠져들게 하는 사기 협잡 행위가 아닐 수 없습니다."

"그러나 선생님, 인간은 원래 태어날 때부터 생리 및 신체 구조부터가 성행위를 하여 자손을 번식하도록 하는 숙명을 타고난 것이 아닙니까? 그것이 또한 자연의 이치이고 우주의식 즉 하느님의 뜻이 아닙니까?"

"그러나 과거 수많은 세월 동안 구도자들이 관찰해 온 바에 따르면 지구상의 인간들이 자연의 이치대로만 산다면 생로병사의 윤회 고리에서 결코 벗어날 수 없다는 것을 발견한 것입니다. 그것을 가장 명확하게 밝혀 놓은 대표적인 성인이 바로 석가모니 부처입니다.

그는 바로 이 생로병사의 인생고를 해명하기 위해서 카필라 왕국의 태자의 자리를 박차고 나와 히말라야 산속에서 6년 동안의 각고의 수행 끝에 바로 이 생로병사의 굴레에서 벗어날 수 있는 방법을 발견한 것입니다. 그것이 바로 고집멸도(苦集滅道), 팔정도(八正道), 육바라밀, 계

(戒)정(定)혜(慧)의 수행법입니다.

따라서 결론적으로 말해서 육도윤회에 다시 빠져들고 싶지 않으면 최소한 아나함의 경지에 드는 수밖에 없습니다. 그래야 다시는 윤회에 말려들지 않게 됩니다."

"그렇다면 섹스의 자유를 주장하는 섹스교를 위시한 온갖 종류의 사이비 종교와 수행법은 전부가 다 사교(邪敎)라고 규정지어도 되겠군요."

"물론입니다."

"생로병사의 윤회의 굴레에서 벗어나기로 작심하고 구도자가 된 사람들 중 유독 성욕으로 괴로워하는 젊은 구도자가 의존할 수 있는 믿을 만한 방편이 있을까요?"

"인류가 종교(宗敎)와 구도(求道)를 알게 된 이후 성욕을 극복하기 위한 수많은 방편들이 고안되었지만 선도의 연정화기(煉精化氣) 이상 가는 확실한 방법은 아직 발견되었다는 소식을 들어본 일이 없습니다."

"우주에는 지구에서처럼 다른 천체의 세계에서도 식색(食色)이 문제가 되고 있는지요?"

"불교에서는 이 우주 안에는 삼천 대천세계가 있다고 합니다. 그런데 인간계 바로 위의 천계에 해당되는 도솔천이나 광명천 또는 스베덴보리가 보았다는 영계에서는 생식 방법이 지구와는 판이하다고 합니다. 이성 간의 피부와 피부가 맞닿지 않고도 순전히 의식만으로도 자손을 얻을 수 있다고 합니다. 그리고 광명천에서는 음식을 들지 않고도 순전히 공기만 호흡하고도 그 공기 속에서 영양을 흡수하여 생활한다고 합니다.

삼공재에 찾아오는 수련자들 중에서는 독신으로 사는 분들이 다수 있는데 그분들의 전생을 살펴보면 대체로 지구에서와는 다른 방법으로 살아온 천계에서 온 사람들입니다. 그런 전생의 습성이 있기 때문에 결혼하지 않고도 아무렇지 않게 독신으로 살아갈 수 있습니다.

그뿐만 아니라 부산에 사는 양애란 씨 같은 분은 벌써 30년 이상이나 일체의 음식을 들지 않고도 멀쩡하게 잘 살고 있습니다. 인도와 유럽에서는 평생 동안 아무 음식도 입에 대지 않고도 살아가는 사람들이 얼마든지 있습니다. 내가 보기에 이들은 전부 다 전생의 습관을 지구에 태어나서도 그대로 유지한다고 보아야 할 것입니다."

"그렇다면 결론적으로 말해서 윤회의 고리에서 벗어나려면 적어도 부귀영화(富貴榮華)나 명리(名利)는 말할 것도 없고 식색(食色)에서 초연해야 되겠군요."

"물론입니다."

아내의 잔소리 대처법

이기성이라는 40대 중반의 남자 수련생이 말했다.

"선생님, 제 고민을 하나 털어놓아도 되겠습니까?"

"물론입니다. 수련과 관련되는 것이라면 더욱 좋습니다."

"사실 따지고 보면 수련과도 관련이 있습니다."

"무슨 일이신데 그러십니까?"

"회사에서 고된 하루 일과를 끝내고 집에 와서 저녁 들고 한참 쉬다가 수련을 좀 해 보려고 하면 마치 기다렸다는 듯이 집사람이 별문제거리도 되지 않는 잔소리와 불평불만을 늘어놓곤 합니다. 그럴 때는 저도 모르게 신경질이 뻗쳐서 고함을 칠 때가 있습니다.

그렇게 되면 아내는 수그러들기는커녕 바짝 기를 돋우어 대들곤 하여 한바탕 말싸움이 벌어지곤 합니다. 그 통에 수련이고 뭐고 다 날아가 버리곤 합니다. 이럴 때 구도자로서 어떻게 처신을 해야 할지 선생님의 고견을 좀 듣고 싶습니다."

"부인은 전업주부입니까?"

"아닙니다. 피아노 과외를 하고 있습니다."

"그럼 맞벌이부부시군요."

"그런 셈이죠."

"이기성 씨는 관(觀)이라는 것을 해 보았습니까?"

"『선도체험기』에서 읽어서 잘 알고는 있지만 아직 일상생활화 하고 있지는 못합니다."

"앞으로는 그런 문제에 부딪치면 누구에게 자문을 구하기 전에 스스로 관부터 하는 습관을 들이시기 바랍니다."

"관을 어떻게 하죠?"

"이기성 씨의 경우 부인이 잔소리를 하면 지금처럼 발끈하고 마주 화를 내고 고성을 지를 것이 아니라 우선 그 발끈하고 치밀어 오르는 반발심을 지그시 누르고 부인의 잔소리와 불평을 처음부터 끝까지 진지하게 귀기울여 들어 주는 인내력을 발휘해야 합니다.

그렇게 하지 않고 우선 맞상대부터 한다면 수련이 무엇인지도 모르는 보통 사람 즉 범부(凡夫)들이나 무명중생(無明衆生)들과 다른 점이 무엇이겠습니까? 부인이 남편에게 잔소리를 하는 것은 일상생활에서 쌓이고 쌓여 온 각종 스트레스를 해소하는 방법이기도 하다는 것을 알아야 합니다.

그렇기 때문에 남편은 아내의 불평과 지청구를 꾹 참고 귀기울여 들어 주기만 하는 것으로도 아내의 스트레스 해소에 큰 도움을 준다는 것을 알아야 합니다. 한 여자의 남편으로서 그만한 아량도 없다면 어찌 한 아내를 거느릴 가장의 자격이 있다고 말할 수 있겠습니까?

이기성 씨가 오늘부터라도 관을 하기로 결심을 굳혔다면 무엇보다도 먼저 부인의 잔소리부터 진지하게 귀기울여 들어 주어야 할 것입니다. 왜냐하면 관이라는 것은 나 자신의 실상을 객관적으로 관찰하는 것이기 때문입니다. 관찰로만 끝낼 것이 아니라 그것을 통하여 자기 자신이 처한 문제점들에 대한 해결책을 스스로 찾아내야 합니다."

내 말을 유심히 듣고 있던 이기성 씨가 입을 열었다.

"선생님, 참으로 부끄럽습니다. 선생님 말씀을 듣고 있자니까 제가 얼마나 어리석었는가 하는 것을 이제 확연하게 알 것 같습니다. 그리고 관이 무엇인가 하는 것도 구체적으로 파악한 것 같습니다. 저에게 꼭 필요한 좋은 말씀 감사합니다."

전생의 아내와 만났을 때

2009년 5월 31일 일요일, 15~26℃ 해

오후 3시, 9명의 수련생이 전국에서 삼공재에 모였다. 한참 명상을 하다가 이명조라는 삼십 대 중반의 수련생이 말했다.

"선생님, 애로사항 한 가지만 여쭈어도 되겠습니까?"

"좋습니다. 말씀해 보세요."

"최근에 저의 사무실에 신입 사원이 한 사람이 들어왔는데요. 아무래도 제 직감엔 전생의 제 아내였던 것 같은 느낌이 듭니다."

"왜 그런 생각을 하게 되었습니까?"

"첫눈을 마주쳤을 때부터 찡하고 필이 맞바로 꽂혀 들어오는 것이 심상치 않았습니다."

"그래서 데이트라도 했습니까?"

"만나는 첫날부터 우리 둘은 자기 자신도 모르게 서로 자꾸만 끌려서 차도 마시고 영화 구경도 하고 식사도 같이하곤 했습니다. 그러다가 어느 순간에 이를 제지하는 자성(自性)의 소리가 들려오는 것 같아서 요즘은 만나는 것을 일부러 자제하고 있습니다."

"이명조 씨는 결혼을 했습니까?"

"네, 세 살짜리 딸도 하나 있습니다."

"그 여자 신입 사원은 처녀입니까?"

"네."

"그럼 이제부터 이명조 씨는 정신 바짝 차려야 합니다. 전생에 부부나 애인이었던 사람끼리는 전생에 지내던 습관이 무의식 속에 잠재되어 있어서 조금만 가까워져도 금방 불이 붙게 되어 있습니다. 이 세상의 기혼 남녀 사이의 불륜(不倫) 행위는 거의가 다 전생의 부부나 연인이었던 남녀끼리 벌어진다고 해도 과언이 아닙니다. 이들은 한 번 만났다 하면 과거생의 습성이 되살아나 금방 활활 정염(情炎)의 불을 태우게 되어 있습니다.

더구나 요즘처럼 남녀 교제가 자유로워지고 성 해방을 부추기는 시대에는 더욱더 그렇습니다. 그래서 지각없는 남녀들은 자신이 유부남이고 유부녀라는 사실까지도 깜빡 잊어버리고 만나자마자 마치 오랫동안 헤어졌던 부부나 연인끼리의 해후라도 한 듯 서로를 무섭게 탐하게 됩니다.

그러다가 아무래도 이상한 것을 눈치챈 아내와 남편의 감시망에 걸려들어 잘못을 뉘우치고 제자리로 돌아온다면 다행이지만, 제정신 못 차리고 계속 불륜에 탐닉하게 될 경우 여태까지 아무렇지도 않게 평온하게 지내오던 단란한 가정은 풍비박산이 되고 아이들은 잘하면 결손 또는 조손 가정의 아동이 되지만 잘못하면 고아원 신세를 지든가 외국으로 입양이 되든가 하는 생이별의 비극을 겪게 되고, 양쪽 부모 형제자매에게 끼치는 정신적 상처는 이만저만이 아닙니다.

요즘 SBS에서 저녁 7시 15분에 나가는 '두 아내'라는 연속 드라마에는 그러한 경우를 잘 묘사하고 있습니다. 남자 주인공인 소설가가 새 여자와 함께 살기 위해서 아내와 협의 이혼을 하는 바람에 충격을 받은 장인이 심근경색으로 갑자기 사망까지 하는 비극이 벌어집니다.

장인의 사망만으로 끝나는 것이 아니고 남편의 간호로 근근이 휠체어 신세를 지면서 살아온 중환자인 장모까지도 언제 유명을 달리할지 모르는 사태로까지 악화되었습니다. 그런 걸 생각하면 이명조 씨는 그래도 수련을 해 온 덕분에 자성(自性)이 무엇이라는 것도 알게 되었고, 바로 자성의 일깨움으로 불륜 직전에 제정신을 차린 것 같아서 불행 중 다행입니다."

이때 명상 중이던 한 수련생이 물었다.

"전생의 부부였던 남녀의 만남을 무조건 불륜으로만 몰 것이 아니라 어떻게 하든지 건전하고 건설적인 방향으로 유도할 수 있는 길은 없을까요?"

"왜 없겠습니까? 그런 길은 그들 남녀의 마음먹기에 따라 얼마든지 가능한 일입니다. 그들이 불륜 행위만 저지르지 않고 건전하고 유익한 동업자 관계를 유지할 수만 있다면 과거생의 부부 관계를 금생에서는 도반(道伴)으로 승화시킬 수도 있을 것입니다.

두 남녀가 친지들 앞에서 결혼식을 올리고 한평생을 해로한다고 생각해 봅시다. 요즘 통계를 보면 우리나라 남녀의 평균 수명은 80세 전후입니다. 30세 전후에 결혼을 했다고 할 경우 보통 60세 전후에 갱년기를 맞으면서 성욕 감퇴로 성생활을 중단하게 됩니다. 이것이 자연의 순리입니다. 적어도 20년 동안은 성생활 없는 부부관계를 유지하게 됩니다.

그 밖에도 직업상의 이유나 한쪽의 사망과 자녀의 해외 유학이나 질병 등으로 불가피하게 부부가 서로 떨어져서 사는 것까지 감안할 경우 실제로 한평생 동안 성생활을 하는 기간은 고작 20년 내외밖에 안 됩니다. 이런 것을 감안할 때 결혼생활의 반 이상은 동업자나 동반자로 지내는 기간이 더 길다고 할 수 있습니다. 그러니까 전생의 부부들끼리 만났다고 해도 바로 이 동업자나 동반자로 지냈던 부분을 되살려 이 사회에 보다 유익하고 건전한 쪽으로 승화할 수 있도록 의식적으로 노력해야 할 것입니다.

요즘 SBS에서 방영되는 주말 연속극, '사랑은 아무나 하나'는 이런 면에서 대단히 시사하는 바가 많은 드라마라고 생각됩니다. 선배 극작가로 등장하는 주인공은 그의 아내가 자녀 교육 뒷바라지를 위해 외국에 나가 사는 기러기 아빠입니다. 그는 유명한 드라마 작가로서 그의 밑에 들어와 그에게 직접 드라마 쓰기를 실습하는 여성 작가가 있었습니다.

그녀는 기혼녀입니다. 비슷한 연배인 이들 선후배 작가는 매일 선배 작가의 아파트 서재에서 만나 드라마 쓰기의 실습 지도를 받습니다. 그들은 가끔 취재차 지방 여행도 같이하곤 합니다. 이들은 자연스럽게 산책을 하면서 손도 잡아보고 때로는 포옹도 합니다.

농촌 마을에서 민박을 할 때는 집주인 할머니 방에 주인과 함께 셋이 숙박도 합니다. 주인 할머니는 이들이 불편해할까 봐서 한밤중에 슬쩍 자리를 피해 주기도 했지만 이들은 보통 남녀라면 이런 경우 흔히 빠지기 쉬운 운우지정(雲雨之情)의 황홀경 속을 헤매는 저속한 짓은 절대로 하지 않습니다.

무엇 때문이었을까요? 선배 작가는 그 나름의 체험을 통한 인생철학이 그의 실생활 속에 정착되어 있었기 때문이었습니다. 혈기왕성한 중년 남성으로서 벌써 여러 해 동안 아내와 생이별을 하고 독신생활을 하고 있으니 생리적으로 얼마나 굶주려 있었겠습니까?

그러나 그는 불륜 행위만은 무슨 일이 있어도 하지 않는다는 확고한 결심을 하고 이를 실천하고 있었습니다. 불륜이 가져올 갖가지 악영향을 그는 너무나도 잘 알고 있었기 때문입니다. 도덕군자여서가 아니라 한 사람의 유명 작가로서 이 세상을 살아가는 데 불륜이 얼마나 자기 자신에게는 물론이고 가족과 주변 사람들에게 심대한 타격을 준다는 것을 너무나도 잘 알고 있었기 때문입니다.

이 때문에 후배 작가의 남편이 아내의 행동을 의심하고 증거를 포착하기 위해서 그의 아파트 서재에 남모르게 녹화 장치를 하기도 하고, 선배 작가와 취재 여행을 떠나는 아내의 뒤를 추적하기도 했지만 결정적인 순간은 끝내 잡아낼 수 없었습니다.

바로 그러한 때에 선배 작가에게는 이제 갓 등단한 신진 드라마 작가가 그를 사사하기 위해서 들어왔습니다. 선배 작가의 관심이 이 싱싱한 사슴에게 자연히 쏠리지 않을 수 없었습니다. 이를 질투한 후배 작가는 선배 작가에게 노골적으로 추파를 보냈지만 그는 꿈쩍도 하지 않았습니다.

이에 반감을 품은 그녀는 한밤중에 남편의 차를 몰고 가서 선배 작가의 차 타이어에 못으로 구멍을 뚫어 펑크를 내는가 하면 차 문짝에 상처를 입히기도 했습니다. 앞으로 이 드라마가 어떻게 진행될지는 모르지만 내가 말하고 싶은 것은 드라마 하면 으레 불륜이 판을 쳐야 하는 저속한 분위기 속에서도 순결을 지키는 선배 작가와 같은 꿋꿋한 주인공이 의연히 버티고 있다는 것입니다.

불륜의 유혹

더구나 시공과 생사와 물질이 지배하는 현상계를 초월하려는 구도자들은 이 세상을 살아 나가는 데 있어서 무슨 난관이 있다 해도 불륜만은 저지르지 않는다는 당당한 기개를 보여 주어야 한다고 봅니다."

이때 한 젊은 남자 수련생이 입을 열었다.

"그러나 두 남녀가 사랑하는 사이라면 성의 자기 결정권을 행사할 수도 있는 일이 아닐까요?"

"요즘 드라마를 보면 사랑만 하면 불륜도 근친상간도 상관없는 것처럼 생각하는 풍조가 있는데, 구도자는 말할 것도 없고 적어도 양식 있는 국민이라면 무슨 일이 있어도 반드시 피해야 한다고 봅니다. 더구나 구도자는 생로병사의 윤회의 고리를 끊어 버리는 것을 최초의 목표로 삼아야 할 것입니다. 이 윤회의 고리를 끊으려면 다시는 여자의 자궁을 빌려 이 세상에 태어나지 말아야 합니다. 그러자면 성은 즐기는 대상이 아니라 초월해야 할 대상입니다.

불교에서 말하는 수다원, 사다함, 아나함, 아라한, 보살, 부처의 6단계 수련 중에서 적어도 아나함의 경지까지는 들어야 합니다. 아나함의 경지에 들면 다시는 이 세상에 태어나지 않아도 될 것이기 때문입니다. 그러자면 종국적으로는 성을 완전히 초월해야 합니다. 그런데 사랑한다고 해서 섹스를 탐한다면 무슨 공부가 되겠습니까? 공부는커녕 타락밖에는 가져오는 것이 아무것도 없게 될 것입니다.

더구나 구도를 한다면서 프리섹스와 그룹 섹스를 방편으로 장려하는 라즈니쉬 같은 사이비 교주가 있는가 하면, 어떤 사람은 결혼을 하여 자녀까지 두고도 사이비 교주가 되어 여제자들의 성을 탐하는 후안무치한 짓을 다반사로 벌이고 있습니다. 이들 역시 성을 초월하여 아나함의 경지에 들기는 고사하고 사기죄와 불륜죄까지 더하여 아나함과는 반대로 지옥으로 추락하는 짓을 저지르고 있을 뿐입니다."

이명조 씨가 물었다.

"혹시 삼공재에는 선생님의 전생의 사모님이었던 분들이 찾아온 일은 없었습니까?"

"없긴요. 있었습니다."

"몇 분이나 찾아오셨는지 물어보아도 실례가 되지 않을까요?"

"괜찮습니다. 삼공재에 찾아온 내 전생의 아내는 지금까지 적어도 20명은 넘습니다."

"선생님은 전생에 주로 무슨 일을 했습니까?"

"수련 중에 나타난 내 과거 생은 군인, 학자, 문필인, 관리, 구도자가 주종을 이루고 있습니다. 임금 노릇을 네 번이나 해서 그런지 정치에는 넌더리가 나서 통 관심이 없습니다. 그러한 내 과거 생의 패턴은 금생에도 어김없이 되풀이되고 있습니다.

나는 14세에 북한에서 해방을 맞았고, 1950년 19세에 북한군에 징집되어 전쟁에 참가했다가 경상남도 함안까지 내려와 한미 연합군에게 포로가 되었습니다. 1954년에 포로에서 석방되어 국군에 들어가 장교가 되었지만, 관운이 없었던지 아니면 과거생의 패턴 때문인지 군대생활 근 10년 만에 겨우 포병 중위로 군에서 예편되어, 대학에 편입하여 영문과를 졸업하고 영자 신문사 기자가 되었습니다. 기자 생활 23년 만에 정년으로 신문사를 그만두었습니다.

1974년에 소설가로 문단에 데뷔했고 1986년부터 선도수련을 시작했습니다. 1990년부터 자택에 삼공재(三功齋)를 개설하면서 수련자들이 모여들기 시작하여 지금에 이르렀습니다. 1990년부터 『선도체험기』가 발간되기 시작하여 2009년 6월 현재 93권이 시판되고 있습니다."

"그럼 그 전생의 사모님들은 지금은 어떤 생활을 하고 있는지요?"

"구도자, 사업가, 교사, 대학교수, 탤런트 등등 별별 직업을 가진 사람들이 다 있습니다."

"선생님께서는 그분들이 과거생의 사모님들이라는 것을 어떻게 아실 수 있었습니까?"

"만나는 순간 감전되었을 때처럼 찡하는 느낌이 먼저 옵니다. 말하자면 필이 맞바로 꽂혀 들어오는 겁니다. 대체로 그들은 수련을 하고 있으니까 내 책을 읽고, 전생의 인연으로 나에게 도움을 받으러 옵니다. 눈을 감고 영안으로 보면 전생에 부부로 지낼 때의 장면들이 화면으로 뜹니다. 나만 그런 화면을 보는 것이 아니라 상대도 똑같이 그러한 화면들을 보는 수도 있습니다."

"그럼 그 전생의 사모님들과는 스승과 제자 사이로 만나는 것 이상으로 관계가 진전된 일이 없었습니까?"

"어떤 사람은 사제지간보다는 도반 사이로 지내기를 고집하는 경우도 있었습니다. 또 전생의 부부 사이에 태어난 딸이 금생에 나를 찾아온 경우도 있었습니다. 그 전생의 딸은 처음에는 고질병 때문에 전생의 어머니를 찾아갔지만, 그녀의 능력으로는 한계를 느끼고 나에게 보냈습니다. 다행히도 나한테 찾아와서 수련도 하고 병도 고친 일이 있습니다.

결론적으로 말해서 전생의 부부가 양쪽 다 총각과 처녀든가 아니면 법적으로 아무런 하자도 없는 독신자가 아닌 이상, 그들이 과거생의 습관대로 합방을 하게 되면 틀림없는 불륜이 된다는 사실을 명심해야 합니다. 바로 이 때문에 유부남과 유부녀나 한쪽이 유부녀나 유부남이라도 불륜이 되기는 마찬가지이므로 극도로 조심해야 합니다.

특히나 구도자가 그런 경우를 당했을 때는 극도로 자중해야 할 것입니다. 구도자는 무슨 일이 있어도 섹스를 초월해야 하는데도, 바로 성에 대한 자기 결정권을 행사한다고 하여 불륜을 저지른다면 그때까지 애써서 닦아온 공부가 한순간에 물거품으로 돌아가는 수가 있습니다."

"그럼 그럴 경우 어떻게 하는 것이 가장 무난할까요?"

"두 남녀 중 하나가 기혼자라도 동업자나 도반으로 금생을 상호 유익한 쪽으로 승화할 자신이 없으면 아예 처음부터 서로 사귀지 않는 쪽이 차라리 낫습니다."

19년 만에 찾아본 참성단

2009년 6월 9일 화요일, 18~22℃ 흐림

아침 5시 50분에 집 앞에서 최근에 삼공재에서 현묘지도 수련을 마친 (주)명인D&I의 하선우 회장, 하 회장의 재미 교포 동업자인 이도원 씨, 역시 같은 국내 동업자이며 오늘 운전을 맡은 나상철 씨 그리고 이도원 씨의 누님인 이희정 씨 등 네 분과 함께 하선우 씨의 그랜저로 강화도를 향해 출발했다.

나와 운전자 외에는 참성단을 처음으로 방문한다고 했다. 우리는 천제를 지낼 간소한 제수를 마련했다. 초지대교를 거쳐 7시 10분에 마니산 입구에 도착했다.

나는 원래 강화도 원주민이 발음하는 대로 마니산 대신에 원래의 고유명사인 마리산으로 쓰기를 원하지만, 현지에 와 보니 강화군에서 세운 표지판들을 비롯하여 모든 표지판들이 다 마니산으로 되어 있으니 혼란을 막기 위해서 나 역시 마니산으로 쓰지 않을 수 없었다. 마리산의 마리는 머리의 옛말인 마리에서 나온 것이지만 불교의 영향으로 마니산으로 바뀐 것을 나는 못마땅해했지만 대세를 거스를 수는 없었다.

날씨는 흐리고 약간의 부슬비가 내리고 있었지만 등산에 장애가 될 정도는 아니어서 운전자를 제외한 넷은 참성단을 향해 곧바로 등산을 시작했다. 안내 표지판을 보니 19년 전에 보이지 않던 것들이 보였다. 그중에는 네이트, 야후, 네이버 같은 포털의 참성단 조목에도 등장하지 않는, 기(氣)에 대한 안내가 눈길을 끌었다. 그 내용들은 다음과 같았다.

'기와 풍수 전문가들은 우리나라에서 좋은 기가 나오는 곳이 십여 군
데 있는데, 그중에서도 민족의 성지 강화도 마니산을 한국 제일의 생기
처(生氣處)로 꼽고 있으며, 이런 곳에 가면 마음이 편안해지면서 활력이
생기고 건강해진다고 말합니다. 그래서 예부터 수도하는 분들은 기가 좋
은 산과 들을 찾아다니면서 심신을 수련하였고 이와 같은 곳을 최적의
수련처로 삼아 왔습니다.'

추천인: 기와 생활풍수 전문가 취남 이재석

일반적으로 기(氣)의 존재를 측정하는 데는 엘로드(L-Rod)법이 쓰이는
데, 땅에서 나오는 전자 에너지에 의해 두 개의 금속 측정 막대기가 교
차, 회전하게 되는 원리를 이용한 측정법으로써 본 안내도의 숫자는 탐
지기의 회전수를 표시하였음.

인천광역시 강화군

아래 내용은 1999년 4월 8일자 주간조선 "르뽀 한국의 기 센 곳"을 인
용한 것이다.

기 측정 결과

장소	마니산			해인사 (경남 합천)			팔공산 갓바위 (대구)	운문사 죽림헌 (경북청도)	선운사 대웅전 (전북고창)
	참성단	계단로 2/3지점	계단로 1/3지점	독성각	장경각	백련암			
L-Rod 회전수	65	60	46	46	34	18	16	20	16

기 수련하는 사람 쳐놓고 참성단이 한국에서는 가장 기가 센 곳이라는 것은 누구나 다 알고 있는 일이지만, 이것을 기 측정 장치로 계측하여 과학적으로 입증했다는 데 의미가 있다고 할 수 있겠다.

19년 전 1991년 1월 20일에도 계단로 입구에 있던 교회는 지금도 그대로 있었다. 어느 민족 종교 단체에서 구입하기 위해서 교섭 중이라는 소문이 그때도 나돌고 있었지만 수포로 끝난 모양이었다. 교회를 지나자 곧바로 계단으로 접어들었다. 그때와는 달리 계단이 거의 완벽하게 잘 정비되어 있었다.

그때에는 소나무도 듬성듬성 섞여 있었던 것 같았는데 지금은 오직 졸참나무를 주종으로 하고 간간이 팥배나무가 섞인 숲이 무성해 있었다. 그때는 나무의 키들이 겨우 100 내지 150센티 정도였는데 지금은 3미터 이상의 나무로 자라나 짙은 그늘을 드리우고 있었다. 능선을 오르다가 내려다보면 평화로운 바다며 강이며 마을이며 논이며 밭이며 도로들이 환히 내려다보이고, 휴전선 넘어 북한 쪽 황해도 해안이 아스라이 눈에 들어왔었는데 지금은 나무에 온통 시야가 가려서 숲속에 갇힌 것 같았다.

그 당시는 아직 50대 후반이어서 한 시간도 채 안 되어 참성단까지 오를 수 있었건만 지금은 어느덧 세월에 민감해야 하는 형편이 되어, 거의 두 시간 가까이 되어서야 참성단에 오를 수 있었다. 그런데 참성단은 철책으로 완전 봉쇄되어 방문객은 일체 접근할 수 없게 되어 있었다. 표지판을 읽어 보니 하도 많은 방문객들의 발길에 이대로 가다간 무너질 우려가 있어서 완전히 봉쇄할 수밖에 없었다는, 강화군청이 내세우는 이유가 적혀 있었다.

우리들 일행 넷은 물색 끝에 참성단 옆의 한 바위를 선정하고 깨끗이

청소했다. 이희정 씨가 바람이 불어도 꺼지지 않게 고안된 촛불을 켜고, 향도 피우고 일행과 함께 제수를 진설했다. 삼황천제에게 천제를 지내기 위해서였다. 간소한 제수를 앞에 하고 일행 넷은 나란히 도열하고 내가 제주가 되어 헌작하고 일제히 9배했다. 그 다음에는 나의 선창으로 일제 히 『천부경』을 암송했다.

하나는 시작 없는 하나에서 시작되어, 셋으로 나누어도 그 바탕은 다 함이 없네.

하늘의 본성이 첫째로 나타나고, 땅의 본성이 두 번째로 생겨나고, 사 람의 본성이 세 번째로 드러났네.

하나가 쌓여서 열이 되고 그 커짐이 다하지 않으면 셋이 되나니,

하늘에도 둘 셋이 있고 땅에도 둘 셋이 있고 사람에게도 둘 셋이 있네.

큰 셋이 합하여 여섯이 되고. 일곱 여덟 아홉이 되네.

셋과 넷으로 운용되어 다섯이 돌아 일곱이 되네.

하나가 묘하게 퍼져 나가 온갖 것이 오고 온갖 것이 가도다.

쓰임은 바뀌어도 본바탕은 변하지 않네.

참마음은 참태양일 때 그 밝음을 더해 가네.

사람 속에 하늘과 땅이 하나가 되어 들어 있네.

하나는 끝없는 하나로 끝나도다.

일동이 『천부경』을 다 외우고 나자 나는 다음과 같이 삼황천제님에게 고했다.

"우리들 일동 넷은 한인, 한웅, 단군 천제님께 고하나이다. 우리의 수련이 향상되어 성통공완하도록 도와주시고, 국가와 민족 그리고 온 인류의 평화와 영적 진화를 위하여 우리가 하고자 하는 일이 부디 성공하도록 보살펴 주옵소서."

이렇게 고하고 나서 일행은 그 자리에 앉았다. 나는 눈을 감은 채 영안으로 앞을 보았다. 면류관을 쓰고 울긋불긋한 곤룡포를 입은 세 분 천제님들이 배신(陪臣)들을 거느리고 나타나시어 제수를 흠향하시고 훨훨 춤을 추었다. 한 3분쯤 지난 뒤 세 분은 떠났다.

천제를 마친 우리는 제수를 수습하고 그 자리를 말끔히 정리하고 내려오기 시작했다. 내려올 때는 단군로를 택했다. 역시 계단들이 잘 정비되어 있었다. 나는 19년 전에 단군로에서 만났던 대시전(大始殿)이라는 십 평쯤 된 초가를 내려가는 길에 둘러보기로 했다.

대시전(大始殿)이란 『단군세기』에 나오는 단군 시대의 전각 이름이다. 그 안에는 국조는 말할 것도 없고 역대 임금들과 나라에 큰 공을 세운 인물들을 모시었다. 그런데 19년 전에 내가 본 대시전 안에는 초등학교 학생이 만든 것 같은 국조들과 임금들과 국가 공헌자들의 조잡한 조각상이 전시되어 있었다.

이것을 본 나는 그 후 내내 이 일이 생각날 때마다 부디 기부자가 나타나 번듯한 대시전이 세워지고 일류 조각가들의 작품이 전시되기를 소원했었다. 그런데 혹시 길을 잘못 들었는지는 몰라도 30분이나 찾아 헤맸지만 그때의 대시전은 끝내 눈에 띄지 않았다.

11시에 하산을 마친 일행은 곧바로 석모도로 출발했다. 선착장에서 차를 배에 실은 채 15분 항해하여, 12시경 석모도 보문 선착장에 도착, 오후 1시경 점심 들고 2시에 보문사 갓바위 마애석불을 예불하고 3시에 하산, 4시 30분에 석모도 보문 선착장을 떠났다. 귀갓길 중간에 차가 막혀 7시 50분에야 집에 도착할 수 있었다.

지난 2월 14일 하선우, 이도원, 나상철 씨 등과 함께 같은 차로 양평 동막골, 두물머리, 다산 정약용 생가를 방문한 이후 처음 가진 나들이였다.

세도나로 가려는 구도자에게

40대 중반의 이상도라는 수련자가 말했다.

"선생님, 미국 애리조나주 벨록이라는 곳에 세도나라는 수도처가 있다는 것을 알고 계십니까?"

"그런 데가 있다는 것은 들어서 알고 있습니다."

"어느 책에서 읽었는데요. 그곳은 하도 기운이 강해서 잘하면 백회도 쉽게 열린다고 합니다. 선생님도 아시다시피 저는 삼공재에 나와서 수련을 한 지도 어느덧 3년이 되었건만 아직 소주천도 못 하고 있습니다.

여러 날을 두고 심사숙고를 해 보았는데요. 한 1년 예정으로 그곳에 가서 수련을 하다가 보면 반드시 좋은 성과가 있을 것 같은 느낌이 듭니다. 그래서 지금 떠날 준비를 하고 있는데 선생님께서 어떻게 생각하시는지 자문을 좀 해 주셨으면 합니다."

"그럼 그 1년 동안 이상도 씨의 부인과 자녀들은 누가 부양하죠?"

"그건 문제가 없습니다."

"문제가 없다뇨?"

"제 아내가 기업체를 하나 운영하고 있어서 그런 것은 문제가 되지 않습니다."

"그럼 이상도 씨의 집에서는 이상도 씨가 가장이 아니고 부인이 가장이시군요."

"어쩌다 보니 그렇게 되었습니다. 제 아내는 무남독녀인데 장인께서 운영하시던 기업체를 딸에게 물려주시고 몇 해 전에 돌아가셔서 장모님은 우리가 모시고 있습니다."

"그럼 자녀는 몇이나 됩니까?"

"아들 하나, 딸 하나 남매입니다. 그런데 결혼할 때 아내가 말했습니다. 가문을 이어갈 아들이 없어서 자기가 아들을 낳으면 외가 성을 갖게 해야 한다고 했습니다. 저는 다행히도 우리집에서는 셋째 아들이어서 가문을 이어갈 의무 같은 것은 없어서 그렇게 하기로 했습니다."

"그러고 보니 이상도 씨는 남녀평등 시대에 재빨리 적응해 가는 좋은 모범이 될 것 같습니다. 하긴 구도자라면 가문과 족보, 민족이라는 개념까지도 초월해야 하지만 말입니다."

"과찬이십니다."

"어쨌든 이상도 씨는 처복은 있는 사람 같습니다. 그런데 내가 보기에는 수련이 잘되고 안 되는 것은 기운이 강한 명당에 달려 있는 것이 아니라 수련자 자신의 마음의 자세와 집중력에 달려 있다고 봅니다.

이 세상에 기운이 강하여 수련하기 좋다고 하여 유명한 곳으로는 히말라야, 티베트 같은 곳도 있고 우리나라에도 마니산, 백두산, 지리산, 제주도 같은 곳은 수도처로 이름이 나 있습니다. 그렇다고 해서 그곳에 가면 누구나 다 수련이 잘되어 견성해탈하고 성통공완하는 것은 아닙니다."

"그럼 수련이 잘되고 안되는 것은 무엇 때문이라고 보십니까?"

"방금 전에도 말했지만 구도자 자신의 마음의 자세와 집중력 여하에 달려 있습니다."

"마음의 자세란 구체적으로 무엇을 말하는 것입니까?"

"그 수련자가 평소에 어떠한 마음을 갖고 있느냐 하는 것입니다. 가령 공직자라면 그의 마음의 자세가 어떠해야 하겠습니까? 누가 뇌물을 주면 항상 받아 챙길 자세냐 아니면 무슨 일이 있어도 단연코 거절할 수 있는 청렴결백한 자세냐 하는 것과 같은 것을 말합니다.

좀더 쉽게 말해서 그 사람의 마음이 얼마나 바르고 자기의 이익보다는 남의 이익과 공익을 먼저 생각하는 역지사지 정신이 얼마나 투철하냐 하는 것입니다. 그리고 어려움에 처했을 때 얼마나 슬기롭게 그 난국을 헤쳐 나올 수 있느냐에 수련의 성패는 달려 있다는 것입니다. 결론적으로 말해서 그가 마음을 얼마나 바르고 착하고 지혜롭게 구사할 수 있느냐에 수련의 성패도 달려 있다는 것입니다."

"마음의 자세가 무엇인가 하는 것은 이해를 할 수 있겠는데요. 그렇다면 집중력은 무엇을 말하는 것인지요?"

"그렇습니다. 수련의 성패는 마음의 자세 다음으로는 집중력 여하에 달려 있습니다. 수련의 성패는 마음의 자세와 집중력에 달려 있는 것이지 세도나나 히말라야나 마리산(마니산) 같은 기운 좋은 명당에 달려 있는 것이 아닙니다.

마음의 자세 다음에는 집중력입니다. 집중력이란 얼마나 관(觀)이 잘 잡혀 있는가로 결정됩니다. 집중이 잘되는 사람은 영락없이 관이 잘 잡혀 있기 때문입니다."

"그럼 어떻게 하면 관이 잘 잡힐 수 있습니까?"

"선정(禪定)에 들 때 잡념과 번뇌 망상에 끄달리지 말아야 합니다."

"어떻게 하면 잡념과 번뇌 망상에 사로잡히지 않을 수 있을까요?"

"그건 아주 간단합니다."

"어떻게 하면 되는데요?"

"마음을 비우면 됩니다."

"어떻게 해야 마음을 비울 수 있을까요?"

"마음을 비울 수 있는 가장 확실한 길은 나 자신보다는 남을 먼저 생각해 주고 배려해 주는 마음을 항상 지니고 실천하는 것입니다."

"그것은 왜 그렇습니까?"

"잡념과 번뇌 망상은 모두가 다 이기심에서 나오는 것이므로 이기심을 없애는 방법으로는 역지사지 정신을 배양하는 길밖에는 다른 방도가 없습니다. 그러므로 역지사지 정신이 투철한 사람일수록 집중력이 강할 수밖에 없습니다. 따라서 마음의 자세가 바로 서고, 집중력을 마음대로 구사할 수 있는 사람은 세도나나 히말라야나 티베트나 마니산 같은 기운 좋은 명당에 찾아가지 않아도 그 사람이 있는 장소가 바로 명당이 될 수 있습니다.

그런 사람이 있는 곳은 남대문이나 동대문 시장 한복판이라고 해도 그 자리가 바로 명당이 될 수 있습니다. 그런 사람은 가령 지옥에 간다 해도 그 자리를 명당으로 바꿀 수 있기 때문입니다. 왜냐하면 그 사람 자신이 바로 우주의 중심이요 극락이고 천당이고 니르바나이기 때문입니다."

"결국은 마음을 어떻게 다스리느냐에 수련의 성패가 달려 있다는 말씀이군요."

"그렇습니다. 마음이 있고 나서 우주도 있고 명당도 있기 때문입니다."

"요컨대 수련의 성패 역시 명당이 아니라 마음에 달려 있다는 것을 알 수 있을 것 같습니다. 그러나 세도나 같은 명당 역시 한 번 수도처로서 고려해 봄직한 곳이 아닐까요?"

"내가 이렇게까지 알아듣게 설명을 했는데도 처복이 있는 구도자인 이상도 씨가 굳이 세도나에 가겠다면야 누가 말릴 수 있겠습니까?"

"선생님, 저는 아무래도 역마살(驛馬煞)이 끼어 있는 것이 아닐까요?"

"그렇다면 그 역마살 역시 털어 버려야 합니다."

"그렇습니까?"

"역마살 역시 일종의 집착이니까요. 구도자는 마땅히 온갖 집착에서 벗어나야 합니다."

정자관(程子冠) 쓴 조화주와 삼황천제

2009년 6월 13일 토요일, 맑음

2009년 6월 9일 마니산을 19년 만에 찾은 후 나흘 만이었다. 우리 일행 다섯은 다시 참성단을 찾게 되었다. 그때 참성단을 처음 찾은 세 분의 요청으로 그리하기로 하였다. 기공부를 하는 그들은 마니산의 기운에 매료되어 다시 찾지 않을 수 없었다고 했다. 특히 오늘은 지난번에 천제에 불참했던 나상철 씨도 참성단에 같이 올라 천제에 동참하기로 했다.

우리집 앞에서 나상철 씨가 운전하는 그랜저로 일행 다섯이 오전 6시에 출발했다. 7시 10분에 마니산 입구에 도착, 차 한 잔씩 하고 곧 등산을 시작했다. 나흘 전과는 달리 날씨는 쾌청이었다. 9시 30분에 참성단에 도착했다. 오늘은 그전보다 좀 널찍한 바위를 찾아냈는데 이미 다른 일행이 산신제를 지내고 있어서 잠시 기다렸다가 지난번과 같은 요령으로 천제를 지냈다.

그런데 이번에는 삼황천제 외에 조화주 하느님을 한 분 더 모시기로 했다. 그 이유는 이도원 씨가 『선도체험기』 6권 259쪽에 나오는 1991년 1월 20일자 참성단 천제 때는 조화주 하느님과 삼황천제 모두 네 분을 모신 것으로 되어 있으므로 이번에도 그렇게 하자고 해서였다.

산신제를 마친 일행이 물러나자 지난번 요령대로 우리는 곧 제수를 진설하고 헌작하고 한 분에게 3배씩 모두 12배를 마치고 『천부경』을 암송했다. 지난번과 비슷한 우리의 소원을 고하고 앉았다. 나는 영안으로 보았다. 조화주 하느님과 삼황천제님들이 나타나셨는데 지난번과는 달리 모두 정자관(程子冠)을 쓰셨다.

천제를 마치고 우리는 다음 팀에게 자리를 양보하고 그 옆에서 제수로 요기를 했다. 점심을 생략하고 12시 이전까지 집에 도착해야 했기 때문이다. 요기를 하면서 잠시 쉬는 동안 이도원 씨가 물었다.

"선생님, 이번에 오신 분들은 어떤 복장이었습니까?"

"네 분 모두 정자관을 쓰셨습니다."

"정자관이 무엇입니까?"

"일종의 갓입니다."

"어떻게 생겼는데요?"

이렇게 말하면서 그는 종이와 볼펜을 꺼내어 그려 보라고 했다. 나는 뿔이 여러 개 솟은 것처럼 보이는 정자관을 그려 주었다. 뒤에 이희승 사전을 찾아보니 정자관에 대해서 다음과 같이 나와 있었다.

정자관(程子冠) : 말총으로 짜거나 떠서 만든 관의 하나. 위는 터지고 세 봉우리가 지게 두 층 또는 세 층으로 되었음. 유자(儒者)가 집안에서 창의(氅衣)나 도포를 입고 있을 때 갓 대신 썼음. 중국 송(宋)나라의 정자(程子)가 썼었다고 함.

송나라의 정자가 썼었다고 하지만 삼황천제는 적어도 정자보다는 3천년 이전에 생존했던 분이므로 상고 시대부터 우리 조상들이 썼던 것이 아닌가 생각된다.

"그런데 왜 나흘 전 천제 때와는 달리 이번에는 정자관을 쓰셨을까요?"

"그때는 오래간만의 만남이므로 형식을 갖추셨고 이번에는 간편하게 평복 차림으로 대하여 주신 것 같습니다."

"과연 그럴 수도 있겠는데요. 그건 그렇고요. 영안이 뜨이지 않은 보통 사람이 제사를 지낼 때도 조상님이나 그 밖의 제사 지내는 대상이 나타납니까?"

"영안이 뜨이지 않아서 보이지 않을 뿐이지 제사의 대상이 나타나는 것은 틀림이 없습니다."

"그것을 선생님께서는 어떻게 아실 수 있습니까?"

"등산을 하노라면 가끔가다가 알피니스트들이 산신제를 지내는 것을 목격할 수 있습니다. 특히 설이나 해동 때에 흔히 볼 수 있습니다. 한번은 관악산 두꺼비 바위 앞에서 일단의 알피니스트들이 산신제 지내는 것을 무심코 그 근처에 앉아서 지켜본 일이 있습니다. 과연 산신령들이 나타났습니다."

"산신령들이 어떻게 생겼습니까?"

"절에 딸린 산신각(山神閣)에서 흔히 볼 수 있는 호랑이를 탄 신선처럼 생긴 영상도 보이고, 때로는 사람은 없고 호랑이, 늑대, 승냥이, 곰 같은 맹수들이 보이기도 합니다. 사람들은 제사를 지내면서도 눈에 아무것도 보이지 않으니까 그저 형식적으로 그리고 관례적으로라도 제사를 지내지 않으면 어쩐지 좀 마음이 께름칙하고 불안해서 어쩔 수 없이 제사를 지내는 경우가 많습니다. 그러나 실제로는 조상님이나 산신령들이 반드시 나타난다는 것을 알아야 합니다."

"그래도 제사 지낼 때 누가 지내느냐에 따라 제사발이 달라지는 것은 아닌지 모르겠습니다."

"그것은 제주가 얼마서 성심(誠心)을 갖고 지내느냐, 그리고 그가 얼마나 영험(靈驗)한가에 따라 달라질 수 있습니다."

"성심은 무슨 뜻인지 알겠는데 영험은 무엇을 말하는 것인지 잘 모르겠습니다."

"우주심(宇宙心)과 신중(神衆)과 얼마나 마음이 통하느냐 하는 것을 말합니다. 그들과 잘 통할수록 영험하다고 말할 수 있습니다."

"우주심은 무엇입니까?"

"현상계인 우주를 관장하는 존재, 우리가 흔히 말하는 하느님 또는 조화주(造化主)를 말합니다."

"그럼 어떻게 하면 영험해질 수 있을까요?"

"공부 열심히 하는 사람은 어떻게 됩니까?"

"실력이 늘어나겠죠."

"정확합니다. 바로 그겁니다. 수련 열심히 하는 사람은 영험해집니다."

"그건 왜 그렇죠?"

"수련을 열심히 하는 사람일수록 영험해져서 우아일체(宇我一體)가 될 수 있으니까요."

"우아일체가 되면 또 어떻게 됩니까?"

"우주의식 즉 하느님과 하나가 될 수 있습니다. 다시 말해서 신아일체(神我一體)가 될 수 있다는 말입니다."

"선생님과 일요일에 북한산 승가사에 두 번, 문수사에 두 번 등산하는 동안 어쩐지 제가 하는 일이 술술 잘 풀린다 했습니다" 하고 하선우 씨가 말했다.

"그건 좀 과장입니다. 나와 같이 다닌다고 해서 일이 잘 풀리는 것이 아니라 하선우 씨가 지금 하는 일이 얼마나 이타행과 일치하느냐에 따라 달라지는 겁니다. 사익(私益)보다는 공익(公益)에 우선을 둘 때는 어떠한 사업도 우주심(宇宙心)과 신중(神衆)과 인간의 도움을 받게 되어 있다는 것을 아셔야 할 것입니다."

우리는 그 길로 곧바로 하산하여 10시 30분에 마니산 입구에 도착하여 귀갓길에 올라, 12시 33분에 집에 도착할 수 있었다.

비빔밥 같은 오행생식

오행신문 편집장으로부터 오행생식 창립 20주년에 즈음하여 글을 한 편 써 달라는 청탁을 받았다. 나는 1993년부터 오행생식 대리점을 운영하고 있지만 늘 글을 쓰고 수련생들을 돌보아야 하는 일 때문에 오행생식에서 개최하는 회의나 행사에도 참석하지 못하고 부득이한 경우엔 아내를 대신 보낸다. 그래서 오행생식이 어떻게 운영되고 그 현황이 어떠한지는 공식적으로 발표된 것 이상의 것은 알지 못한다.

오직 내가 오행생식에 대하여 아는 것은 1991년에 오행생식 요법사 8기생으로 김춘식 선생의 강의를 6주 동안 들은 것과 그 강의 내용을 『선도체험기』 8, 9, 10권에 문장화하여 싣는 동안에 내가 파악한 것이 전부다. 이것 가지고 오행생식에 대하여 왈가왈부하는 것은 주제넘은 짓이 되겠기에 내가 오행생식을 상식하면서 겪은 얘기나 해 볼까 한다.

나는 1991년에 오행생식 6주 강의를 받으면서부터 시작한 생식을 지금까지 계속하고 있지만 집사람은 처음부터 내가 생식하는 것을 극력 반대했다. 가장이라는 사람이 생식을 하면 안주인인 자기가 밥 짓고 요리할 때 신이 나겠느냐는 것이었다. 그러나 나는 밥은 생식으로 하겠지만 반찬 요리만은 얼마든지 먹을 수 있다면서 생식만은 꾸준히 계속했다.

1995년이었다. 내가 생식 시작한 지 5년 만에 아내는 자기도 생식을 하겠다고 했다. 그동안 내가 생식을 한 덕분에 건강이 많이 좋아진 것을 보고 그렇게 결심한 것이다. 생식을 시작한 아내는 겨울철이면 발바닥이

쫙쫙 논바닥처럼 갈라지던 현상이 씻은 듯이 나았고 몸도 날씬해졌다고 좋아했다. 그러나 그로부터 3년 뒤 아내는 돌연 생식을 그만두었다. 이유는 밥맛이 그리워서 도저히 생식을 계속할 수 없다고 했다.

그로부터 12년의 세월이 흐른 작년(2008년) 11월이었다. 보험공단에서 실시하는 건강검진을 받아야 한다고 했다. 만약에 이에 응하지 않으면 40만 원의 벌금을 내야 한다고 했다. 우리 내외는 건강검진에 응할 수밖에 없었다. 그저처럼 대충대충 해 오던 것과는 달리 이번에는 최첨단 의료장비를 동원하여 상당히 꼼꼼하게 검진을 했다.

이윽고 나온 검진 결과를 보니 아내는 고지혈증, 고혈압, 콜레스테롤, 골다공증 등으로 건강이 위험 수위에 접어들었다는 것이었다. 그러나 금년 73세인 아내보다 다섯 살 위인 나는 아직은 어떤 항목에도 이상이 없는 정상이었다.

아내는 그동안 가끔 현기증으로 고생한 일은 있었지만 하루이틀 그러다가 말끔히 낫곤 하여 노화 때문이겠거니 하고 무심히 넘겼었는데 사실은 속으로 중병이 소리 없이 진행되고 있었던 것이다. 검진 결과를 받아든 날부터 우리집은 절반쯤은 초상집 같은 분위기였고 아내는 몸져눕고 말았다.

고지혈증은 증상만 있지 뚜렷한 치료법도 없는 난치병 중의 난치병이고 악화되면 끝내 사망에 이를 수밖에 없다는 것이었다. 치료법이라고 해야 대증 치료가 고작이었다. 약은 수십 가지였지만 이렇다 할 뚜렷한 치료제도 없었다.

그러나 한 가지 움직일 수 없는 사실은 지난 12년 동안 나는 오행생식을 꾸준히 했고 아내는 맛이 없다고 하여 중단했다는 것이었다. 아내는

144

1979년부터 1999년까지 20년 동안 나와 같이 일요일마다 등산을 같이
했고 그 후에도 하루에 2시간 이상씩 걷기운동을 쉬는 일이 없어서 건강
에는 늘 자신이 있다고 장담했었다.

그렇지만 그게 이제 와서는 모두가 물거품이 되었다. 걸으면 살고 누
우면 죽는다고 어떤 의사는 강조했고 책도 썼건만 걷는 것도 고지혈증
앞에선 무력하다는 말일까? 이제 아내는 그때 맛이 없다고 생식을 중단
한 것을 땅을 치고 후회했지만 어쩔 수 없었다.

현대의학에서는 고지혈증에 뚜렷한 치료법이 없다는 것을 알게 된 아
내는 마지막 선택으로 맛은 없지만 살기 위해서는 어쩔 수 없이 나처럼
오행생식을 먹을 수밖에 없게 되었다. 고지혈증에 좋지 않다고 해서 아
내는 지난 40년 동안 하루에 서너 잔씩 마시던, 그렇게도 좋아했던 커피
도 끊어 버린 비장한 각오로 오행생식을 다시 시작했지만 얼마나 갈지는
두고 볼 일이다. 아내가 생식을 중단했던 이유는 순전히 맛 때문이었다.

그래서 요즘 나는 어떻게 하면 누구나가 맛있게 먹을 수 있는 오행생
식을 만들 수는 없을까 하는 생각에 빠져들곤 한다. 그러다가 나는 작년
부터 오행생식에서 만들어 시판하는 OS볼과 OS젤리에서 힌트를 얻었다.

이 두 가지 제품은 지금은 간식용에 지나지 않지만 아이들도 찾을 정
도로 제법 맛이 있다. 좀더 연구하고 창의력을 발휘하면 주식용(主食用)
으로도 만들 수 있지 않을까? 지금의 발효기술을 좀더 발전시키고 업그
레이드하면 가능한 일이 아닐까?

그렇게만 된다면 에베레스트와 히말라야, 북극과 남극의 탐험 대원들
은 물론이고 전시에 적지에 침투해 들어가야 하는, 취사를 할 수 없는
특수 부대, 정찰 부대 요원들은 말할 것도 없고 야전 부대에서도 이용할

수 있을 것이다. 익은 음식보다는 6분의 1만 섭취해도 되므로 용량이 대폭 줄어들어 우주인들에게도 큰 인기를 끌 수 있을 것이다.

나는 1998년에 딸아이 결혼식에 참석차 프랑스에 2주 동안 여행한 일이 있다. 여객기 안에서 식사 때였다. 기내에는 각종 피부의 인종들이 다 있었는데, 누구 한 사람 빼놓지 않고 다 원하는 메뉴는 오직 비빔밥이었다. 나는 이때 비로소 한국의 비빔밥이 이렇게 전 세계인의 애호를 받고 있는 것을 눈으로 확인하고 놀라지 않을 수 없었다.

나는 오행생식 식품 연구부 요원들이 열심히 노력만 한다면 멀지 않은 장래에 오행생식의 맛을 비빔밥 못지않은 수준으로 끌어올리는 날이 기필코 당도할 것이라고 확신한다.

* 위 원고를 받아 본 오행신문 송찬영 편집장은 다음과 같은 회답을 보내왔다.

생식으로 고친 고지혈증

좋은 글 고맙습니다. 더욱이 원고도 일찍 보내 주셔서 편집하는 데 많은 도움이 될 것 같습니다.

사모님의 고지혈증은 생식으로 충분히 나을 것으로 믿습니다. 제 안사람도 고지혈증이었습니다. 처음에 생식을 먹으면 낫는다고 그렇게 권유했는데 듣지 않더군요. 결국 의사가 식이요법 중에 생식도 있다고 했다나요.

그 후 본인이 오히려 생식을 챙겨 먹고 있습니다. 지금 6개월 정도 됐는데, 고지혈증이 없어졌습니다. 하루 아침 한끼만 생식했는데도 이런 효과가 있으니, 사모님도 좋은 결과가 있을 겁니다.

현성 김춘식 선생이 안 계시는 지금 선생님이 생존해 계시는 것만 해도 오행생식과 관련 있는 모든 사람들에게 큰 의지가 될 것입니다. 선생님과 사모님의 건강과 행복을 기원하겠습니다.

2009년 6월 20일
송찬영 올림

【필자의 회답】

송찬영 편집장님의 회답을 아내에게 보여 주었더니 자기도 아침저녁 두 끼만은 무슨 일이 있어도 꼭 생식을 하겠다는 결의가 대단합니다. 마침 알맞은 때에 복음과도 같은 좋은 글을 보내셔서 많은 도움이 될 것 같습니다. 고맙습니다.

신(神)과 기(氣)에 대하여

최근까지 교회에서 집사로 일하다가 『선도체험기』를 읽고 삼공재를 찾기 시작한 고미선이라는 50대 초반의 여자 수련생이 말했다.

"선생님, 신과 기는 어떻게 다릅니까?"

"고미선 씨가 말하는 신은 하느님을 말하는 것입니까?"

"네."

"고미선 씨는 하느님을 눈으로 볼 수 있습니까?"

"볼 수 없습니다."

"그럼 귀로 들을 수 있습니까?"

"들을 수도 없습니다."

"그럼 냄새를 맡을 수는 있습니까?"

"냄새를 맡을 수도 없습니다."

"그럼 맛으로 알아낼 수 있습니까?"

"맛으로도 알아낼 수 없습니다."

"그럼 손으로 만져 볼 수는 있습니까?"

"손으로 만져 볼 수도 없습니다."

"그런데 어떻게 하느님이 있다고 고미선 씨는 말할 수 있을까요?"

"비록 오감(五感)으로는 알 수 없지만 우리가 사는 이 우주라는 것이 엄연히 운영되는 것을 보면 그것을 주관하시는 주인이 꼭 있다는 생각이 듭니다."

"아주 말씀 잘하셨습니다. 우주가 있으면 우주의 주인이 있는 것과 같이 고미선 씨가 있으면 고미선 씨를 주관하는 주인이 틀림없이 있습니다. 그것이 무엇인지 아십니까?"

"글쎄요. 잘 알 것 같으면서도 막상 말을 하자니까 얼른 대답이 나오지 않습니다. 혹시 제 마음이 아닐까요? 아무리 생각해 보아도 제 마음이 맞는 것 같습니다. 제 마음이 있는 것은 틀림이 없지만 저는 제 마음을 눈으로 볼 수도 없고 손으로 만질 수도 없으니까요."

"정답입니다. 고미선 씨를 움직이는 것이 고민선 씨의 마음이라면 우주를 움직이는 것은 무엇이겠습니까?"

"그거야 두말할 것도 없이, 우주의 마음입니다."

"역시 정답입니다. 사람의 주인은 그 사람의 마음인 것과 마찬가지로 우주의 주인은 우주의 마음입니다. 그러니까 신은 우주의 마음입니다. 그래서 신을 우주심(宇宙心) 또는 우주의식(宇宙意識)이라고도 표현합니다. 사람은 흔히들 소우주라고 하고, 사람의 마음은 인간의식(人間意識)이라고 할 수 있습니다."

"그럼 기는 무엇입니까?"

"기는 힘입니다."

"힘은 무엇입니까?"

"힘은 에너지입니다."

"에너지는 무엇입니까?"

"사물을 움직이는 동력입니다."

"그건 저도 알겠는데요. 선도에서 말하는 기는 그것과는 좀 다르지 않습니까?"

"그렇습니다. 선도에서 말하는 기는 운기조식(運氣調息)으로 보통 사람들보다는 하늘의 기운을 자기 몸속에 더 많이 운영하는 것을 말합니다. 이를 위해서 우리는 기공부를 합니다. 기공부 즉 운기조식이나 단전 호흡을 통하여 우리는 보통 사람들보다 지기(地氣)를 덜 흡수하는 대신에 천기(天氣)를 더 많이 흡입하여 우리 몸속에 순환시킵니다."

"그렇게 함으로써 어떤 이익이 있습니까?"

"하늘 기운 다시 말해서 천기를 우리 몸속에 보통 사람들보다 더 많이 유통시킴으로써 우리는 하늘의 마음인 우주의식에 한 발 한 발 더 가까이 다가가는 것입니다. 우주의 마음인 우주의식에 가까이 다가가는 정도에 따라 수련의 등급은 점점 더 높아지게 되어 있습니다."

"우리가 그렇게 우주의식에 점점 더 가까이 접근해 들어가는 이유는 어디에 있습니까?"

"우주의식에 접근하면 할수록 우리의 의식은 우주의식을 더 많이 닮아 가게 되어 있기 때문입니다."

"사람의 마음이 그처럼 하늘의 마음과 닮아 가게 되면서 어떤 이익이 있습니까?"

"구도자가 수련을 하는 목적은 자기 자신의 존재의 실상을 파악하면 할수록 우주의식과 동일하다는 것을 깨닫게 됩니다. 따라서 우주의식에 다가가면 갈수록 수행의 목적지에 그만큼 더 많이 접근할 수 있습니다. 천심(天心)이 바로 인심(人心)이므로 천인일체(天人一體)요 우아일체(宇我一體)가 될 수 있습니다. 우주의식은 본래 시간과 공간, 물질의 유무를 초월해 있기 때문에 우아일체가 된다는 것은 수행의 목적이 달성된 것을 뜻하게 됩니다."

기(氣)와 성령(聖靈)과 보혜사(保惠師)

"그것은 제 수준으로는 아직 이해하기 어려우나 나중에 공부하기로 하고 오늘은 기와 성령에 대해서 좀 여쭈어보도록 하겠습니다. 하느님에게 열심히 기도하는 기독교도들 중에는 기를 느끼는 사람들이 간혹 있습니다. 단전호흡을 하는 것도 아닌데 기를 느끼는 것은 무엇 때문일까요?"

"기도에 깊이 몰입하는 것 자체가 단전호흡의 효과를 낼 수 있기 때문입니다."

"그렇군요. 어쨌든 기도하다가 기를 느끼게 되면 자기도 모르게 단전이 따뜻하게 달아오르기도 하고 손발이 찌릿찌릿하기도 합니다. 그런 사람은 누가 머리가 아프다고 하면 그 머리에 손만 대어 주어도 아픈 머리가 낫기도 하고 누가 옆구리가 결린다고 하면 그곳에 손만 대도 낫는 수가 있습니다. 그런가 하면 위암이나 간암 같은 난치병 환자의 몸에 손만 대도 낫는 수가 있습니다.

이럴 때 교회에서는 그 사람에게 하느님께서 성령을 보내 주셨느니 보혜사(保惠師)를 보내 주셨느니 하고 온 교회가 그 신도에게 축복을 해 주고 뻔질나게 여기저기 불려 다니기도 합니다. 그런데 『선도체험기』를 읽어 보니까 그런 일은 기를 느끼는 사람 즉 기문(氣門)이 열린 수련자에게는 흔히 있을 수 있는 현상입니다.

제가 보기에는 똑같이 기를 느낀 정도에 지나지 않는데도 불구하고 교회에는 경사가 난 것처럼 야단법석이고 이곳 삼공재 같은 곳에서는 별일 아닌 것으로 취급하시는 것 같습니다. 그렇다면 교회에서는 기를 느끼는 것을 하나님의 성령을 받았다고 하는데 그 말이 옳다고 볼 수 있을까요?"

"교회에서 말하는 하느님이 우주 전체를 관장하는 보편적인 하느님 즉 우주의식을 말하는 것이라면 옳다고 말할 수 있습니다. 그러나 만약 에 그 하느님이 기독교도만을 보살피고 그 이외의 사람들은 이교도로 취급하여 차별하고 멸시하는 예컨대 이스라엘 민족만을 사랑하는 여호 와 하나님 같은 하느님이라면 틀린 말이 됩니다."

"왜요?"

"내가 말하는 하느님은 우주 안에 존재하는 만물만생을 하나도 빼놓 지 않고 보살피고 관장하는 하느님이지 어느 특정한 사람들, 예컨대 이 스라엘 사람이나 기독교도만을 소중히 여기는 그런 옹졸한 하느님은 아 니라고 보기 때문입니다."

"그것은 왜 그렇습니까?"

"실례를 들어 하느님을 태양이라고 생각할 때 태양은 태양 아래 만물만 생을 골고루 다 비추어 줌으로써 그들의 삶에 혜택을 줄지언정 어느 특정 한 물건이나 사물에게만 편파적으로 빛을 주는 일은 없기 때문입니다.

살아 있는 사람에게는 누구에게나 마음이 있는 것과 같이 살아 있는 우주에는 우주의 마음이 있습니다. 그 우주의 마음이 하느님입니다. 기는 열심히 수련하는 사람에게 그 하느님이 주는 힘, 즉 생체에너지입니다. 그래서 기를 천기(天氣) 또는 천지기운(天地氣運)이라고도 말합니다."

"그렇다면 진짜 하느님은 기독교의 하느님이나 선도의 하느님이나 유 교의 하느님이나 다 같다는 말씀입니까?"

"그렇습니다. 고미선 씨는 하느님을 영어로 무엇이라고 하는지 아십니까?"

"갓(God)입니다."

"그럼 일본 사람들은 하느님을 뭐라고 하는지 아십니까?"

"모르겠는데요."

"일본 사람들은 하느님을 '가미사마'라고 합니다. 그리고 해는 영어로 선(sun)이라고 하고 일본어로는 '히'라고 합니다. 말만 다르지 그 대상은 똑같습니다. 그와 마찬가지로 하느님도 대상은 똑같지만 나라마다 말이 다를 뿐입니다."

"그렇다면 교회에서는 기를 성령이니 보혜사니 하고 다른 말을 쓴다는 말씀이신가요?"

"그렇습니다. 그리고 여기서 분명히 말씀드리고 싶은 것은 태양이 자기가 내려 주는 빛과 열로 삼라만상이 다 같이 혜택을 받는 것과 같이 하느님은 자기가 관장하는 만물만생에게 골고루 은혜를 베풀 뿐이지 누구를 특별히 보살펴 준다든가 누구를 차별하고 편애하는 것 같은 일은 절대로 하지 않는다는 것입니다. 만약에 그러한 하느님이 있다면 그거야말로 가짜입니다."

"그런데 선생님, 똑같은 햇볕을 받는데도 어떤 식물은 잘 자라고 어떤 식물은 잘 자라지 못하는 것은 무엇 때문일까요?"

"그것은 그 식물들이 햇볕을 받아들일 수 있는 같은 기회를 가졌으면서도 햇볕을 받아들이는 입지적 조건이 다르고 또 햇볕을 받아들이는 능력에 차이가 있기 때문입니다. 하느님 역시 우리 인간에게 똑같은 기운을 나누어 주건만 그것을 받아들이는 조건과 능력의 차이가 있으므로 사람들의 능력과 됨됨이는 천차만별입니다."

무언 수행(無言修行)

2009년 7월 16일 목요일, 20~31℃ 구름

오후 다섯 시경, 수련이 끝나갈 무렵 고미선 씨가 말했다.

"선생님, 질문이 있습니다."

"어서 말씀하세요."

"이곳에 와서 수련을 한 지도 벌써 두 달이 넘었는데요. 아무래도 이상한 것이 있습니다. 두 시간 동안 이곳에 앉아서 수련을 하는 동안 선생님이나 수련생들이나 거의 말을 한 마디도 안 하고 오직 침묵으로 일관하는 경우가 대부분입니다. 그것이 아무래도 저는 얼른 납득이 가지 않습니다."

"그럴 것입니다. 고미선 씨는 수십 년 동안 교회에서 신앙생활을 하시던 분이니 아무래도 교회에서 찬송가 합창, 통성(通聲) 기도, 설교에만 익숙하던 분이 가만히 한자리에 두 시간 동안이나 앉아 있기만 하다가 일어서려니 이상하고 기이한 느낌이 들지 않는다면 그것이 오히려 이상할 것입니다."

이때 기존 수련생 한 사람이 말했다.

"무언 수행은 이곳 삼공재뿐만 아니고 사찰의 선방에서도 동안거, 하안거 때 엄격히 실행되고 있는 수행법이 아닙니까?"

"그렇습니다. 그러나 선방에서의 무언 수행과 삼공재에서의 무언 수행은 말 없는 가운데 수행을 한다는 점에서는 같지만 분명히 다른 데가 있습니다. 그것이 무엇인지 아십니까?"

"선방에서의 무언 수행은 화두를 마음속으로 염송하는 것이고, 삼공재
에서의 무언 수행은 운기조식(運氣調息)과 관(觀)입니다."

"정확합니다. 화두 참구란 큰 스승으로부터 부여받은, 가령 이뭐꼬, 부
모미생전본래면목(父母未生前本來面目), 무(無), 뜰 앞의 잣나무 같은
화두를 염송함으로써 화두를 타파하여 깨달음을 얻는 것이지만, 운기조
식(運氣調息)은 단전호흡으로 천기를 자기 몸속에 끌어들여 단전에 축
기했다가 단(丹)을 만들어 온몸에 순환시킴으로써 공부의 효과를 거두
는 것입니다.

따라서 이곳에 앉아 있는 동안에 몸이 바뀌고 마음이 바뀌는 것을 누
구나 실감하고 그것을 스스로 확인하게 되므로 설교나 법문 같은 것은
도리어 군더더기가 되게 되어 있습니다. 운기조식을 하자면 반드시 기문
(氣門)이 열려야만 합니다. 그래서 기문이 열린 사람이 아니면 삼공재에
두 시간은 고사하고 단 10분도 꾹 참고 앉아 있기가 어렵습니다. 우선
지루하고 답답하고 숨이 막히니까요. 어떻습니까? 고미선 씨는 기문이
열렸습니까?"

"네."

"그럴 것입니다. 그렇지 않으면 일주일에 한 번씩이라도 두 달 동안이
나 꾸준히 나올 수는 없었을 것입니다. 단지 교회생활에 습관이 되어 있
었으므로 이곳에서의 수련이 적응이 되지 않아서 이상한 느낌이 들어서
그럴 것입니다. 그런데도 교회를 그만두시고 이곳에 자꾸만 찾아오시는
것은 교회에서의 찬송, 기도, 설교보다도 나은 그 무엇인가가 있기 때문
일 것입니다.

이곳에 두 시간 동안 앉아서 단전호흡을 하시는 동안에 다른 데서 단전호흡을 할 때보다 운기가 잘되고, 막혔던 기혈(氣穴)이 하나하나 열리고, 자기도 모르는 사이에 몸속에 잠재하여 있던 고질병들이 점차 치유되면서 건강이 획기적으로 개선되는 것을 실감하게 될 것입니다.

그러는 사이에 마음도 느긋하고 여유를 갖게 될 것입니다. 찬송과 기도와 설교를 통해서가 아니라 순전히 운기조식을 통해서 자꾸만 건강이 향상되고 마음이 넓어지고 마침내 크게 열리는 것을 자각하게 될 것입니다. 그러는 사이에 소주천, 대주천으로 기공부의 단계는 향상될 것입니다.

삼공재에서의 스승의 역할은 교회에서처럼 목사가 찬송, 통성 기도, 설교로 신도들을 인도하는 대신에 수행자들이 자기 스스로 운기조식을 활발하게 할 수 있도록 말없이 도와줍니다. 그러다가 수행자가 질문을 하면 응답을 해 주고 수련의 단계가 높아지면 그때그때 알맞은 조치를 해 줍니다.

스승은 농부처럼 작물이 스스로 싹이 트고 잎이 돋고 줄기가 자라고 꽃이 피고 열매를 맺도록 가꾸어 주고, 제때에 해충을 구제하고 필요하면 비료를 공급해 주는 것과 같이 기운으로 수행자들을 돌보아 줍니다. 수련의 주체는 어디까지나 수행자들 자신이고 스승은 필요할 때 제자들을 도와주게 되어 있습니다."

"그럼 선도에서는 언제 깨달음을 얻을 수 있습니까?"

"소주천, 대주천을 통과하면 자연히 견성을 하고 큰 깨달음을 얻기 위한 공부의 길이 열리게 되어 있습니다."

"그럼 교회에서의 설교에 해당하는 것은 무엇입니까?"

"『선도체험기』시리즈가 있습니다. 1990년에 처음 발간될 때는 두 달에 한 권씩 나갔는데 지금은 석 달에 한 권씩 나가고 있습니다. 이 책만 읽고 제대로 소화해도 설교로 얻어지는 효과는 충분히 얻고도 남음이 있습니다. 이 시리즈를 읽다가 의문이 생기면 언제든지 삼공재에서 그 책의 저자인 나에게 질문을 하든가, 그렇게 할 수 없는 수행자는 이메일로 질문을 하면 됩니다."

"기문이 열리지 않는 사람은 삼공재에 와서 공부하고 싶어도 할 수 없습니까?"

"원칙적으로 그렇습니다. 그러나 간혹 기문은 열리지 않았지만 이곳에 와서 앉아 있기만 해도 마음이 편안해지고 기분이 좋아지고 고질병까지 낫는 사람이 있습니다. 그러한 분은 오행생식만 한다면 삼공재에 와서 수련할 자격이 있습니다."

"기문이 열리지 않았는데도 마음이 편안해지고 기분이 좋아지고 심지어 난치병까지 낫는 것은 무엇 때문일까요?"

"아직 완전히 기문이 열리지는 않았지만 장차 기문이 열릴 준비가 되고 있기 때문에 그렇습니다. 그런 분은 얼마 안 있어서 반드시 기문이 열리게 되어 있습니다."

"아무리 기문이 열렸다고는 하지만 이곳에 앉아만 있어도 운기가 활발해지고 막혔던 경혈이 열리고 고질병이 치유되는 이유는 무엇입니까?"

"이곳에는 일종의 기(氣)의 자장(磁場)이 형성되어 있기 때문입니다. 바로 이 기의 자장이 기문이 열린 수련자들의 기공부를 도와주게 되어 있습니다. 그런 의미에서 기문이 열린다는 것은 어린아이가 말문이 열림으로써 어른들과 의사소통이 가능해지듯이, 수련자는 기문이 열림으

157

써 말 없는 가운데 자기보다 수련 정도가 높은 고수들과의 기의 교류가 가능해집니다.

나의 아내는 나와는 가장 가까운 거리에서 45년 동안이나 일상생활을 같이 해 오지만 기문이 열려 있지 않으므로 나와는 기운의 교류가 이루어지지 않고 있습니다. 그것을 어떻게 알 수 있는가 하면 아내가 무심코 내뱉는 다음과 같은 말로 알 수 있습니다.

'요즘처럼 무더운 날씨에 냉방도 안 된 방안에서 땀을 뻘뻘 흘리면서 10여 명의 수련자들이 두 시간씩 앉아 있는 것을 보면 무엇인가 내가 모르는 희한한 비밀이 있는 것은 틀림없는 것 같은데, 난 도대체 그것을 통 모르겠단 말예요.'

여기서 아내가 말한 '내가 모르는 희한한 비밀'이 바로 기문이 열려 저단자(底段者)와 고단자(高段者) 사이에 기운이 유통되어 저단자의 수련 효과가 상승하는 것입니다. 수련 효과란 무엇보다도 먼저 건강이 획기적으로 좋아지고 막혔던 경혈들이 열리고 고질병들이 소리 없이 치유되면서 수련자 자신의 영적인 진화가 자신도 모르는 사이에 이루어지는 것입니다."

"그런 의미에서 기공부하는 사람에게 기문이 열린다는 것은 틀림없는 축복이라고 할 수 있겠군요."

"물론입니다. 그런데 기문이 열린 사람들 중에도 자기가 얼마나 축복받은 사람이라는 것을 미처 깨닫지 못하고, 더구나 기공부할 수 있는 기회가 주어졌는데도 어영부영, 차일피일 게으름을 피우는 사람들이 부지기수입니다. 이러한 분들은 자기에게 닥친 천재일우의 수련의 기회를 놓치는 어리석음을 범하다가 때가 지난 뒤에 후회하게 될 것입니다."

"기공부의 고단자와 저단자가 함께 있을 때 고단자의 기운이 저단자에게 흘러 들어갈 경우 혹시 고단자는 손기(損氣)가 되는 일은 없을까요?"

"내가 말하는 고단자는 최소한 대주천 수련을 마친 수행자를 말합니다. 수련이 이 정도에 이르면 비록 그의 기운이 저단자에게 흘러 들어간다고 해도 그때마다 금방금방 천기(天氣)를 보충받게 되어 있습니다.

물이 높은 데서 낮은 데로 흐르듯 기운은 강한 데서 약한 데로 흐르게 되어 있습니다. 따라서 고수로부터 하수에게 기운이 흘러 들어간다고 해도 고수는 우주의 중심으로부터 더욱더 강한 기운을 받아들일 수 있다는 말입니다. 이렇게 해서 공생공영 상부상조가 이루어지게 되어 있습니다.

그런데 만약 어떤 고수(高手)가 하수(下手)에게서 돈을 받고 기운을 준다면 반드시 얼마 안 가서 손기 증상을 일으키어 치유 불가능한 중병에 걸리게 되어 있습니다. 이것이 하늘의 섭리이므로 고단자는 평생 사욕이나 이기심을 채우려고 하늘이 준 기운을 팔아먹는 어리석은 짓은 저지르지 말아야 할 것입니다."

"실제로 그런 일을 저지르는 고수가 있습니까?"

"있고말고요. 『선도체험기』 시리즈를 주의 깊게 읽어 보면 이른바 사이비 교주들의 그런 행태들이 무수히 등장합니다."

【이메일 문답】

결혼의 의미

삼공 선생님께,

매번 저에게 답장을 주셔서 감사드립니다. 지난번 메일들과 관련해서 저는 선도에서도 결혼의 의미에 특별한 점이 있는 것으로 생각했고, 더욱이 이혼의 의미는 더욱 큰 것으로 생각하고 있었습니다. 그러나 선생님 말씀에 따르면 결혼과 이혼이 우리가 살기 위해 집을 사고파는 것과 같은 일종의 계약과 유사한 것으로 이해됩니다.

그래서 구도자의 입장에서 상대가 원하여 협의 이혼을 하는 것은 수련과는 별개의 문제로 보아도 된다는 것으로 해석됩니다. 다만, 부양할 자녀가 있다면 이혼의 의미는 크게 달라지겠지만요.

와이프와 요즘 자주 메일 및 전화 교환하고 주변 상황을 살펴본 결과 지난번 메일이 진심으로 보입니다. 우울증 상태에서 결정한 것은 아닌 것 같고, 지난 몇 개월 동안 아니면 수년간 고민한 끝에 진심으로 내린 결론으로 보입니다.

와이프가 수년간 많은 부분 표시 나지 않게 그 나름으로 인내하면서 살아온 것 같습니다. 『선도체험기』에서 강조하는 관찰과 역지사지 방하착을 저의 모토로 결혼생활을 해 왔다고 생각했는데, 저의 수준은 그것을 파악할 정도가 되지 않는 초보 단계 정도였나 봅니다.

어떤 사람에게는 조그마한 난관이 크게 느껴지는 반면 어떤 사람에게
는 조그마한 난관이 아무것도 아닌 것처럼, 사람마다 느끼는 높낮이가
있는데 저의 수준은 그렇지 않았나 봅니다. 저의 관찰 수준과 역지사지
방하착 수준이 이번 계기로 향상되는 초석이 되었으면 합니다.

결혼 전 어렸을 때에 다른 여자와 헤어지는 일을 겪고 가슴이 터질 것
같은 심적 고통을 느낀 적이 있는데, 지금은 선생님 말씀과 단전에 의식
을 두어서 그런지 마음이 그렇게 크게 혼란스럽지는 않습니다. 이번 일
을 계기로 심기일전해서 수련에 더욱 정진하라는 메시지로 여기고 있습
니다.

2009년 4월 22일
수련생 김찬성 올림

【필자의 회답】

회자정리(會者定離)입니다. 어차피 누구나 한 번 만났으면 반드시 헤
어지게 되어 있습니다. 그것이 인생입니다. 비록 결혼하여 아들딸 낳고
검은 머리 파뿌리가 되도록 백년해로(百年偕老)한다고 해도 늙어서 죽
게 되면 서로 헤어지지 않을 수 없습니다.

이혼으로 헤어지나 죽음 때문에 서로 헤어지나 몇십 년의 시간 차이
가 있을 뿐 헤어지는 것은 정해져 있습니다. 구도자는 만남과 헤어짐 따
위에 애면글면하지 않습니다. 상대가 맨정신으로 헤어지자면 다소 의외

의 일이라고 해도 흔쾌히 응해 주어야 할 것입니다. 가는 사람 잡지 말고 오는 사람 막지 말아야 할 것입니다.

수련이 업그레이드되고 있다는 느낌

신공 선생님께,

5월에는 매주 빠지지 않고 수련받고 있습니다. 지난 4월까지는 장심 외에는 기감을 느낄 수 있는 신체 부위가 없었는데 이상하게도 5월부터 조금씩 조금씩 단전과 백회 등 신체의 여러 부위에서 전기적 감응 내지는 미묘한 느낌이 감지되고 있습니다. 지난 수 년 동안 없었던 일들입니다.

삼공재에서 내심 더욱 강한 느낌을 받을 거라 생각했는데 아직까지 집에서 하는 수련과 그리 큰 차이는 없어 보입니다. 그러나 이상하게도 삼공재에서 수련받고 집에 가면서 그리고 집에서 『선도체험기』 읽으면서 느낌이 강하게 작용하고 있습니다.

『선도체험기』를 덮으면 약해지고, 책을 읽으면 강해지는 미묘한 차이가 느껴집니다. 삼공재에서 더욱 큰 기운이 느껴져야 하는데 아직까지 단전이 작아서 선생님의 큰 기운을 받아들이지 못하나 봅니다.

수년 동안 그리고 미국에 있을 때에도 행주좌와어묵동정 염념불망의 수단전은 잊지 않고 꾸준히 해 왔지만, 오랜 기간 큰 변화가 없어서 '나는 수련이 정말 안 되나 보다' 이렇게 마음먹고 큰 기대도 하지 않고 살아왔습니다.

그렇게 오랫동안 수련에 차도가 없었는데, 와이프 문제로 마음이 흔들리지 않기 위해 최근에 나온『선도체험기』를 읽고 삼공재 방문을 다시 시작했는데, 이제야 기수련의 진도가 한 단계 업그레이드되고 있다는 것을 느낍니다. 감사합니다. 매주 빠지지 않고 더욱 열심히 수련하겠습니다.

2009년 5월 25일
김찬성 드림

【필자의 회답】

구도자는 일단 공부의 기회가 왔다 하면 무슨 일이 있어도 놓치지 말아야 합니다. 마치 독수리가 장닭 잡아채듯 결코 놓치는 일이 없어야 합니다. 수련의 기회라는 것은 언제나 대기 상태에 있는 것은 아니기 때문입니다. 지금이 그 기회다 생각하고 용맹정진해야 할 것입니다.

기감이 좋아졌습니다

삼공 선생님, 최근 수련이 점차 향상되고 있는 것 같습니다. 며칠 전부터 백회, 얼굴, 장심, 팔, 용천, 다리 등 신체 구석구석에서 벌레가 기어 다니거나 거미줄이 특정 부위에 느껴지는 등 기감이 확실히 좋아졌습니다. 단전에는 이물질이 있는 것처럼 느껴집니다. 그러나 아직까지 단전이 뜨겁다는 느낌으로 확대되지는 못하고 있습니다.

제가 『선도체험기』를 처음 접한 것이 1998년이니까 10년이 조금 넘었네요. 93권까지 다 읽었지만, 요즘은 1권부터 새롭게 읽기 시작하고 있습니다. 예전에는 책을 펴고 호흡할 때와 펴지 않고 할 때의 기감 차이를 느끼지 못했는데 요즘은 차이를 느끼고 있습니다. 선생님 덕분이며 가르침에 항상 감사드립니다.

와이프와의 관계는 6월초에 이혼 신청을 했고, 지금은 이혼 숙려 기간입니다. 이혼 문제가 저에게는 답보 상태에 있던 수련에 전화위복으로 작용해서, 지금 몸도 마음도 편안하고 기공부도 잘되고 있습니다.

올해 5월부터 삼공재에 매주 꾸준히 방문한 결과라고 생각하고, 앞으로도 조금 더 정성이 필요하다고 스스로 생각하고 있습니다. 일요일에 삼공재에 수련생이 많은 것 같아 매주 토요일에 방문하겠습니다.

2009년 6월 25일
김찬성 드림

【필자의 회신】

이혼이라는 인생의 쓴 고비를 넘기면서도 수련이 잘되고 있다니 불행 중 다행입니다. 계속 수련에 집중하시기 바랍니다. 그곳에서 크게 살길이 있다는 희망으로 수련에 가일층 박차를 가하시기 바랍니다. 토요일에 기다리겠습니다.

가족관계가 정리되었습니다

삼공 선생님, 『선도체험기』 94권에 저의 가정사 얘기가 나왔더라고요. 다소 놀랐고 챙피한 생각도 들었습니다. 그러나 제가 지금까지 인생을 진정 떳떳하게 살아왔고, 이혼을 요구한 와이프와 처가에게도 정성을 다했다고 생각하기에 부끄럽지 않아 다소 위안이 됩니다.

2009년 7월 중순 드디어 가족관계가 정리되었습니다. 그러나 이번 가정사로 인해 마음이 흔들리거나 동요되지는 않았습니다. 마지막 헤어지는 날 와이프에게 나에게 미안하게 생각지 말고 잘살아 가기를 마음으로 기원했습니다.

『선도체험기』를 접하지 않았더라면 어땠을까요? 지난 10년간 와이프에게 투자한 물심양면의 노력 때문에라도 아마도 심한 배신감을 느꼈을 것입니다. 일례로, 결혼 기간 동안 와이프는 거의 금전적으로 별 도움 안 되고 저와 미국에서 같이 있는 4년은 과거 제가 직장생활하면서 저축한 돈을 사용하였고, 2004년 저는 학위 마치고 혼자 한국에 와서 직장 다니면서 추가로 2년간 학비와 생활비를 와이프에게 송금하여 총 6년간을 학교에 다니고 미국 대학을 졸업할 수 있게 해 주었습니다.

와이프는 자기가 미국 학교에 다닐 수 있게 해 주면 농담 삼아 비단길 걸어가듯 저의 말년을 호강시켜 주겠다고 말하곤 했습니다. 물론 그 당시 와이프의 말은 진심이었고, 오늘과 같은 결과가 있으리라 생각하지도 않았을 것입니다.

정말이지 선도수련을 하지 않았더라면 많은 원망을 했을 것이라 생각합니다. 하지만, 역지사지해 보면 혹시 과거 생에서 내가 와이프 신세를 많이 본 것을 이번에 갚은 것은 아닐까?라고 마음먹으니 마음이 편해졌습니다(이 부분 제 생각이 맞는 건지 잘 모르겠지만).

그리고 선도수련을 통해 고마운 것은 결혼 전에 본가 식구들과 친구들로부터 속 좁은 인간이라는 말을 많이 들었는데, 지난 10년간 선도수련 덕분에 지금은 이혼한 와이프를 포함하여 제 주변에서 그 어느 누구도 그런 말을 하는 사람이 거의 없다는 점입니다.

최근 몇 개월 가정사 때문에 힘든 점도 많았지만 『선도체험기』가 큰 버팀목이 되어 준 것에 감사합니다. 또한 힘든 시기에 마음공부 못지않게 기수련도 조금씩 조금씩 눈에 띄게 진전되고 있다고 느끼니 한결 마음이 느긋하고 편안합니다. 불행 속에 행복이 있는 것 같습니다.

2009년 7월 23일
김찬성 드림

【필자의 회답】

『선도체험기』가 김찬성 씨의 인생 문제 해결에 많은 도움이 되었다니 필자로서 글 쓴 보람을 느낍니다. 전 부인에게 투자한 것이 전생에 그녀에게 신세 진 것을 갚은 것이라고 생각한 것은 참으로 옳은 생각입니다.

공부가 많이 된 구도자만이 그런 생각을 가질 수 있습니다. 또 그렇게 생각하는 사람만이 앞으로도 수련이 크게 향상될 수 있을 것입니다. 지금 김찬성 씨가 기공부가 차츰차츰 향상되고 있는 것도 그러한 생각을 하기 때문입니다.

인과응보의 이치를 깨닫고 실천하는 것은 마음공부의 가장 큰 고비를 넘은 것입니다. 그러한 생각이 평생 변하지 않는 한 앞으로도 수련은 계속 상승 곡선을 긋게 될 것입니다.

몸과 마음이 아플 때

선생님 안녕하십니까? 4월 12일에 다녀간 부산의 이도운입니다. 그날 오랜만에 선생님 뵙고 정좌 수련하고 내려오니 마음이 조금 홀가분하더군요. 기대했던 대로 어떤 특별한 느낌이나 변화는 없었지만 그냥 한 번 다녀왔다고 생각하고 다음부턴 자주 찾아뵙고 수행해야겠구나 생각했습니다.

아직 저의 수준은 저 밑바닥인 것 같습니다. 오늘은 몸과 마음이 하도 괴로워 메일을 올립니다. 삼공재를 다녀온 지 5일째 되는 날부터 기침과 미열이 일기 시작했습니다. 그러더니 점점 심해져서 앓은 지 5일 후부터는 굴신을 못할 정도가 되었습니다. 앉지도 서지도 눕지도 못하겠고, 온몸은 열감과 함께 삭신이 쑤셔 몸을 제대로 가누지도 못하겠더군요.

음식은 전혀 못 먹겠고 젓가락 들 힘도 없었습니다. 왜 이럴까를 계속 생각하며 관을 하려고 노력했습니다. 단순한 감기몸살인지 운기로 인한 기몸살인지 아님 빙의 때문인지 아무리 생각해 봐도 알 수가 없습니다. 제 수련 수준으로 보아 기몸살도 아닌 것 같고 빙의가 들어올 정도로 제 수련이 향상된 것도 아니며 아마도 감기몸살이 아닌가 생각됩니다.

제가 봄만 되면 가끔씩 봄앓이를 하는 경우가 있는데 여기에다 감기몸살이 겹치지 않았겠는가 생각해 봅니다. 몸이 으슬으슬하게 춥고 온몸에 미열이 올랐다 내렸다 하며 밥맛은 전혀 없고 머리는 멍청하게 뇌 없는 인간이 된 듯하고 피부가 닿는 곳마다 다 아픕니다.

오늘로써 벌써 13일째이군요. 좀 덜했다가 심했다가를 되풀이합니다. 아내는 죽을 끓여 주며 병원에 가 봐야 하는 것이 아닌가를 조심스럽게 묻습니다. 저는 수행자가 병원에 가는 것은 수치라고 딱 잘라 말하고 몸으로 때우고 있습니다.

선생님, 몸이 아프니까 만사가 귀찮아집니다. 수행도 구도도 생식도 몸공부도 마음공부도 모두 다 부질없게 느껴집니다. 그저 모든 것이 허무하고 덧없을 뿐입니다. 절대의 가치도 없고 만고불변의 진리도 없고 공자 왈, 석가 왈도 아무 필요 없고 그저 난삽하게 떠다니는 허상의 그림자가 아닌가 합니다.

그저 모든 것이 헛되고 헛될 뿐입니다. 참으로 허무한 게 내 인생이었구나 하고 회한의 눈물만이 가슴을 저밉니다. 일체가 밑으로 밑으로 가라앉아 온몸이 분해되고 녹아 흘러 흙속으로 스며들어 버렸습니다.

26일 일요일 오후에는 김동리 원작 "등신불"을 티비 문학극장에서 보았습니다. 선생님의 책을 읽고 선생님과 동리 선생님과의 관계를 어느 정도 알고 있습니다. 저도 개인적으로 동리 선생님을 존경합니다. 특히 고등학교 때 "등신불"을 읽고는 얼마나 많이 가슴속을 덮쳐 오는 파도 때문에 안쓰러워했는지 모릅니다.

원면살생귀의불은 만적선사소신성불기. 그때는 참 주옥처럼 아름다운 소설과 수필들이 더러 있었던 것 같습니다. 봄봄, 메밀꽃 필 무렵, 사랑방 손님과 어머니, 무녀도, 황토기, 소나기, 탈고 안 될 전설... 가장 가슴에 와닿는 작품이 "등신불"과 유주현 님의 "탈고 안 될 전설"이었던 것 같습니다.

이번에 본 "등신불"은 원작과는 조금 다르게 내용이 수정되었지만 거의 원문의 내용이 전달되었던 거 같습니다. "등신불"을 보고 나서는 더 허무와 고독이 가슴속을 파고들더군요. 업보, 인연, 인과응보, 사랑... 몸은 우리하고 의식은 몽롱한 가운데 최근 내가 알고 있는 온갖 지식들이 머릿속에서 춤을 추며 저를 휘감아 돕니다.

벌써 2주째 등산도 못하고 거의 변변히 먹지도 못하고 수련도 근근이 자세 잡아 하는 둥 마는 둥 하고, 매일 하는 운동도 천천히 대충하고 있습니다. 대체 이유가 뭔지를 아무리 살펴보고 생각해 봐도 아직은 모르겠습니다.

지금 이 순간도 몸이 으슬거리고 기침은 쉼 없이 해대며 코는 가득 막혔습니다. 어차피 이겨 내야 하고 극복해야 할 숙제라고 생각하고 안간힘을 쓰며 이를 앙다물어 봅니다. 선생님께 지금의 저의 이 괴로운 상태에 대한 훌륭한 조언 부탁드리려고 메일 열었는데 그만 제 넋두리가 되어 버린 느낌입니다.

부디 이 과정을 잘 극복한 후 다시 멜 드리고 찾아뵙겠습니다. 안녕히 계십시오.

기축년 입춘지절에 불초 제자 올립니다.

2009년 4년 29일
이도운 올림

【필자의 회신】

이도운 씨가 2002년 8월 4일 처음으로 삼공재에 나타난 이래 별 뚜렷한 변화가 없더니 이제야 본격적인 수련 과정에 들어갔습니다. 일개 범부가 선인(仙人)이 되고 도인이 되려면 반드시 겪어야 할 과정입니다. 그래도 그렇게 아픈 중에도 병원엘 찾아가지 않은 것만은 기특하기 짝이 없습니다.

앞으로 갈수록 첩첩산중입니다. 지금과 같은 고통이 얼마나 더 있을지 모릅니다. 이러한 혹독한 단련 과정을 거쳐서 서서히 환골탈태가 이루어지는 것입니다.

빙의인지 명현 반응인지 알 수 있는 방법은 간단합니다. 평소에 들어오던 기운이 완전히 끊어지든가 반쯤만 들어오든가 하면 빙의입니다. 그러나 기운은 잘 들어오는데 지금처럼 아프기만 하면 틀림없이 명현 현상입니다.

수련이 잘된다고 생각하고 꿋꿋하게 이겨 내시기 바랍니다. 고진감래(苦盡甘來)라고 반드시 기쁜 일도 있을 것입니다. 세속적인 기쁨과는 차원이 다른, 마음과 몸에 한 차원씩 높아지는 법열을 반드시 체험하게 될 것입니다.

정신력으로 버텼습니다

선생님 그간 안녕하셨습니까? 사모님도 안녕하시고요? 저는 4월 12일 다녀간 부산 이도운입니다. 그때 선생님 댁을 다녀온 후 매달 방문하리라 마음먹었는데 정확히 5일 후 17일부터 많이 아팠습니다.

그 내용은 이미 메일로 전해드린 바입니다. 그 후 약 한 달 동안을 병원 한 번 안가고 철저히 몸으로, 깡으로, 정신력으로 버텼습니다. "수행자가 병원에 가는 것은 수치다. 죽더라도 여기에서 수행하며 앓다가 죽자" 하며 이를 앙 다물고 견딘 결과 드디어 회복하고 무려 5주나 빠져 버린 등산도 하게 되었습니다.

새삼 새로운 각오를 다지며 몸 기 마음공부에 매진하였으나 피치 못할 집안일로 또 한 달간을 헤매다 보니 두 달여가 흘러 버렸군요. 이제 몸도 마음도 집안일도 좀 안정되는 느낌입니다. 곧 다시 메일 드리고 찾아뵙도록 하겠습니다.

그리고 생식 다 먹었습니다. 표준 4개 선공 1개입니다. 무더운 일기에 항상 건강하시고 안녕하시길 바라며 부산에서 미거한 제자 이만 졸필 거둡니다. 안녕히 계십시오.

2009년 6월 25일
기축년 성하지절에 이도운 올림

【필자의 회답】

구도자로서의 자존심을 살려 끝까지 병원에 가지 않고 순전히 자연치유력으로 몸살을 극복한 것은 수행자들이 본보기로 삼아야 할 일입니다. 좌우간 대단하십니다. 앞으로도 그러한 기개로 수련에 임하신다면 대성을 기대할 수 있을 것입니다.

시집살이와 분가

스승님, 안녕하셨습니까? 부산에 박순미입니다. 메일을 올리면서도 면목이 없습니다. 수련을 하면서 조금씩 나아지는 모습을 보여 드려야 하는데, 아직까지 3단계 화두가 끝난 것인지 진행 중인지 잘 모르겠습니다.

전에 화두들도 명확하게 끝났다는 메시지가 전해지는 것이 아니라 기운이 잘 들어오지 않거나 화두가 잘 외워지지 않으면 끝난 것으로 알았습니다. 수련이 상승곡선을 타고 갈 만하면 빙의로 다시 기운을 소진해 버리고 다시 원상회복하는 단계까지 너무 많은 시간이 소요되는 듯합니다.

요즘은 정말 시댁에 살고 있다는 현실이 너무나 힘이 듭니다. 시부모님과 꼭 같이 살아야 하는 당위가 있는 것도 아니고, 조금 힘들지만 결심을 하고 나가 버릴까 하고 생각하기를 수없이 반복하고 있습니다. 시집살이가 불편해서 그렇다기보다도 수련을 하는 데 이만저만 방해를 받고 있는 것이 아닙니다.

제사, 생신, 각종 집안 대소사를 큰며느리는 아니지만 본의 아니게 제가 다 맡고 있는 데다가 한 달에도 수차례 친척들이 들락날락하다 보니 손기는 물론 빙의로 체력은 금방 고갈되기 일쑤고, 젖 먹는 셋째에 올해 3월에 초등학교에 입학한 큰아들 녀석까지 저는 그나마 제 체력으로 간신히 버티고 있는 것도 용한 생각이 들 정도입니다.

조금 이기적인 생각 같지만 주변을 과감하게 정리하고 단순하게 살면서 수련에 매진하고 아이들 키우는 데만 집중하는 것이 옳은 것인지, 과정이 어찌되었든 간에 지금 처한 현실에서 돌파구를 찾아 조금 더디 가더라도 천천히 가는 것이 맞는 것인지 결정을 내리기가 힘이 듭니다.

어찌되었든 제가 시댁에 들어오면서 본격적으로 수련을 하게 되었던 계기가 되었으니 시작을 한 곳에서 끝을 맺으라는 섭리의 작용이 있는 것 같기도 합니다. 세 번째 화두를 외우면『반야심경』의 한구절인 "일체고액 사리자, 색불이공 공불이색 색즉시공 공즉시색"의 구절이 반복적으로 떠오르고 얼마 전에는 "비무허공(非無虛空)"이라는 단어도 들려 왔습니다.

제 전생인지 아닌지는 모르나 '사리나'라는 명확한 이름이 떠오르며 '이집트의 왕녀'라는 메시지도 떠올랐습니다. 그 외에는 기운이 들어올 때 기운의 질이 많이 바뀐 것 같습니다. 지금 상태는 식구들에게서 넘어오는 빙의의 강도가 조금 세어진 것 같고 손기도 너무 많이 되는 것 같습니다.

얼마 전에는 아버님이 산에 하루 종일 갔다 오셨는데, 아무 이유 없이 그 다음날 저는 반나절 동안 일어나지 못했습니다. 이런 일이 계속 반복이고 보니 분가를 심각하게 고려하고 있는 중입니다만, 이것도 제가 다 감내해야 하는 숙제인지 아니면 주변을 정리하고 복잡한 시빗거리에서 벗어나 조금 더 수련에 집중하는 것이 옳은 길인지 계속 고민하고 있는 중입니다.

수련에 더 진전이 있을 때 또 메일 올리겠습니다. 부디 강령하십시오. 스승님...

2009년 4월 30일
부산의 박순미 올림

【필자의 회답】

화두수련은 정상적으로 잘되고 있습니다. 네 번째 화두는『선도체험기』14권 225쪽에 나오는 열한 가지 호흡을 하는 것입니다. 그 호흡이 제대로 되면 다시 메일을 보내시기 바랍니다.

시집살이를 할지 분가를 해야 할지는 좀더 숙고하시기 바랍니다. 그러고 나서 자성(自性)에게 물어보시기 바랍니다. 회답을 알아보는 방법은 두 가지 중에서 마음이 편한 쪽을 택하면 될 것입니다.

드라마 속 주인공

스승님 어제 다녀간 박순미입니다. 어제 모자랐던 생식대금 6만4천원을 방금 국민은행 계좌로 송금하였습니다. 확인하시기 바랍니다. 그리고 어제 제가 질문 드리면서 염려스러웠던 것은 전생과 관련해 떠오르는 이름들이 하필이면 지금 TV에서 인기리에 방영되고 있는 드라마 속 주인공이라는 것과 그전의 인물도 케이블에서 연작으로 방송되는 드라마 속 주인공이었기 때문입니다.

제가 그 드라마를 즐겨 보고 있지 않지만 방송 매체나 인터넷을 통해 널리 회자되고 있는 이름들이어서 정말 화두수련 중에 떠오른 이름인지, 나도 모르는 사이 제 잠재의식 속에서 무심코 튀어나온 이름인지 확신이 서지 않아서 그런 질문을 드린 것이고요.

이런 류의 질문을 전에도 드린 기억이 있는데 자꾸 이렇게 수련 중에 떠오르는 이름들이 누구나 들으면 알 듯한 유명인들이니 긴가민가하는 사이 의심을 하게 되는 것 같습니다. 그 진위를 떠나서 여기에 연연하다 보니 수련이 더 진전되지 않는 느낌이 들어 이젠 그런 것에 신경쓰지 않고 앞만 보고 달리기로 했습니다.

동생도 이제 생식을 본격적으로 해 보려고 결심을 하고 수련에도 관심을 많이 가지고 있으니 한결 마음이 놓입니다. 늘 이끌어 주심에 감사드리고 다시 초심으로 돌아가 화두수련에 더 성심으로 임할 것입니다.

【필자의 회답】

생식 잔금은 잘 받았습니다. 화두수련 중에 나오는 이름이 드라마 속 주인공이라고 해도 그런 일도 있을 수 있다고 생각하고 받아들이기로 한 것은 잘한 일입니다. 아무 이유도 없는 잠재의식의 작용은 있을 수 없기 때문입니다.

4번 화두의 11가지 호흡 수련 중에 어제 끝내지 못했던 부분도 시간 여유를 갖고 끝내야 할 것입니다. 그리고 동생인 순영 씨가 수련에 관심을 보인다니 다행입니다. 『선도체험기』는 반드시 순서에 따라 읽도록 지도하시기 바랍니다.

100일 축기 수련 (4)

삼공 스승님께. 안녕하세요. 선생님 대전의 조성용입니다. 수련 71일째인 4월 12일 드디어 생식을 시작했어요. 병치 목적도 있었고 또 어느 정도 생식할 수 있는 여건이 조성되어 눈치껏 점심 한끼를 생식으로 할 수 있게 되었어요. 그래서인지 이날은 빙의가 있었음에도 불구하고 단전이 많이 달아올랐었죠.

한참 생식이 정착되고 빙의령이 천도되어 수련에 불이 붙기 시작할 즈음인 4월 20일, 대전의 개인 병원으로 옮기게 되었습니다. 정말 하늘이 원망스럽더군요. 이곳에 와서 처음으로 질문한 것은 하루에 한끼라도 생식할 수 있느냐는 것이었는데 보기 좋게 거절당하고 말았습니다.

여기서 2주 정도 지내보니 시설이며 인권은 훨씬 좋지만 수련 면에서는 전에 있던 병원이 더 나았다는 생각이 듭니다. 병원을 옮기지 않고 보은에서 계속 축기 수련을 했더라면 하는 아쉬움이 남습니다. 그랬다면 생식을 늘릴 수도 있었을 것이고 축기도 더 많이 되었겠죠.

선생님 축기에 합격했는지는 어떻게 알 수 있을까요? 〈질문 1〉

대맥은 한 번 유통되어서 그런지 단전이 달아오르면 어김없이 대맥도 달아오릅니다. 임맥과 독맥은 천돌, 대추 부위까지 달아오를 때도 있지만 선생님께서 기방이 형성될 때까지는 무조건 단전으로 끌어내려야 한다고 하셔서 그렇게 하고 있습니다. 언제쯤 임독으로 기운을 유통시켜야 할까요? 〈질문 2〉

『선도체험기』91권 114쪽에서 수련하는 목적에 대하여 마음을 우리가 처한 조건에 재빨리 맞추는 데 있다고 하시고, 외부 조건이 바로 우주 그 자체이고 참나이며 외부 조건에 저항하는 것은 거짓나라고 하셨습니다. 그렇다면 저의 경우 정신병원에서 생활하며 이곳에서 나가려는 노력은 다 부질없는 짓, 다시 말해 거짓나의 몸부림에 지나지 않는다는 말씀인지요? 〈질문 3〉

외부 환경이 참나라면 정신병원에서 5년 혹은 10년, 나아가 평생이 될지도 모를 시간을 갇혀 지내는 것이 옳다는 말씀인지요? 〈질문 4〉

그리고 한 가지 모를 것이 있습니다. 빙의령이나 접신령에 의한 고통이나 그로 인하여 입원생활을 하는 것은 인과응보로서 당연하다고 생각합니다. 그러나 아내가 제정신이 돌아온 저를 4년에서 5년 동안을, 아님 평생이 될지도 모를 기간을 '아내가 끝내 빙의 현상을 이해하지 못할 경우' 정신병에 가두어 두려는 것도 인과응보로 보아야 할까요? 〈질문 5〉

그 역시 인과응보라면 저와 집사람 사이에는 무슨 일이 있었던 걸까요?

수련이란 평생을 할 각오로 하여야 한다는 것은 잘 알고 있지만 1년 7개월여를 바깥 구경도 못 하고 이 병원 저 병원을 나의 의지와 상관없이 옮겨다니다 보니 지치는군요. 5년 10년씩 장좌불와하신다는 스님들이 정말 대단하다는 생각이 듭니다. 거기다 대면 조금 낫네 하고 자위하며 다시 힘을 냅니다.

외부 환경인 참나가 아무리 날 괴롭게 하여도 끝내 굴하지 않고 한소식할 때까지 더욱더 노력하겠습니다. 지도하여 주셔서 감사합니다. 성통공완하세요

단기 4342(2009)년 5월 3일
조성용 올림

【필자의 회답】

〈질문 1〉 답 : 기운을 아무리 많이 써도 금방금방 자동적으로 보충이 됩니다. 마음에 여유가 생기고 화나는 일이 있어도 능히 참을 수 있으면 축기가 완성되었다고 할 수 있습니다.

〈질문 2〉 답 : 기방이 이루어지고 축기가 완성되면 자연히 임독이 열리게 됩니다. 기운이 천돌까지 올라갔다면 그 기운이 천돌혈을 뚫고 지나갈 수 있도록 무식과 문식을 해 주어야 합니다. 그럴 때는 무조건 기를 단전에 끌어내리면 안 됩니다.

〈질문 3〉 답 : 그렇지 않습니다. 조성용 씨가 병원에 입원하게 된 것은 정신 질환 때문입니다. 병원에서 나가려는 노력은 병이 나으려는 노력인데 그게 어떻게 부질없는 노력이라 할 수 있겠습니까? 조성용 씨가 병이 완전히 다 나으면 병원에 더 있고 싶어도 퇴원하게 했을 것입니다.

〈질문 4〉 답 : 문제는 병이 완전히 낫기만 한다면 입원이라는 외부 환경이 조성될 수 없었을 것입니다. 조성용 씨가 부인이 보기에도 병이 완전히 나았다고 인정만 된다면 무엇 때문에 비싼 입원비용을 물어 가면서 병원에 머물러 있게 하겠습니까? 누가 보기에도 조성용 씨의 병이 완전히 나았다는 것을 인정할 때까지 열심히 치병(治病)을 위한 노력을 기울여야 할 것입니다. 병만 다 낫는다면 갇혀 지낼 이유가 없어질 것입니다.

〈질문 5〉 답 : 부인이나 담당 의사가 보기에도 병이 완치되었다는 것이 인정되어야 합니다. 환자 자신이 완치되었다고 해도 남이 인정해 줄 때까지 인내심을 발휘하여 조급하더라도 꾸준히 노력을 기울여야 할 것입니다. 이 세상에서 가장 가까운 사람은 조성용 씨의 부인입니다. 부인이 완치를 인정할 때까지 흐트러짐 없이 완쾌를 위하여 꾸준히 주체적으로 노력을 기울여야 할 것입니다.

100일 축기 수련을 마치며

삼공 스승님께. 안녕하세요. 선생님 대전의 조성용입니다. 드디어 백일수련을 무사히 마쳤습니다. 다 선생님의 지도 덕분입니다. 소득도 있었지만 아쉬움이 많은 수련이었습니다. 백일수련의 소득은 무엇보다도 쉽게 들뜨던 기운이 이제는 안정되어 단전에 든든하게 머문다는 점입니다.

아쉬운 점은 어떻게 하든지 소주천만은 통과하려 했는데 그걸 못 한 점입니다. 수련 중 이상한 점을 발견했는데 처음 빙의 시에는 5일, 다음은 7일, 10일, 보름, 20일 이런 식으로 빙의 기간이 늘었습니다.

정상인지요? 그 후 빙의 없이 수련이 잘되는 기간은 점차 줄어들어 최근엔 하루도 빙의 없는 날이 없습니다. 그래서 지금은 참 힘이 듭니다. 물론 혼자서 이겨야 하겠지만 스승님이 참으로 그립습니다.

제가 한동안 1주일에 한 번씩 열심히 삼공재에 다닐 적에 지금과 같은 기감을 느낄 수 있었더라면 아니 정신과적으로 이상만 있지 않았더라면 얼마나 좋았을까 생각해 봅니다. 다 부질없는 일이지만.

지금의 수련 상태는 혼자서 헤치어 나아가긴 너무 벅찬 것 같습니다. 도무지 진전이 없네요. 중간에 병원을 이전한 것이 큰 타격이 된 것 같아요. 아직도 약에 적응을 못하고 있습니다. 낮에는 온통 졸리고 속은 메슥메슥 거리고 어쨌든 다시 계획을 세워 정진해 보려 합니다.

이곳이 온돌 병실임을 감안하여 103배 절 수련을 103일간 해 볼까 합니다. 바로 시작하지 못하고 뒤로 미루는 못난 제자에게 따끔한 충고의 한마디 부탁드립니다. 그럼 평안하시고 성통공완 하소서.

단기 4342(2009)년 5월 13일
대전에서 조성용 올림

추신: 모레면 스승의 날이네요, 찾아뵙지 못해 죄송합니다. 멀리서나마 삼배 올립니다, 앞으로 메일을 올릴 수 있을지 장담을 못 하겠군요 병원을 옮기면서 사정이 많이 바뀌어서요.

【필자의 회답】

빙의령이 많이 들어오는 것은 그만큼 수련이 잘되고 있다는 징후입니다. 도고마성(道高魔盛)이라는 말도 있습니다. 그러나 좀 괴롭더라도 용기와 자부심을 가져야 할 것입니다.

지금 조성용 씨에게 중요한 것은 어떻게 하든지 건강을 회복하는 겁니다. 그리하여 다시는 병원에 또 입원하는 일이 없도록 이번이 마지막 입원생활이 되도록 최선을 다해야 할 것입니다. 그러기 위해서는 부인과 병원 당국의 지시를 잘 따라서 다시는 같은 질병이 재발하지 않도록 최선을 다해야 할 것입니다. 그리고 새로 옮긴 병원 환경에 재빨리 적응하도록 해야 합니다.

개인 사정

삼공 스승님께. 안녕하세요 대전의 조성용입니다. 저는 선생님의 지도와 가족들의 염려 덕분에 나름대로 잘 지내고 있습니다. 항상 감사드립니다. 오늘은 오랜만에 메일을 제 손에 받자마자 답장을 올립니다. 그동안 힘겹고 답답했던 기분이 선생님의 메일 덕분에 많이 좋아졌습니다.

이곳에서 생활한 지도 벌써 40일이 지났네요. 시간은 역시 빠르네요. 장소를 가리지 않고 말이죠. 이 40여 일 동안 별로 한 게 없어요. 초기에는 이전에 쌓았던 기운으로 축기 100일 수련까지는 어찌어찌 마칠 수 있었습니다.

그렇지만 그 이후론 약 기운에 취해 또한 게으름에 졸기 일쑤였습니다. 오늘은 수련에 관한 일이 아닌 제 개인사에 대해 말씀드리고자 합니다. 스승님께서는 병원에서의 건강 회복을 강조하시지만 병원에서 하는 일이란 고작해야 정신과 약을 먹이는 일이 전부입니다.

아내도 제 상태가 1년 5개월 전 대학병원에서 다른 병원으로 옮길 때와 다를 바가 없다고 합니다. 제 생각도 마찬가지구요. 결론적으로 말해 퇴원하여 통원치료를 하더라도 아무 상관이 없다는 거죠. 그런데 문제는 집사람이 무엇이 두려운지 정확히 알 수 없지만 그렇게 하려고 하지 않는다는 데 있습니다.

하여간 그래서 아내와의 의사소통은 원활하지 않은 상태입니다. 그리고 퇴원의 모든 권한은 집사람에게 달려 있습니다. 그런 집사람에게 스승님께서 말씀하셨듯이 지는 것이 이기는 것이란 마음으로 대해야 하는데 잘되지가 않는군요.

저라고 이 정신병이 재발하길 바라겠습니까. 그래서 병원 당국의 지시를 잘 따르고 있습니다. 약도 잘 먹고 적응도 잘하고 있습니다. 다만 약에 문제가 있어 속이 쓰리고 울렁거리는 문제는 아직도 나아지지 않은 상태이고 졸리는 문제는 약간 호전된 상태입니다.

그런데 정말 문제는 아내와 대화가 잘되지 않는다는 점입니다. 어찌된 일인지 모든 권한이 자기한테 있고 저는 그저 병원에 갇혀 있는 약자에 불과한데도 본인의 의사를 당당히 표현하지 못합니다. 물론 그럴 만한 원인을 제가 제공했겠지요. 하지만 그것이 뭔지 말해 준다면 참 좋을 텐데. 하여간 지금의 상황이 참 답답합니다. 그동안 약을 먹겠다는 약속을 수차례 어겼다고는 하지만 왜 더이상 효과도 없는 입원 치료에만 매달려야 하는지 알 수가 없습니다.

이제는 약을 잘 복용할 수 있는데 정신과 약을 먹으면서도 얼마든지 삼공 수련을 할 수가 있는데, 이제는 정말 미치지 않을 수 있을 것 같은데 무엇이 두려운지 집사람은 퇴원을 완강히 거부하고 있습니다. 이러한 상황 속에서 제가 어떻게 해야 아내와의 관계를 원활하게 유지할 수 있을까요?

〈질문〉 수련에 관하여 질문 하나 드립니다. 단전호흡이 잘될 때는 가끔 임맥에서는 명치 부근에서 전중으로 기운이 가지 않고 양 가슴 특히 젖꼭지 쪽으로 열감이 올라가고 동시에 독맥에서도 명문에서 대추 쪽으로 기운이 올라갑니다. 이렇게 동시에 임독맥 양쪽에서 기운이 위로 올라가도 되는 건지요.

오늘도 지도하여 주심에 감사드리며 이만 인사드립니다. 성통공완 하세요.

단기 43429(2009)년 5월 30일
조성용 올림

【필자의 회답】

좀 답답하고 괴롭더라도 부인이 퇴원 결정을 내리실 때까지 기다리는 것이 좋을 것 같습니다. 왜냐하면 이 세상에서 조성용 씨에 대하여 가장 관심이 많고 이해관계가 절실하고 사실상 가장 가까운 사람은 부인이기 때문입니다. 부인은 그만큼 소중한 존재입니다. 그러니 부인을 믿고 만족할 때까지 기다리는 것 외에 다른 방법이 없다고 봅니다.

임맥에서 기운이 전중을 통과하지 않고 양 젖가슴 쪽으로 흩어지는 것은 단전에서 축기가 덜 되었기 때문입니다. 독맥에서 기운이 명문에서 대추 쪽으로 올라가는 것은 소주천 수련 때 일어나는 현상이니 염려할 것 없습니다.

끝으로 부탁이 하나 있습니다. 메일 쓰실 때는 문장이 끝날 때마다 꼭 마침표를 찍어 주시고 메일을 다 쓴 뒤에는 꼭 다시 한두 번 읽어 보시면서 오자와 탈자가 없는지 살펴보시기 바랍니다. 나는 메일 회답을 쓸 때마다 꼭 두세 번씩 다시 읽건만 그래도 가끔 오자와 탈자가 나옵니다.

공황장애(恐慌障碍)

안산에 거주하는 문영환입니다. 무고하신지요. 그동안 계속 몸이 아파서 찾아뵙지 못했습니다. 생식 주문 드립니다. 토금금수상화 육기. 금수토육기선공, 개수로는 11통이 되겠습니다. 가격 알려 주시면 오늘 중으로 입금해 드리겠습니다.

제가 1955년생이니까 올해로 만 54세가 됐습니다. 『선도체험기』를 만난 지 15년은 족히 되지 않았나 싶습니다. 나름대로 열심히 한다고 하는데 왜 저는 지금까지 기운조차 느끼지 못하는 것인지 참으로 답답하기만 합니다.

단전호흡만 하려고 하면 무엇인가 호흡을 방해하는 것 같은 느낌이 들면서 단전호흡이 되지를 않습니다. 하루이틀도 아니고 무려 15년을 이런 식으로 방해를 받고 있는 것 같습니다. 설상가상으로 근자에는 이상한 병까지 들어 몸을 괴롭히니 이게 무슨 업인지 모르겠습니다. 내외과적 이상이 없다고 해서 정신병원까지 가 보았습니다. 병명은 공황장애라고 합니다만 아무래도 빙의된 것 같다는 느낌이 듭니다.

어차피 한 번은 죽는다는 결심으로 열심히 계속 수련은 하고 있습니다. 지금 선생님께 글 올리고 있는데 몸이 화끈거리면서 운기가 되는 것을 느낍니다. 제발 계속 좀 이렇게 수련이 되었으면 좋으련만, 조금 있으면 또 무언가 몸을 수축시키고 불안하게만 되어서 아무것도 못 하게 만듭니다.

선생님 건강하시고 오래오래 사시기 바랍니다. 송금 계좌번호 보내 주시기 바랍니다. 글을 쓰면서도 정신이 혼미하고 불안해서 두서없이 글을 드린 것 같습니다. 죄송합니다.

2009년 5월 11일
문영환 올림

【필자의 회답】

문영환 씨는 1994년 5월 26일에 삼공재에 처음 나타났습니다. 15년의 세월이 흐르기는 했지만 삼공재에 와서 수련한 날짜는 총 20일 정도밖에는 안 됩니다. 이래 가지고는 비록 상근기라고 해도 수련의 성과를 거두기는 어렵습니다.

문영환 씨가 수련이 안 되는 원인은 빙의령 때문입니다. 그 빙의령을 천도할 수 있는 능력을 배양하려면 적어도 일주일에 한 번씩은 삼공재에 꾸준히 나와서 한두 시간씩 상당 기간 수련을 해야 합니다.

나는 그동안 문영환 씨를 만나기만 하면 삼공재에 나와서 수련을 해야 한다고 말해 왔습니다. 그런데 그때만 그렇게 하겠다고 말하고는 그 약속을 지키지 않았습니다. 세월이 15년이 아니라 150년이 흐른들 무엇하겠습니까? 수련한 내용이 없는데. 오늘부터라도 당장 심기일전하여 수련에 매진하지 않는 한 문제가 해결되기는 어려울 것입니다.

단전만 의식해도 기운을 느낍니다

먼저 선생님의 생신을 진심으로 축하드립니다. 저는 『선도체험기』를 접하고, 선생님으로부터 삼공선도 수련을 받을 수 있어서 항상 다행스럽고 감사하다는 생각을 가지고 있습니다. 앞으로도 강녕하신 모습으로 많은 이들에게 계속 좋은 가르침을 전해 주시길 두 손 모아 기원하겠습니다.

그리고 지난주 삼공재에서 수련이 끝나고 말씀드렸던, 비몽사몽간에 선생님으로부터 직접 수련을 받았던 현상과 화면에 대해서는 선생님 말씀대로 자성에 의지하여 화두로 삼아 수련하고 있습니다.

그러한 경험 전후로 확실히 수련이 전보다 향상되어 가고 있다는 것을 느낍니다. 단전에 의식만 집중하고 수련에 들어가면 금방 기운을 느낄 수 있으니까요. 이 모두가 선생님께서 천백억화신의 모습으로 나투어서 수련에 도움을 주신 덕분입니다.

하지만 화면이나 신기한 현상에 너무 집착하진 말아야겠다는 생각도 들고, 이럴수록 더욱 겸허하고 성실하게 수련에 집중해야겠다는 생각이 듭니다. 처음 제가 삼공재에 방문할 때 선생님께서 말씀하신 것처럼 평생 죽을 때까지 수련을 하겠다는 마음가짐으로 꾸준히 삼공 수련에 임하도록 하겠습니다. 감사합니다.

2009년 5월 28일
김동건 올림

【필자의 회답】

나에게는 내 생일을 기억해 주시는 것보다 김동건 씨의 기문(氣門)이 열린 사실이 더 기쁩니다. 기문이 열렸다는 것은 이제부터 선도수련이 본격적으로 시작되었다는 것을 말해 줍니다. 무슨 일을 하든지 항상 단전에 의식을 두고 호흡만 열심히 해도 수련은 계속 향상될 것입니다. 물론 등산, 달리기, 도인체조와 오행생식을 잊지 말아야 할 것입니다.

부디 지금의 초심을 잊지 말고 평생 동안 아니 내세에도 그리고 영원히 수련에 매진하겠다는 각오로 임해 주시기 바랍니다. 내 힘자라는 한 도와드릴 것입니다.

죽은 사람이 화면에 나타날 때

선생님, 사모님 그간 안녕하셨습니까?

수확이 끝났어도 가지치기와 새 가지 묶어 주기, 벌통 관리 등으로 6월 초순경부터 정신없이 보냈습니다. 어제는 작은아이 군에 입대하느라 가족들과 함께 진주에 갔다가, 오늘은 봉장에 가서 일 좀 하려는데 비가 와서 일찍 집에 와 메일을 열어 보고 모처럼 한가한 시간을 가져 봅니다. 이제부터 내년 봄까지는 그리 바쁘지 않는 생활이 가능합니다.

수련은 특별한 진전은 없는 것 같아도 『선도체험기』, 불경, 『초인생활』 등 책 읽기는 꾸준히 하고 있습니다. 오늘부터는 삼공 수련에 집중할 예정입니다.

선생님 한 가지 궁금한 것이 있습니다. 저와 가까운 친척 중에 작년에 돌아가신 분은 잠깐 화면에 보였는데, 올해 조금 더 가까운 친척이 돌아가셨을 때는 여러 번 집중을 해 봐도 보이지를 않았습니다. 저는 육체의 숨이 끊어지기 전에 이미 인연에 의해 가야 할 곳으로 떠나서 그런 것으로 생각이 드는데요, 선생님 생각은 어떠신지요?

8월 초쯤 시간 내서 찾아뵙도록 하겠습니다. 선생님, 사모님 안녕히 계십시오.

2009년 7월 28일
광주에서 양정수 올림

【필자의 회답】

메일 보낼 때마다 나와 집사람의 안녕을 염려해 주어 고맙습니다. 나는 아직 건강한 편인데 집사람은 그렇지 못합니다. 나처럼 수련을 하고 오행생식을 했으면 건강했을 터인데 고혈압, 콜레스테롤, 고지혈증, 골다공증, 대상포진 등으로 고전하고 있습니다. 모두가 집사람이 가진 한계인 것 같습니다.

그런 걸 생각하면 선도수련을 하고 오행생식을 하는 우리 수행자들은 복 받은 인생이 아닌가 하는 생각이 듭니다. 적어도 사는 날까지 병 없이 살다가 갈 때가 되면 한 점 미련 없이 홀쩍 떠나 버릴 수 있을 것이기 때문입니다.

죽은 사람이 화면에 자주 나타날 때는 아직도 이 세상에 미련이 있어서 그런 것이니 그 화면에 집중하고 관하고 있으면 곧 천도가 될 것입니다. 죽은 사람에게 아무리 집중해도 화면에 떠오르지 않으면 더이상 이 세상에 아무 미련도 없는 것이니 잘된 일입니다.

이승 일은 먼지 한 점 남기지 말고

답장 주셔서 감사합니다. 사모님께서 건강이 안 좋으시니 가족 분들께서도 염려가 많이 되시겠습니다. 선생님 말씀대로 선도수련하며 생식에 운동으로 몸 관리하는 수련생들은 복 많이 받은 것 같습니다.

저도 현묘지도 화두수련을 통과하고 난 후로는 감기는 물론 작은 병한 번 앓지 않고 지내고 있습니다. 그만큼 사회적 비용도 적게 들어가며 좀더 발전적인 삶을 살 수 있지 않을까 생각합니다.

제가 질문 드린 내용의 답은 선생님께서 생각하신 대로인 것 같습니다. 돌아가신 두 분 다 암 투병으로 일찍 돌아가셨으며, 작년에 돌아가신 친척 형님은 돌아가신 날 저녁 수련 시에 비단옷을 입고 검은 옷을 입은 사람들의 호위를 받으며 어디론가 가고 있는 모습이었지만, 지난 6월에 돌아가신 작은 매형은 돌아가시기 일주일 전에 문병 갔을 때 이미 영혼이 떠나고 못 쓰게 된 몸뚱이만 남아 있는 것처럼 느껴졌습니다.

문병 갈 때마다 이승에서의 일은 먼지 한 점 남기지 마시고 털어 버리고 인연 따라 다음 생에는 좋은 인연 만나시라고 기도했었습니다. 그래서인지 돌아가시고 나서도 수련 시 몇 번 집중했었지만 떠오르지 않았습니다. 부디 좋은 인연 만나시기를 기도해 봅니다.

사모님께서도 남은 여생 좀더 건강하시기를 기도하겠습니다. 선생님, 사모님 안녕히 계십시오.

2009년 7월 29일
광주에서 양정수 올림

【필자의 회답】

인간으로 태어난 이상 생로병사의 과정이야 누가 막을 수 있겠습니까? 그리고 집사람의 문제는 그녀의 한계가 그것밖에 안 되니 그럴 수밖에 없다고 봅니다. 수련을 하고 오행생식을 하는 것도 아무나 다 할 수 있는 일이 아닌 걸요. 내가 신임하는 양정수 씨가 집사람을 위해 기도를 해 주시겠다니 고마울 따름입니다.

단전에 기운을 느낍니다

삼공 선생님! 안녕하십니까? 2006년에 생식 구입을 위해 방문 드린 이후 처음 인사드립니다. 당시에는 열심히 몸과 마음을 단련하려 생식을 구입해 놓고 일주일에 한 번씩 스승님의 지도를 받으려 하였으나, 회사건 개인적이건 사회적인 인간관계를 유지하기 위해서는 하루 세끼 꼬박 생식을 챙겨 먹는다는 것이 참으로 어려웠습니다.

사람들을 만나게 되면 그 분위기를 지키기 위해 화식도 하고 술도 먹게 되었습니다. 개인적인 성향인지는 모르겠으나 인생을 살아가면서 중요한 것이 인간관계라고 생각하여, 그 관계들을 지키기 위해 살고 있다고 할 수 있겠습니다.

그렇게 지내 오면서 업무가 늦지 않는 날 저녁에 운동하는 것과 잠들기 전에 『선도체험기』를 정독한 후 명상을 하는 것 이외에는 이렇다 할 수련은 하지 못하였습니다. 해야지, 이제 곧 찾아뵈어야지 하면서도 조금 더 스스로 내공을 쌓고 찾아뵙자는 어리석은 마음에 수련에 전심전력을 다하지 못하였습니다.

조금이나마 수련생활에 발전을 가져오기 위해서, 수련 과정에서 생기는 질문에 대해 이메일로 문의를 하고자 합니다. 생식은 이제 곧 시작할 예정이오니 구입할 시기가 되면 그때 찾아뵙겠습니다.

현재까지의 수련 상태는 아래와 같습니다.

단전에 집중을 하면 따뜻한 기운이 느껴집니다. 『선도체험기』94권까지 읽고 있으며, 금언과 격언은 매일매일 보려고 합니다. 잠들기 전『천부경』, 『대각경』, 『반야심경』을 읽습니다. 잠들기 전 좌정 시 고개가 끄덕거려지거나 좌우로 흔들리고, 몸이 좌우로 흔들리거나 팔을 흔들거나 하는 경우가 자주 있습니다. 백회가 답답할 때가 많으며 기운의 들락거림이 느껴집니다. (2006년 방문 드렸을 때 스승님께서 빙의가 많이 보인다고 말씀하셨습니다.)

근래 한 보름 전부터 주로 마음공부에 주력하려고 하고 있습니다. 아직은 관이 잡히지 않아 어찌해야 할지 모르시만, 현재의 나의 미음 상태가 이기심으로 가득하다는 것을 알 수 있습니다. 어떠한 생각을 하고 어떠한 행동을 해도 전혀 이타적이지 않다는 것이 확실하며, 그 이기심을 이타심으로 바꾸려고 하나 쉽지 않습니다.

단지 마음에서 우러나오지 않아도 이타적 행동을 하면 되는 것인지, 무작정 모든 것이 내 탓이다라고 생각하면 되는 것인지, 아직은 타인의 입장이 마음 깊숙이 와닿아 이해되지 않을 때가 많습니다.

어떻게 노력해야 좀더 효과적으로 현재의 상태를 바꿀 수 있을까? 오늘은 우선 여기까지 올리겠습니다. 앞으로 되도록 자주 소식과 질문 드리도록 하겠습니다. 그럼 항상 감사드리며, 건강하세요.

2009년 7월 29일
전바울 배상

【필자의 회답】

집중을 하면 단전에 기운을 느끼고, 고개가 끄떡거려지거나 고개가 좌우로 흔들리는 것은 기문이 열리고 축기와 진동이 동시에 시작된 것을 말해 줍니다. 토요일을 포함한 평일에 일주일에 한 번씩 오후 3시에 삼공재를 찾으면 수련은 더욱더 빨라질 것입니다. 선도수련을 하겠다는 사람이 이만한 노력도 하지 않는다면 어찌 수행자라고 말할 수 있겠습니까?

마음공부는 의욕만 가지고 되는 것이 아닙니다. 무엇보다도 실천이 중요합니다. 이웃과의 관계에서 중요한 결정을 내려야 할 때 나보다도 상대의 입장을 먼저 생각할 줄 아는 사고방식이 자기도 모르게 정착이 되어야 마음공부의 첫 번째 관문을 통과했다고 말할 수 있습니다. 그게 어디 하루이틀에 될 일입니까? 꾸준한 노력과 실천이 기울여져야 비로소 가능한 일이죠.

⟨96권⟩

> 다음은 단기 4342(2009)년 8월 14일부터 단기 4342(2009)년 10월 31일 사이에 있었던 필자의 수련 과정과, 필자와 수련생들 사이에 오고간 수련과 인생에 대한 대화 그리고 필자와 독자 사이의 이메일 문답을 수록한 것이다.

선생님처럼 되려면

20대 후반의 미혼의 월급생활자인 고종식이라는 수련생이 말했다.

"선생님, 이렇게 말하면 좀 외람스럽게 들리실지 모르지만 저는 꼭 선생님처럼 글도 잘 쓰고 수행도 많이 된 구도자가 되고 싶습니다. 어떻게 하면 선생님처럼 될 수 있을까요?"

"나같이 되고 싶으면 내가 하는 것처럼 따라 하면 됩니다."

"구체적으로 어떻게 하면 되겠습니까?"

"나처럼 글 쓰는 일을 전문적으로 하고 싶으면 우선 책을 많이 읽고 글쓰기를 많이 해야 합니다. 나는 어렸을 때부터 책벌레라는 별명을 들을 정도로 독서에 열중했습니다. 그리고 작문과 일기를 열심히 썼습니다. 그리하여 독서와 글쓰기를 내 일상생활의 일부가 되게 했습니다.

요즘 시중에 화제가 되고 있는 말콤 글래드웰 지음 『아웃라이어 - 성공의 기회를 발견한 사람들』이라는 책을 보면 적어도 어떤 분야에 성공했다는 소리를 들으려면 적어도 1만 시간은 투자를 해야 한다고 합니다.

1만 시간 투자를 하려면 하루에 3시간씩 10년간 투자를 해야 합니다. 그런데 특정 분야에서 일류 또는 최고가 되려면 1만 시간만 가지고는 어림도 없습니다. 가령 운동선수가 일류가 되려면 연습의 68프로를 고난도 연습에 투자해야 합니다. 그러나 2류쯤으로 만족하는 선수는 연습의 48프로를 고난도 연습에 할애할 뿐이라고 합니다.

가령 피겨의 여왕 김연아는 한 번의 점프 회전 기술을 습득하기 위해서 3천 번의 엉덩방아를 찧었고, 발레리나 강수진은 한 시즌에 150켤레의 토슈즈를 망가뜨렸다고 합니다. 하루에 평균 3켤레 이상의 토슈즈를 못 쓰게 만들 정도로 연습에 열중했는데, 굳은살로 망가져서 엉망진창이 된 그녀의 발을 보면 그녀가 얼마나 많은 시간을 연습에 투자했는지를 실감할 수 있습니다.

우선 나처럼 글을 쓰고 싶으면 지금부터라도 늦지 않으니 독서와 글쓰기에 지극정성을 다해야 할 것입니다. 나는 20대 후반부터 소설 공모에 응하기 시작했는데도 막상 소설가로 데뷔한 것은 43세였으니, 적어도 2만 시간 이상을 책 읽기와 글쓰기에 열중해 왔다고 할 수 있습니다."

"지금 선생님의 저서로서 출판된 것이 몇 권이나 됩니까?"

"『선도체험기』가 95권, 그 밖의 저서가 14권 도합 109권입니다. 모두가 내가 소설가로 등단한 뒤에 나온 것이니까, 20대 후반인 고종식 씨는 지금부터라도 분발만 하면 얼마든지 나를 따라붙을 수 있을 뿐만 아니라 나를 앞지를 수도 있을 것입니다."

"저는 그렇게 높은 곳에 목표를 둘 형편은 아니고요, 오직 선생님만큼

만 해도 더이상 바랄 것이 없겠습니다."

"만약에 제자로서 내가 애써 키웠는데도 고종식 씨가 겨우 그 정도에서 만족한다면 나는 크게 실망할 것입니다. 스승은 언제나 자기 이상으로 발전할 수 있는 제자를 가져야 행복을 느끼게 되어 있기 때문입니다. 겨우 내 수준에서 더이상 성장을 멈춘다면 내 가르침은 더이상 발전할 수 없게 될 것입니다."

"그럼 선생님 제가 어떻게 해야 되겠습니까?"

"당연히 내 수준보다 한발 앞서야 내가 제자를 기른 진정한 보람을 느끼게 될 것입니다. 청출어람(靑出於藍)이라는 말 그대로 제자는 마땅히 스승의 수준을 능가해야 합니다."

"겨우 글 쓰는 전문가가 되는 데도 그렇게 어려운 과정을 거쳐야 되는데 수련까지 겹친다면 지금의 제가 넘기에는 너무나 높고 험준한 높은 산인 것 같습니다."

"나는 소설가가 되기로 작정하고 공모에 응한 지 20년이 넘어서야 뒤늦게 데뷔했지만 보통은 대체로 5년 내지 10년 안에 성공합니다. 내가 작가 수업을 할 때는 수많은 선배 작가들이 있었으므로 그분들을 벤치마킹할 수 있었지만 수련을 벤치마킹할 만한 살아 있는 구도자는 발견할 수 없었습니다.

그러나 『선도체험기』라는 시리즈물이 이미 나와 있으니 나를 목표로 한다면, 그것을 읽기만 해도 얼마든지 목표에 도달할 수 있는 과정은 뚜렷이 감지할 수 있을 것입니다. 목표와 과정이 확실히 잡혀 오는데 무슨 어려움이 있겠습니까? 일단 목표에 도달하고 나면 그곳에 올라 앞을 살펴보면 자연히 갈 길이 눈앞에 들어올 것입니다.

고질병이 낫고 마음이 편안해졌다

그건 그렇다 치고 고종식 씨는 어쩌다가 『선도체험기』를 읽기 시작했습니까?"

"저희 집은 벌써 5대째 내려오는 남인(南人) 계열의 기독교 집안입니다. 교회에서 유아세례를 받은 저는 자연 어려서부터 종교에 유난히 민감한 성향을 갖게 되었습니다. 그러한 저에게 고2때 국어 선생님이 수업 시간에 『선도체험기』를 소개해 주셨습니다."

"그 국어 선생님이 『선도체험기』를 어떻게 소개했던가요?"

"그 국어 선생님은 소설가를 지망하시는 분으로서 지금도 여기저기 응모작을 보내고 있습니다. 그러한 분이시라 소설가로서 『선도체험기』라는 특이한 글을 쓰신 선생님에게 호기심을 갖고 『선도체험기』를 1권서부터 읽기 시작하셨는데 어느덧 그때까지 나온 시리즈 30권을 다 읽으셨다고 하시면서, 이 책을 읽으시면서 책에서 가르치는 대로 단전호흡을 꾸준히 했더니 석 달 만에 기문이 열리면서 기를 느끼기 시작했다는 겁니다.

그런데 그 선생님은 기독교도 믿어 보았고 불교에도 심취했었고, 우리나라의 자생적인 민족 종교들 예컨대 원불교, 증산도 등에도 다녀 보았다고 합니다. 그런데 특이한 것은 그 많은 종교 단체들의 신도가 되어 아무리 열심히 그리고 오래 다녀도 고질병이 낫는 일은 없었는데 선도는 책을 읽으면서 운기조식(運氣調息)만을 했는데도 자기 몸에 기생하고 있던 온갖 지병(持病)들이 하나하나 낫더라는 것이었습니다.

우리나라에서는 2대 종교로서 쌍벽을 이루고 있는 기독교와 불교의 신도들도 마찬가지입니다. 평생을 교회와 사찰에 열심히 다녔지만 누구의 몸에서도 고질병이 떨어져 나간 일은 없었는데, 이건 어떻게 된 셈판인지 책만 읽고도 병원에서도 고치지 못한 다발성 신경통 같은 고질병이 저절로 낫는 기적과 같은 일을 경험했다는 겁니다.

저는 그 국어 선생님의 말씀을 듣자마자 순전히 호기심에서 『선도체험기』를 책방에서 구하여 읽기 시작했습니다. 저는 책에서 가르치는 대로 열심히 단전호흡을 했더니 한 달 만에 기운을 느끼기 시작했습니다. 그런지 얼마 안 되어 축구하다가 다친 지 몇 해 된, 병원에서도 못 고친, 옆구리와 고관절의 통증이 어느덧 저 자신도 모르게 스스로 나아 버린 것입니다.

그래서 저는 하도 신기해서 선생님께 이메일을 보내고 찾아가겠다고 했더니 선생님께서는 저를 보고 고교를 졸업하고 대학 마치고 취직하여 경제적 자립을 한 다음에도 수련에 대한 열정이 식지 않으면 그때 찾아오라고 회답을 주셨습니다."

"그래 그 후 어떻게 됐습니까?"

"선생님 말씀대로 대학 졸업하고 취직하여 경제적으로 자립을 한 뒤에 찾아와서 생식을 하기 시작한 지도 어느덧 3년이 되었습니다. 저는 제가 보아도 좀 기웃거리고 방황하는 기질이 있어서인지 선생님을 직접 찾기 전에 다른 선도 단체에도 몇 군데 다녀 보았습니다.

그런데 모 선도 단체에서는 가입한 뒤에 제가 기문이 열린 것을 알고는 자꾸만 무슨 특수 과정을 이수해야 된다면서 추천을 해 주었는데 그 비용이 결코 만만치 않았습니다. 아무래도 사이비 같은 느낌이 들어 그만두고 말았습니다. 만약에 제가 『선도체험기』를 읽지 않았더라면 그들의 유혹에 간단히 넘어가고 말았을 것입니다. 좌우지간에 각종 종교 단체와 심신 수련 단체를 체험한 제가 보기에는 삼공선도가 최고라고 봅니다."

"어떤 의미에서 그렇습니까?"

"삼공선도를 착실히 닦아 나가면 무엇보다도 먼저 기를 느끼면서부터 자기 몸에 기생하고 있던 온갖 고질병들이 하나하나 자연치유된다는 사실 외에도, 마음공부가 절로 되어 나가면서 마음이 편안해진다는 사실입니다."

"그런데 왜 하필이면 꼭 나와 같은 사람이 되고 싶다는 생각을 갖게 되었습니까?"

"『선도체험기』 시리즈 외에도 선생님의 문학작품들과 다른 유명 작가들의 작품들을 비교하여 읽어 오면서 그러한 생각을 굳히게 되었습니다."

"그 부분을 좀더 구체적으로 말씀해 주실 수 있겠습니까?"

"그러죠. 제가 보기에는 선생님께서는 『다물』을 발표하신 이듬해인 1986년 1월부터 선도수련을 시작하셨습니다. 그러니까 그전까지는 선도에 관심은 가지고 계셨을지 모르지만 본격적으로 수련을 하시지는 않으셨습니다. 그리고 『다물』을 쓰실 때까지만 해도 『선도체험기』와 같은 구도자로서의 체험기를 쓸 생각도 하시지 않으셨습니다.

그런데 1990년에 『선도체험기』 1, 2권이 나온 이후로 선생님은 순수 문학 작가에서 구도 소설가로 일대 전환을 한 것입니다. 이렇게 된 구체적인 경위는 『선도체험기』 1권 서문에도 자상하게 나와 있습니다. 저는 선생님의 이러한 방향 전환을 높이 평가합니다. 바로 이 때문에 저는 선생님을 제 인생의 모델로 설정한 계기가 된 것입니다."

"간단히 요약하면, 그 이유가 무엇입니까?"

"선생님이 구도자가 아니고 그저 평범한 소설가로 만족하셨다면 저는 선생님을 특별히 주목할 이유가 없었을 것입니다. 요즘 한국 문학작품으로서 독자들에게 주목을 받고 있다는 박경리의 장편소설 시리즈물인『토지』나 최명희의『혼불』같은 대하소설을 읽어 보아도 제가 보기에는 그저 하나의 문학작품으로서의 감동 외에는 더이상 기대할 만한 것이 없습니다.

그러나 지금 95권까지 나온『선도체험기』시리즈는 문학작품으로서의 감동 이외에도 우리 인생에 필수적인 사항들이 수록되어 있습니다.『선도체험기』를 읽으면서 수련을 하는 사람은 단순한 문학적인 감동뿐만 아니라 건강을 확보하여 병원 신세를 지지 않게 할 뿐만 아니라 우리 인간의 생사 문제를 해결해 주었다는 것입니다.

이러한 방면에서는 가장 전문적인 탐구의 실적을 가장 오래 전부터 쌓아온 불교의 전문 용어로 말하면, 견성 해탈 또는 견성성불하게 함으로써 우리로 하여금 생로병사의 윤회에서 벗어나게 하여 우리들 각자의 존재의 실상을 파악할 수 있게 했다는 것입니다.

공자는 이러한 경지를 '조문도석사가의(朝聞道夕死可矣) 즉 아침에 도를 깨달으면 저녁에 죽어도 여한이 없겠다'고 말했습니다. 선생님께서는『선도체험기』라는 구도소설을 통하여 바로 이러한 공덕을 쌓으셨으므로 저는 선생님을 제 인생의 목표로 삼기로 작정한 것입니다."

"그럼 목표를 설정했으니까, 이제부터는 구체적인 계획을 짠 다음에 실천하는 일만 남았군요."

"그렇습니다. 선생님께서 많이 도와주시기 바랍니다."

"그러한 원대한 계획을 실천하기에 앞서 꼭 명심해야 할 일이 있습니다."

"그것이 무엇입니까?"

"일단 목표를 세웠으면 그것을 관철하는 데 있어서는 천부적인 재능과 함께 중간에 무슨 난관이 닥쳐와도 반드시 뚫고 나가겠다는 의지가 필요합니다. 북송(北宋) 시대의 소동파(蘇東坡, 1037~1101)라는 시인도 일찍이 이런 말을 했습니다.

'입대사자, 불유유초세지재(立大事者, 不惟有超世之才), 역필유견인불발지지(亦必有堅忍不拔之志)'라고 했습니다. 큰일을 할 사람은 뛰어난 재능뿐만 아니라 견인불굴의 의지력도 있어야 한다는 뜻입니다. 고종식 씨에게는 일생의 중대사이니 좀더 시간을 두고 충분히 심사숙고해 본 뒤에 결정하시기 바랍니다. 결코 한때의 충동이나 객기로 시작할 일이 아니기 때문입니다."

"네. 선생님, 잘 알겠습니다. 조금 더 심사숙고해 보겠습니다. 지금 저에게는 그 일을 해 보겠다는 의지는 충분한데 문제는 글 쓰는 재능입니다. 이것은 남의 평가를 받아 보지 않고 제가 일방적으로 결정할 수도 없는 일이라고 봅니다."

"내가 보기에는 재능도 중요하지만 그보다 더 중요한 것은 한결같은 노력입니다. 에디슨 같은 희대의 발명가도 성공의 요건은 1프로의 영감과 99프로의 노력의 산물이라고 말했습니다. 과연 고종식 씨 자신이 그 일을 위하여 끝까지 지극정성을 다할 수 있는가가 성공의 관건이 될 것입니다. 지성이면 감천이라는 말 그대로 입니다."

단전호흡이 안 됩니다

오십대 중반의 가정주부인 오인혜 씨가 말했다.

"선생님, 저는 어떻게 하든지 선도수련을 좀 해 보려고 일주일에 한 번씩 삼공재에 나와서 벌써 6개월째 수련을 하고 있는데도 기를 통 느낄 수도 없고 단전호흡이 안 됩니다. 왜 그럴까요?"

"단전호흡이 왜 안 된다고 생각하십니까?"

"저도 모르겠습니다. 왜 안 되는지. 남들은 단전호흡을 하면 단전이 따뜻하게 달아오르고 기분이 황홀해지고 모든 지병들이 자연치유된다고 하는데, 저는 아무리 단전호흡을 해도 단전이 달아오르기는커녕 언제나 변함없이 늘 싸늘하기만 합니다. 아무래도 저는 단전호흡은 안 되는 체질인 것 같습니다."

"단전호흡이 안 되는 체질 같은 것은 없습니다."

"그럼 왜 저는 단전호흡이 안 될까요? 아무리 하고 싶어도 안 되니까 저는 아무래도 단전호흡은 안 되는 것 같습니다."

"무엇이든지 된다고 생각하면 시간은 좀 걸리겠지만 언젠가는 반드시 되게 되어 있습니다. 왜냐하면 인간은 누구나 무한한 가능성을 갖고 이 세상에 태어났기 때문입니다. 그런데 이 엄연한 진실을 망각하고 나는 아무리 해도 안 된다고 스스로 자기 자신을 제한해 버리고 나면 그때부터는 아무리 해도 안 됩니다.

그 무한한 가능성의 문을 스스로 안으로 닫아걸었으니 무슨 일이 되겠습니까? 한낮에 햇볕은 지상의 모든 사람에게 무한히 비추어 주건만 어떤 사람은 동굴 속에 처박혀 외부로 통하는 문을 모조리 다 닫아걸었다면 제아무리 밖에는 햇볕이 무한히 내려비친다고 해도 그 동굴 안에는 단 한줄기의 빛도 들어올 수 없습니다."

"그럼 선생님, 저보고 어떻게 하라는 말씀입니까?"

"모든 가능성의 문을 활짝 열어 놓아야 합니다. 그리고 나는 단전호흡을 할 수 있다고 확신을 가져야 합니다. 이제부터 단전호흡에 대한 부정적인 생각은 일체 버려야 합니다. 다시 말해서 단전호흡이 안 된다는 생각이나 관념은 일체 바깥에 내다 버려야 합니다."

"그랬는데도 안 됩니다."

"그것은 겉으로만 그렇게 생각했을 뿐 속마음 즉 잠재의식 속에는 아직도 그동안의 경험에 비추어 '나는 아무래도 단전호흡이 안 된다'는 고정관념이 자리를 틀고 앉아 있기 때문입니다. 안 된다는 부정적인 생각은 모조리 내다 버리고 내가 마음먹은 모든 일은 반드시 성취될 수 있다는 자신감을 가져야 합니다.

안 된다고 생각하면 무슨 일이든지 되는 일이 없지만 무슨 일이든지 꼭 된다는 확신과 신념을 가지고 임하면 안 되는 일이 없습니다. 요컨대 된다고 생각하면 될 것이고 안 된다고 생각하면 안 됩니다. 겉마음뿐 아니고 속마음까지도 그렇게 해야 합니다. 그래서 꿈속에서라도 나는 반드시 마음먹은 것을 성취한다는 자신감을 가져야 합니다.

그런 마음의 자세를 가지고 열심히 그리고 진지하고 성심성의를 기울여 단전호흡을 한다면 반드시 다소간의 시간 차이는 있겠지만 누구나 성공하게 되어 있습니다. 시간이 좀 걸린다고 해도 절대로 나는 안 된다는 부정적이고 소극적인 생각은 일체 하지 말고 꼭 되고야 만다는 적극적이고 긍정적이고 희망적인 생각을 가져야 합니다.

이러한 긍정적인 생각이 그의 일상생활의 지극한 행동 지침이 되어버린 사람은 반드시 하늘을 감동시킬 수 있습니다. 그래서 지성(至誠)이면 감천(感天)이라는 격언이 아득한 먼 옛날, 단군조선 시대부터 우리에게는 소중한 금언(金言)이 되어 전해 내려오는 것입니다."
"선생님의 말씀이 하나하나 금쪽같이 귀중하다는 것은 알 것 같은데 그것이 저만은 빼놓고 지나가는 것 같아서 속상해 죽겠습니다."

"속상해 죽겠다는 말 역시 부정적인 생각에서 나온 것입니다. 그러한 일체의 부정적인 생각을 지금 이 자리에서부터 앞으로는 절대로 입에 올리지도 말아야 할 뿐만 아니라 머릿속에 단 한순간이라도 떠올리기조차 하지 말아야 합니다."

"그런데 선생님, 사람은 누구나 무한한 가능성을 갖고 이 세상에 태어났다고 아까 말씀하셨는데 그게 무슨 뜻입니까?"

"인간은 누구나 자기 존재의 궁극적인 실상을 참구해 들어가다가 보면 그것이 결국은 이 우주를 지배하는 무한하고 영원한 존재 즉 우주심(宇宙心)과 일치한다는 것을 깨닫게 되어 있습니다. 그래서 우리 인간은 우주 전체에 비하면 무한히 작은 존재이기도 하지만 그 무한히 작은 존재 속에는 우주심의 무한과 영원도 함께 들어 있다는 실상을 터득하게 되어 있습니다. 바로 이러한 깨달음에 근거한 말입니다.

그래서 사람은 누구나 자기 자신을 무한히 작고 왜소한 존재로 축소할 수도 있지만 그와는 반대로 무한히 크고 영원한 존재로 확대할 수도 있습니다. 그것은 우리가 마음을 어떻게 먹느냐에 달려 있습니다. 우리가 자신의 마음을 우주심과 일치시키면 무한과 영원을 내 것으로 소유할 수 있습니다. 그러나 그와는 반대로 우리 자신을 자꾸만 부정하고 학대하고 과소평가만 하다가 보면 무한히 왜소한 존재로 탈바꿈할 수밖에 없는 것입니다.

우리나라가 지난 60년대, 70년대, 80년대의 30년 동안에 다른 나라들이 최소한 1백 년에서 3백 년씩 걸린 공업화 과정을 불과 30년 동안에 성취하여 전 세계를 놀라게 한 것은 우리 국민들이 바로 무엇이든지 하면 된다는 정신 즉 캔 두 스피리트(Can-Do Spirit) 정신에 투철했기 때문이었습니다."

"그런데 선생님, 아무리 할 수 있다는 생각을 가지고 해도 안 되는 것은 무엇 때문입니까?"

"그것은 아직도 오인혜 씨의 속마음은 부정적인 생각에서 완전히 벗어나지 못했기 때문입니다. 그 부정적이고 소극적이고 절망적인 관념과 생각에서 깡그리 벗어날 때 비로소 속속들이 긍정적이고 적극적이고 희망적인 자세를 취할 수 있게 될 것입니다. 그때가 되면 단전호흡을 아무리 해도 안 된다는 말은 오인혜 씨의 입에서 다시는 나오지 않게 될 것이고 선도수련도 일취월장하게 될 것입니다."

누가 나의 진정한 스승인가

우창석 씨가 말했다.

"우리 수행자들은 일상생활에서 진정한 스승을 어디서 구할 수 있을까요?"

"스승은 먼데서 구하려고 하지 말고 가장 가까운 데서 구해야 합니다."

"가까운 데서라뇨? 가까운 데 어디서 그런 스승을 구할 수 있단 말씀입니까?"

"어디서 어느 때를 막론하고 내 잘못을 자기 눈에 뜨이는 대로 기탄없이 지적해 주는 사람이 있다면 그가 바로 진정한 내 스승입니다. 그러나 사람들은 대부분 그런 스승들의 말을 주제넘다고 보고 귀담아 들으려고 하지 않습니다. 심한 경우 그들에게 폭력을 행사하는 경우도 있습니다.

나는 집 주변에 있는 둘레가 2킬로미터쯤 되는 공원 주위를 새벽마다 한 바퀴씩 걸어서 돌곤 합니다. 그런데 최근에 가끔 스친 일은 있지만 인사를 나눈 일도 없는 어떤 중늙은이 한 사람이 걸어가는 나를 뒤따라오더니 '허리를 좀더 쭉 펴시고 팔을 힘차게 앞뒤로 저으면서 걸으셔야죠' 했습니다.

그전 같으면 별 간섭을 다 한다면서 시답잖게 여겼을 터이지만 지금은 일부러 있을지도 모르는 상대의 반발을 무릅쓰고 그렇게까지 말해주는 그가 고맙기 그지없었습니다. 그의 말은 옳았습니다. 나는 등과 허리가 활처럼 굽었다는 것을 젊은 시절부터 알고 있었지만 노력을 해도 쉽사리 고쳐지지 않았습니다.

'나도 젊을 때부터 그걸 잘 알고 있는데 이제 노년에 접어드니 고치기가 더 어렵네요' 하고 내 고충을 말하자 그는 '아니 그렇게 체념하실 일이 일이 아닙니다. 우리 이웃에 85세 노인이 한 분 사시는데 그분도 선생님처럼 등과 허리가 굽었었는데요.

얼마 전부터 단전호흡을 열심히 하시면서 허리와 등을 쭉 펴고, 팔을 앞뒤로 힘차게 저으시면서 걷는 연습을 꾸준히 몇 달 동안 하시더니 요즘은 거의 정상으로 펴지셨습니다. 그걸 보니 나이가 문제가 아니라 노력이 문제인 것 같습니다. 그러니까 선생님도 조금도 늦다고 실망 마시고 지금부터라도 열심히 고치시면 꼭 그렇게 될 것입니다.'

나는 이 말을 듣고 귀가 번쩍 뜨이는 것 같았습니다. 그가 나에게 거짓말을 할 리가 없었기 때문입니다. 나는 단전호흡을 체계적으로 해 온 지 어느덧 23년이 되었고 더구나 그에 대한 책도 쓰고 제자들을 가르치고 있건만 아직도 등과 허리 굽은 것 하나 제대로 해결하지 못했단 말인가 하는 자책이 일었습니다.

그때부터 나는 3년 전부터 해 오는 몸살림 체조 중 방석 숙제를 더욱 열심히 하면서 등 펴기와 허리 펴기에 정성을 쏟은 결과 요즘은 큰 거울이나 유리문에 내 몸을 비추어 보아도 그전보다는 등과 허리가 한결 펴진 것 같았습니다.

아니나 다를까 나에게 충고를 해 준 그 중늙은이가 최근에 내가 걷는 모습을 보고는 '그전보다 아주 많이 좋아지셨습니다. 이젠 아주 몰라보게 좋아지셨습니다. 거의 정상에 가까운데요' 하고 칭찬을 아끼지 않았습니다. 이렇게 나는 전연 뜻하지 않은 곳에서 스승을 만날 수 있었습니다."

"제가 만약 선생님과 같은 경우를 당했다면 웬 주제넘는 간섭이냐고
반발심부터 일어났을 것 같은데요. 그런데도 선생님은 잘 참으시고 그의
충고를 흔쾌히 받아들이셨습니다."

"그렇게 칭찬해 주시니 고맙습니다. 그런 걸 생각하면 스승은 우리 주
변에 항상 널려 있는데도 우리가 그것을 제대로 수용하지 못하고 있는
것이 사실입니다. 어렸을 때는 누구나 자기 잘못을 지겨울 정도로 지적
해 주는 사람들이 있습니다. 나에게 가장 관심이 많은 분은 부모님이었
고 형제자매들이었고, 초중고등학교 담임선생님들이었습니다. 이들은
나에게 칭찬보다는 잘못을 더 많이 지적해 주신 분들입니다.

그러나 우리는 그분들의 지적을 온전히 수용하고 시정하지 못했습니
다. 그런 채로 성인이 되어 직장을 갖고 결혼을 하여 아내를 맞게 되었
습니다. 그때부터는 아내야말로 나의 결점을 가장 잘 알고 또 예리하게
지적해 주는 사람이 되었습니다. 그러나 우리는 그 지적을 대체로 그냥
흘려버리곤 합니다."

"그러니까 스승이 우리 주변에 없는 것이 아니라 스승의 지적을 제대
로 수용을 못 한다는 말이 옳은 것입니다."

"옳은 지적입니다. 그분들의 지적만 제대로 수용하고 소화하여 잘못을
제때에 고칠 수 있었다면 우리는 이미 성인이나 도인이 되어 있었을 것
입니다."

"과연 선생님 말씀이 옳습니다. 부모님과 아내가 저를 보고 항상 담배
피우지 말라, 술 마시지 말라, 도박하지 말라, 이웃에게 함부로 화내지
말라, 사소한 일로 언성을 높이지 말라, 식탐하지 말라, 과식하지 말라
등등 일상생활에서 일어날 수 있는 온갖 잘못된 버릇을 지적해 주는 것

212

을 정신 차리고 하나하나 착실하게 고쳐 나갈 수만 있다면 훌륭한 인격
자가 되는 것도 어렵지 않을 것 같습니다."

"그렇고말고요. 그렇게 하여 말과 행동이 순화되면 몸과 마음도 건강
해질 것입니다."

조국의 장래

2009년 10월 2일 금요일, 17~23℃ 구름

오후 3시 반경, 삼공재에서 수련을 하던 우창석 씨가 말했다.

"선생님께서는 요즘도 선정(禪定)에 드시면 화면이 떠오른다든가 하늘의 메시지가 전달되어 온다든가 하는 경우가 있습니까?"

"있습니다."

"주로 무엇에 관한 일입니까?"

"구도자가 해야 할 일은 당연히 상구보리하고 하화중생하는 일입니다. 그런데 요즘 나는 금강산에서 있은, 이산가족들이 60년 만에 한 번 만나고는 기약 없이 헤어져야 하는, 지구상에서 우리 민족만이 겪는 이 기막힌 상황 때문인지 모르지만 입정(入定)만 되면 유독 조국의 장래에 대한 문제가 화면으로 뜨거나 텔레파시로 전달되어 오곤 합니다.

그것도 그럴 것이 지금 남한에 사는 북한 거주 이산가족 상봉 대기자는 8만 6천 명인데, 지금처럼 몇 해에 한 번씩 찔끔찔끔 금강산에서 북한이 무슨 큰 시혜나 베푸는 듯한 이벤트성 상봉 행사로는 신청된 그들이 다 만나려면 앞으로 5백 년도 더 걸릴 것이라고 합니다. 그렇게 되면 지금 남한의 상봉 대기자들이 다 죽어서 백골이 진토 되어 넋이라도 있고 없고 지수화풍(地水火風)으로 다 되돌아가는 장구한 세월이 흘러도 북한의 가족을 다 만날 수 없게 될 것입니다.

이들 이산가족들에게는 그야말로 억장이 무너지는 조국의 분단 상태

때문인지 나도 모르게 자꾸만 조국의 장래 문제에 관심을 갖게 됩니다. 지금처럼 남북이 꽉 막힌 숨막힐 것 같은 상태가 앞으로 얼마나 더 계속될 것인가 하고 말입니다. 그래서 그런지 남북 관계의 가까운 장래에 관한 화면이 보이거나 텔레파시가 자주 들려옵니다. 구도자가 너무 세속정치 문제에 관심을 기울이는 것은 아닌지 모르겠습니다."

"남북한의 통일 문제 같은 것은 넓게 보면 그것 역시 일종의 하화중생(下化衆生)과 관련이 있는 것이 아닐까요?"

"그렇다고 해도 세속사임에는 틀림없습니다. 북한에는 진정한 신앙인과 구도자가 없다는 것을 감안하면 남북통일이 되어 신앙과 구도의 자유가 보장된다면 이 역시 일종의 하화중생이 될 수는 있을 것입니다."

"그렇다면 선생님께서 입정(入定) 중에 보시거나 들으신 것을 중심으로 조국의 장래에 대하여 말씀해 주시는 것이 어떻겠습니까?"

"정 그걸 원한다면 그렇게 못 할 것도 없습니다. 내가 말하는 예언이란 어차피 하늘이 정한 미래의 청사진을 수련 중에 잠시 엿본 것에 지나지 않으니까, 건물로 치면 설계도면 초본과 같은 것에 지나지 않습니다.

설계도면은 아무리 정교하게 그려졌다고 해도 실제로 공사를 하다가 보면 의외의 난제에 부닥쳐서 수정이 불가피해지게 되어 있습니다. 예언역시 마찬가지입니다. 대체적인 큰 줄거리를 빼고는 백 프로 다 맞는다고는 말할 수 없습니다."

"그래도 좋습니다. 저는 선생님께서 입정 중에 보시고 들으신 얘기를 듣고 싶습니다."

"이젠 무슨 뜻인지 알겠습니다. 국내외의 관계자들의 초미의 관심사는 역시 북한이 앞으로 어떻게 변할까 하는 것입니다. 이산가족 문제만을 하나 실례로 들어도 지금 지구상에서 남북한에 갈라져 살면서도 북한의 전례 없는 철두철미한 정보 차단과 봉쇄 정책 때문에 60년이 넘도록 부모 형제자매가 서로 마음대로 만나지도 못하는 분단국은 한국밖에 없습니다."

"대만과 중국 본토 역시 분단국이 아닌가요?"

"그들은 정치적으로만 분단되어 있을 뿐 통신, 항해, 항공의 삼통(三通)이 서로 개방되어 이산가족 같은 것은 이미 존재하지 않습니다. 그들의 이산가족은 서로가 원하는 장소에서 어느 때든지 만날 수 있고 기업인, 공무원들 역시 마음대로 왕래할 수 있습니다. 오직 지구상에서 남북한만이 그것이 불가능합니다."

"도대체 그 이유가 무엇입니까?"

"북한을 사실상 60년 이상 지배하여 온 것은 김일성, 김정일 수령 세습 독재 군국주의 체제 때문입니다. 북한 통치자들은 남북의 이산가족이 서로 마음대로 남북을 오가게 되면 지난 60년 동안 북한만이 지상천국(地上天國)이라고 세뇌시켜 온 북한 주민들이 남한과 북한의 실상을 알고 자기네가 속아 왔다는 것을 깨달으면 폭동을 일으킬까 우려하고 있습니다. 바로 이 때문에 처음에는 서울과 평양에서 교대로 진행되었던 남북 이산가족 상봉 행사를 북한의 고집으로 북한 땅인 금강산만으로 제한해 버린 것입니다."

"그렇다면 선생님, 어떻게 해야 이 꽉 막힌 남북 경색과 북핵 문제가 해결될 수 있을까요?"

"지난 60년 동안 대화로 해결하려던 온갖 시도는 모조리 다 물거품으로 돌아간 지금 결론은 북한의 군국주의 수령 독재 체제가 교체되거나 무너지는 길밖에는 다른 길이 없습니다. 그런 뒤에 우리가 바라는 최소한의 소망은 북한도 중국이나 베트남처럼 공산당 집단지도 체제가 되어 개혁 개방으로 나아가는 것입니다. 그렇게만 되면 대만과 중국 본토에서처럼 이산가족과 기업인과 공무원들이 마음대로 왕래할 수 있는 사실상의 자유왕래가 남북 사이에도 실현될 수 있을 것입니다.

그동안 북한 내부에서도 세습적인 수령 독재를 타도하기 위한 시도가 여러 번 있었지만 번번이 실패했습니다. 이 일에 참여했거나 동조했던 사람들은 지금 청진, 화성, 회령, 개천, 북창, 요덕의 6개 정치범 수용소에 15만 4천명이 수용되어 있습니다.

이중 요덕을 뺀 5개 수용소에는 일단 들어가면 살아서는 나오지 못하게 되어 있습니다. 일단 한 번 들어가면 하루 14시간의 중노동을 강요당하면서도 의류는 외부에서 공급되는 일이 없고, 먹는 것은 어린이 식량의 반도 안 되는 하루 4백 그람밖에 안 되어 대부분 영양실조로 굶어 죽게 되어 있습니다. 이러한 체제는 벌써 지구상에서 사라졌어야 합니다. 그 일을 사람이 못 한 이상 이제는 하늘이 대행할 때가 된 것입니다."

"그게 무슨 뜻입니까?"

"김정일 국방위원장이 2009년 10월 18일에 사망한다는 하늘의 계시입니다. 그런데 선계에서는 아직도 음력을 쓰고 있으므로 음력으로 10월 18일은 양력으로는 12월 4일이므로 다소 늦어질 수도 있습니다. 구체적인 사망일은 상황에 따라 다소 유동성이 있지만 멀지 않은 장래에 김정일이 사망하는 것만은 틀림이 없습니다.

북한에 공산당 집단지도 체제 등장

그의 사망과 함께 1945년 남북 분단으로 시작된 남북 경색은 차츰차츰 풀리게 될 것입니다. 그의 사망일을 기점으로 북한 내부의 정치 기류는 급격하게 변하게 될 것입니다. 1994년 김일성 사망 때와는 달리 김정일의 후계 구도가 확고하게 자리를 잡지 못한 지금 북한은 결국 김일성 가문 독재에서 중국이나 베트남과 같은 공산당 집단지도 체제로 갈 수밖에 없게 될 것이고, 북핵 문제도 결국은 유엔 결의 1874호를 받아들이게 됨으로써 해결될 것입니다.

이성을 찾은 북한 집단지도 체제는 북한 주민들과 더불어 이 세상에 살아남기 위해서라도 중국이나 베트남과 같은 개혁 개방과 실용주의 노선을 택하지 않을 수 없게 될 것입니다. 이때부터 한국은 중국에 못지않게 북한과도 상부상조하는 밀접한 경제 및 무역 관계를 맺지 않을 수 없게 될 것입니다.

입정 시에 내 영안에는 남한에서 차량과 선박이 대대적으로 북한으로 이동하는 것은 계속적으로 관찰되지만 1.4 후퇴 때처럼 북한 난민들이 대량으로 남하하는 것은 전연 보이지 않습니다."

"왜 그럴까요?"

"그 이유는 다음과 같습니다. 즉 한국의 자본과 기술이 대규모로 북한에 진출하여 제일차적으로 도로, 항만, 전기, 상하수도와 같은 사회 간접 자본 시설에 속도전이 붙게 될 것이고, 뒤이어 개성, 해주, 남포, 평양, 신의주, 원산, 함흥, 흥남, 단천, 성진(김책), 나남, 청진, 나진, 회령, 등지에 개성공단 같은 대규모 산업 시설이 들어서게 될 것입니다.

물론 동서독 통일의 부작용을 감안하여, 무조건 동서독 주민의 왕래를

자유화하고 동독의 화폐 가치를 서독 화폐와 동일하게 하는 등의 조치
는 취해지지 않게 될 것입니다. 어디까지나 지금의 남북 경계선이 엄격
히 유지되어 북한의 피난민들이 1·4후퇴 때처럼 남한으로 대량 유입하
여 혼란을 야기하는 일은 엄격히 통제될 것입니다.

북한 주민들은 남한의 자본과 기술로 만들어진 생산 시설에서 일하고
돈을 벌어 점차 안정을 되찾고, 생활수준을 향상시킬 수 있게 될 것입니
다. 적어도 2012년까지는 남한의 자본과 기술에 의한 사회 간접 시설과
생산 시설이 갖추어지게 될 것입니다. 이와 함께 국내외에서 경영이 어
려워져 다른 곳으로의 이전을 고려 중이던 기업들은 그들의 생산 시설
들을 비교적 임금이 싼 북한으로 옮겨갈 수 있게 될 것입니다.

남북한 사이에는 상호 합의하에 대대적인 군축이 실시되어 북한에서
는 적어도 백만 이상의 군인이 군복을 벗고 생산 시설에 투입될 것입니
다. 한국의 기술과 자본이 북한의 양질의 인력이 결합하여 북한에서는
남한의 한강의 기적과 유사한 경제 도약이 성취될 것입니다.

골드만삭스는 남북한이 통일되면 국민총생산이 독일과 일본을 능가하
게 되어, 세계 제2의 경제대국이 될 것이라고 예언했습니다. 이러한 상
황 변화로 2015년까지는 북한 주민의 일인당 국민총생산이 지금의 중국
의 3,267달러와 비등한 수준에 도달하게 되어 드디어 꿈에도 그러던 남
북통일이 기필코 눈앞에 다가오게 될 것입니다."

"혹시 그동안에 동북공정으로 북한을 집어삼키려던 중국의 야욕이 이
런 사태를 가만히 보고만 있게 할 수 있을까요?"

"그렇지 않아도 미국이 중국을 견제하여 중국군이 북한 땅에 진입 못
하게 하는 대신에 미군도 북한 땅에 발을 들여놓지 않게 하는 협상이 미

국과 중국 사이에 성립될 것입니다. 이리하여 남북은 자주적 합의에 의해 통일을 달성할 수 있게 될 것입니다.

그것은 신라, 백제, 고구려의 삼국통일이나 베트남이나 예맨의 통일과 같이 힘이 우세한 쪽에 의한 일방적이고 강압적인 통일도 아니고 동서독의 통일과 같은 서독에 의한 흡수 통일도 아닙니다. 따라서 힘에 의한 강압적 통일이나 흡수 통일에서 오는 양쪽 주민간의 원한과 불만 따위의 부작용에서도 자유로울 수 있게 될 것입니다."

"그렇게 하여 통일이 된 후에는 어떠한 사태가 벌어지게 될까요?"

"중국이 서남공정을 시작한 것은 티베트의 중국화를 위해서였고, 서북공정을 벌인 것은 위구르자치주의 주민과 이슬람 문화를 완전히 중국 것으로 바꾸어 버리자는 것이었습니다. 그리고 그들이 동북공정을 시작한 것은 만주 지방의 여진족, 거란족, 돌궐족, 몽골족, 조선족 원주민들을 깡그리 중국인으로 둔갑시켜 버림으로써 다시는 민족 분쟁이 발생하지 않게 하겠다는 지극히 제국주의적이고 국수주의적인 발상 때문이었습니다.

그동안 중국이 겉으로는 경제 도약을 성취한 것으로 세계에 널리 알려졌지만 내부로 자꾸만 곪아 들어간 한족과 이민족 사이의 죽고 죽이는 치열한 내부 싸움은 간헐적으로만 세상에 알려졌을 뿐이었습니다.

나는 1920년대에 만주 지방에서 측량기사로 일했다는 사람의 수기를 읽어 본 일이 있습니다. 그는 특별한 애국심이 있었던 것도 아닌 단지 먹고 살기 위해서 측량기사가 되었고, 우연히 상부 지시에 의해 만주 지방에서 측량기사 생활을 했을 뿐입니다.

그런데 측량 작업을 위해 만주의 방방곡곡을 누비고 다니다 보니 뜻밖의 사실을 알게 되었습니다. 그때만 해도 주민의 대부분을 차지하고 있던 만주의 원주민들은 중원의 한족과는 생판 다른 인종이라는 것을 알게 되었습니다.

조선족은 말할 것도 없고 원래 말갈족, 여진족으로 불렸고, 청나라를 세웠던 만주족은 말할 것도 없고 거란족, 돌궐족, 몽골족 등은 비록 그들의 말은 잊어버렸지만 자기네는 한족(漢族)과는 생판 다르다는 것을 일종의 긍지로 알고 족보를 고스란히 간직하고 있었다는 것입니다. 그들은 비록 자기네 고유어는 잊어버렸지만 그들의 기질은 한족의 그것과는 전연 다른 것이었다는 것입니다."

"어떤 민족이 자기네 고유어를 잊어버리면 일단 민족으로서의 생명력은 이미 끝난 것이 아닐까요?"

"아니, 결코 그렇지는 않습니다. 이스라엘 민족을 보십시오. 그들은 무려 2천 년 동안 세계 각국에 흩어져 살면서 그들이 고유 언어를 모조리 다 잊어버렸지만 지금은 독립 국가를 세우고 잊어버렸던 그들의 고대의 고유어를 각종 기록에서 되살려 쓰고 있지 않습니까?

만주족의 청나라 역시 1616년부터 1912까지 296년 동안 중국을 지배하고 통치하는 사이에 그들의 고유어와 문자까지도 깡그리 다 잊어버리고 지금은 정권을 되찾은 한족에게 쫓기어 만주족의 극히 일부가 만주 땅 오지에서 이를 갈면서 죽어 가는 그들의 언어와 문자를 되살리려고 안간힘을 쓰고 있습니다.

한족의 만주족 탄압 정책으로 한때 출신을 감추어 1980년 인구조사 때는 2백만으로 줄어들었던 만주족은 그 후 탄압이 완화되면서 2000년에는 1068만 명으로 늘어나 중국 안에서는 한족 다음으로 수효가 많은 민족이 되었습니다. 이들의 끈질긴 만주족 부활 운동이 지속되는 한 그들은 언젠가는 다시 크게 되살아날 때가 있을 것입니다.

만주에는 만주족만 있는 것은 아닙니다. 거란족, 돌궐족, 몽골족들이 은연중에 재기를 노리고 있습니다. 이들은 원래 단군조선 때는 배달족의 일원이었고 고구려 때는 고구려 주민이었습니다. 그래서 그들의 민족적 기질도 우리와 흡사합니다.

중원은 원래 한족만의 땅이 아닙니다. 중원 땅을 가장 먼저 그리고 가장 오랫동안 경영했던 민족은 배달족이었습니다. 배달국과 단군조선 시대 3660년 동안 중원은 배달족의 지배를 받았습니다. 단군조선이 망한 후에 중원은 한족의 한(漢), 수(隋), 당(唐), 송(宋), 명(明)과 거란족의 요(遼), 몽골족의 원(元), 만주족의 청(淸)의 지배하에 있었습니다. 그러다가 지금은 한족이 다시 국권을 찾았습니다.

이처럼 중국은 힘이 강해진 민족에 의해 대대로 지배당해 왔습니다. 지금은 한족의 공산당이 집권하고 있지만 언제 또 다른 민족이 들고 일어날지 모릅니다. 이처럼 한 왕조가 흥망성쇠를 거듭할 때마다 국가의 기틀이 바뀌고 수많은 인명이 살상되어 왔습니다. 청나라 초기에는 약 1억의 반청(反淸) 한족이 학살당했습니다. 이런 의미에서 중국은 가장 원시적인 국가의 형태로 지난 2천여 년 동안 유지하여 왔습니다.

이처럼 한 왕조가 바뀔 때마다 그 북새통 속에 엄청난 인명 피해를 피하기 위해서라도 앞으로는 중국도 민주화되어 미합중국이나 유럽연합과 같은 연방국가 형태로 바뀌어야 할 것입니다. 그래야만이 중국 역내 민족 사이의 갈등과 불화가 근본적으로 해소될 수 있을 것입니다. 그렇지 않고는 제아무리 중국 공산당처럼 오족협화(五族協和)를 부르짖어 보았자 말장 다 허사로 끝나고 말 것입니다.

어쨌든 우리나라가 꿈에도 그리던 민족 통일이 달성되는 2015년경에 중국에는 티베트와 위구르자치구에 뒤이어 만주에서도 동북공정을 고집 하던 한족 국수주의자와 만주 독립을 갈구하던 원주민 세력 사이에서 일대 분란이 벌어지게 될 것입니다.

그와 함께 중국 내부에서의 빈부 격차로 인한 내분과 지식인들의 민주화 요구 등으로 극심한 내란에 시달리게 될 것입니다. 어쨌든 만주는 이러한 내외 여건의 변화에 편승하여 중국으로서는 더이상 경영할 수 없는 위기에 빠지게 됩니다. 결국 만주는 중국과 한국의 협상과 거래와 대타협에 의해 우리나라가 경영하게 됩니다. 그와 함께 러시아에서도 큰 내란과 재정적인 위기가 겹쳐 동부 시베리아에서 철수하지 않을 수 없는 상황에 처하게 됩니다.

중국이 여섯 개 나라로 나뉜다

그렇지 않아도 최근에 일월 대사는 중국이 곧 여섯 개의 나라로 분할 될 것이고 이 일은 후진타오 주석이 맡게 될 것이라고 예언했습니다.”

“만약에 그렇게 된다면 그 여섯 개 나라는 어떤 나라들이 될까요?”

“달라이 라마의 티베트, 신장의 위구르, 만주가 가장 먼저 떨어져 나 갈 것입니다. 그렇게 되면 당연히 만주는 단군조선 시대나 고구려 때처 럼 우리와 합쳐지게 될 것입니다. 내몽고는 원래대로 몽골에 합쳐지게 될 것입니다. 그렇게 되면 명(明)나라 때의 중원만 남게 되어 한족만이 그 안에서 살게 될 것입니다. 이 중원은 삼국지 시대와 같이 위(魏), 촉 (蜀), 오(吳)와 같이 세 나라로 나뉘게 될 공산이 큽니다.”

"그럼 미국은 어떻게 될까요?"

"미국 역시 엄청나게 불어난 국채 때문에 국가 부도 사태에 몰리게 됩니다. 그 채권의 대부분은 한국이 갖게 됩니다. 알래스카냐 국가 부도냐의 양자택일의 기로에서 고민하던 미국이 드디어 이 동토의 땅을 한국에 팔게 됩니다.

이때가 2027년경이 될 것입니다. 드디어 네팔, 아프가니스탄, 몽골을 위시하여 중앙아시아 여러 나라들과 만주와 동시베리아와 알래스카와 한반도가 포함된 초강대국 한국연방(韓國聯邦)을 위한 천지개벽과도 같은 대프로젝트는 종말을 고하게 될 것입니다."

"그럼 그때의 우리나라 국호는 어떻게 될까요?"

"일월 대사는 2027년이면 우리나라 국호가 지금의 대한민국(大韓民國)에서 대한조선(大韓朝鮮)으로 바뀌게 될 것이라고 말했습니다."

"민국(民國)이 조선(朝鮮)으로 대치된다는 말씀인가요?"

"그렇습니다."

"아무래도 중국도 그렇지만 초강대국 미국이 그렇게 속절없이 침몰한다는 것이 실감이 나지 않습니다."

"그럴 겁니다. 그래서 다음과 같은 유력한 설도 있습니다. 민주주의 합중국인 미국은 지금처럼 선거에 의해 집권층이 4년마다 선거에 의해 계속 교체될 것이므로 앞으로도 건재할 것이라는 겁니다. 그러한 미국은 과거 소련연방 내의 각 민족의 공화국들의 알력과 분란을 조장하여 소련을 해체시키는 데 성공한 것과 같이, 지금의 중국 세력의 팽창을 막기 위해서 중국 내의 55개 소수민족과 한족(漢族) 사이의 알력과 불평불만을 조장하여 분열을 꾀할 것입니다.

동시에 유엔과 미국과 유럽연합은 만주를 독립시켜 한국과 합치게 함
으로써 중국의 팽창을 가로막는 대항 세력으로 키우려 할 것입니다. 중
국 주변국 중에서 고구려는 수(隋)나라의 여러 차례의 침략을 막아내어
끝내 멸망을 가져왔고, 수를 뒤이은 당나라의 거듭되는 침략을 막아낸
연개소문과 양만춘은 결국은 장안까지 쳐들어가 당 태종으로부터 정식
항복을 받아내었습니다. 그 고구려의 후손의 나라인 한국은 지금도 건재
하고 있습니다.

더구나 많은 예언자들은 2050년이면 중국은 국민총생산이 미국을 능
가하여 국세가 미국을 누르게 될 것이라고 말합니다. 미국이 이것을 가
만히 보고만 있을 리가 없습니다. 미국은 6·25 때도 소련의 앞잡이였던
김일성의 남침으로 위기에 처한 한국을 도와 공산주의 세력의 남침을
저지한 경험이 있습니다.

지금으로부터 백 년 전에도 미국은 영국과 힘을 합하여 신흥 일본제
국을 도와 러시아의 남하를 저지케 하여, 노일 전쟁에서 일본이 승리하
게 했습니다. 다시 말해서 일본은 영국과 미국을 대리하여 제정 러시아
와 싸워서 이긴 것입니다.

영국과 미국이 일본을 이용한 것과 같이 일본 역시 미국을 이용하여
약소국 대한제국을 먹어 버렸습니다. 그렇게 된 이면 약속이 바로 1905
년의 가즈라·태프트 비밀조약입니다. 이 조약에 의해 미국은 필리핀을,
일본은 대한제국을 사이좋게 나누어 먹었습니다.

그러니 고종 황제와 한국의 독립 운동자들이 미국 대통령에게 제아무
리 일본의 불법 침략을 응징해 달라고 호소해 보았자 무슨 소용이 있었
겠습니까? 우남 이승만, 도산 안창호의 피맺힌 호소가 미국 정부에 의해

번번이 묵살된 것도 바로 이 비밀조약 때문이었습니다.

약소국 대한제국은 이처럼 강대국들의 이면 흥정에 의해 무참하게 희생될 수밖에 없었던 것입니다. 그런데 이제는 그때와는 달리 미국이 한국의 협조를 절실히 필요로 하게 되었습니다. 미국과 중국의 각축전에서 한국이 결정권을 행사할 수 있게 된 것입니다.

한국이 미국 편을 들어 주는 대신에 과거 일본에게 국권을 빼앗겼던 약소민족의 설움에서 벗어나 강대국의 지위를 확보할 수 있는 절호의 기회를 갖게 된 것입니다. 이처럼 미국은 과거의 경험들을 살려 한국을 중국 세력을 저지하는 데 교두보로 이용할 것입니다. 이처럼 한국은 지금 백 년 전 일본처럼 국운 상승의 절호의 기회를 포착한 것입니다."

"외국인의 눈에는 한국이 지금 어떻게 비칠까요?"

"오늘(2009년 10월 16일) 조선일보를 보니까 미국에서 한인 여성으로서 처음으로 미국 노동부 차관보를 8년간 지낸 전신애라는 분의 말이 실렸습니다. 외국인은 아니지만 우리보다는 비교적 객관적인 시각으로 그녀는 이렇게 말했습니다.

'미국 신문을 읽으면 미국만 보이는데, 한국 신문을 읽으니 세계가 보입니다... 국운 상승의 기운이 느껴지고 앞으로 10년을 상상하니 익사이팅(exciting, 피가 끓는)해서 잠이 안 옵니다. 누구든지 꿈의 높이만큼 올라서고, 무엇이든 열정의 크기만큼 얻을 수 있습니다.'

의미심장한 말이 아닐 수 없습니다. 그분은 순전히 한국의 분위기만으로 지금 이 땅에서 무엇이 이루어지고 있는가를 냄새 맡고 있는 것이 틀림없습니다."

"일월 대사는 다른 예언은 하지 않았습니까?"

"앞으로 미국의 달러화의 가치가 자꾸만 떨어지면 한국은행 발행 5만 원권이 지금의 미국의 백 달러 화폐와 같은 기축통화가 된다고 말했습니다."

"앞으로 우리나라의 경제가 그만큼 튼튼해진다는 뜻이군요."

"그렇습니다. 그는 또 한국어가 지금의 영어처럼 세계 공용어가 된다고 말했습니다. 그럼 이왕에 말 나온 김에 일월 대사의 스승이었던 탄허 스님의 우리나라의 미래에 대해 어떤 예언을 했는지 『충격대예언』이라는 책에서 인용해 보기로 하겠습니다.

'1995년 1월 3천 3백여 명이 넘는 사망·실종자를 낸 일본 고베의 대지진 일어났을 때 생전에 『주역』을 풀어 미래 세계를 예언하는 데 탁월한 능력을 보여 주었던, 작고한 탄허 스님(1913~1983)의 예지가 언론에 다시 화제가 된 바 있다.

탄허 스님은 생전에 불교뿐만 아니라 유교, 도교 등 동양사상 전반, 특히 그중에서도 가장 난해하다는 『화엄경』과 『주역』의 으뜸 권위자로 평가받은 당대의 학승이다.

1983년 자신의 임종 시간을 불과 10시간 차이로 예언하고 열반, 몸에서 13과의 사리가 나온 고승으로 6·25 전쟁과 울진, 삼척 공비 침투 사건을 사전에 예견하고 대비함으로써 자신의 예지 능력을 입증한 일은 널리 알려진 사실이다. 그는 베트남 전쟁 당시 미국이 이기지 못하고 물러날 것도 예언했다.

1980년 언론인 김중배(전 한겨레신문 사장) 씨는 "예지의 거창함이 지나쳐 허황으로 이어지는 느낌을 뿌리치기 어렵다. 그러나 자연과학 지식까지 동원한 그의 예지에는 분명히 설득력이 있다는 것 또한 부인할 수 없다"고 탄허 스님의 능력을 평가하는 글을 쓴 바 있다.

탄허 스님의 예지가 다시 화제가 된 배경은 이번 대지진이 그가 생전에 예언한 일본열도 침몰의 전조가 아닌가 하는 관측 때문이었다. 일본 열도 침몰에 대해 탄허 스님은 "일본은 손방(巽方)으로, 손(巽)은 주역에서 입야(入也)로 푼다. 들입(入)자는 일본 영토의 침몰을 의미한다"고 설명했다.

또 현재 지구는 지축 속의 불기운(火氣)이 북극을 녹이고 있는데, 북극의 얼음이 완전히 녹게 되면 일본은 영토의 3분의 2가량이 바다 속으로 침몰을 하게 된다는 것이 탄허 스님이 주역으로 본 일본 운명론의 골자이다. 북극의 얼음이 녹고 있다는 것은 원자력 잠수함이 북극 빙하의 얼음 밑을 통과할 수 있다는 사실이 증명한다고 부연한 바 있다.

그는『주역선해』,『부처님이 계시다면』이라는 책을 쓰기도 했으며 여기에는 미래에 대한 그의 예언이 담겨 있다. 탄허 스님은 "역학을 근거로 미래를 보는 눈은 훨씬 포괄적이며 나아가서 인류 사회의 미래를 우주적인 차원에서 볼 수 있다는 장점을 갖고 있다"고 말한다.

그는 지구 표면은 물이 4분의 3이고 육지는 4분의 1밖에 안 되는데, 앞으로 지구의 대변화를 거치고 나면 바다가 4분의 1이 되고 육지가 4분의 3이 된다고 밝힌다. 그는 이 같은 전 세계적인 지각 변동에 대해서 이렇게 말한다. "현재 지구의 지축은 23.5도 기울어져 있는데 이것은 지구가 아직도 미성숙 단계에 있음을 의미한다. 그러나 지구 속의 불기운이 북극으로 들어가서 빙하가 완전히 녹을 때 지구의 변화가 온다"고 말한다.

이는 마치 음양을 모르는, 즉 이성을 모르는 처녀가 이제 초경을 치르면서 규문(閨門)을 열고 성숙한 처녀로 변하는 것처럼 지구도 성숙해지는 것을 의미한다는 것이다. 즉, 초경이라는 피를 흘리는 것은 지구가 지각 변동과 함께 지축이 바로 정립되는 것을 의미하는데 이로써 결실의 신시대가 펼쳐진다는 것이다.

"이것이 바로 프랑스의 예언자(노스트라다무스)가 말한 세계 멸망기가 아닌가 합니다. 그러나 성경의 말세와 이 예언자의 말은 심판이니 멸망이니 하지만, 역학적인 원리로 볼 때는 심판이 아니라 성숙이며 멸망이 아니라 결실인 것입니다." (『주역선해』 제3권)

탄허 스님은 또 재미있는 설명을 한다. 지구를 여자의 몸으로 비유해 볼 때, 최근의 세계적인 풍조가 여자들이 부끄러움 없이 자신의 몸을 드러내고 다니는 것은 곧 지구가 적나라하게 자신의 변화를 드러낼 조짐을 단적으로 드러내는 것이라고 말한다.

그러나 처녀가 초조(初潮) 이후에는 인간적으로 성숙하여 극단적인 자기감정의 대립이 완화되듯이, 지구가 성숙해진 후천의 세계에는 극한과 극서의 혹독한 기후가 없어진다고 한다. 지구가 성숙한 처녀로 변화해 갈 때 우리나라와 이웃나라는 어떻게 될까? 아무래도 피를 흘리는 희생이 따르지 않을 수는 없을 것이다. 탄허는 김일부의 『정역(正易)』의 원리를 근거로 다음과 같이 예언하고 있다.

그때 우리나라는 동남 해안 쪽 1백 리 땅이 피해를 입게 되나 서부 해안 쪽으로 약 2배 이상의 땅이 융기해서 늘어날 것이다. 또 지금은 중국 영토로 되어 있는 만주와 산동 반도의 일부가 우리 영토로 속하게 될 것이다.

이런 파멸의 시기에도 우리나라는 가장 적은 피해를 입게 되는데, 이는 한반도가 지구의 주축 부분에 위치해 있기 때문이다. 김일부의 『정역』 이론에 따르면, 한국은 지구의 중심 부분에 있고 간태(艮兌)가 축으로 작용한다. 일제 시대의 유키사와 박사는 계룡산이 지구의 축이라고 밝힌 적이 있다.

역학으로 보면 중국은 진방(震方)이요 장남(長男)이다. 그래서 장남인 중국은 미국과는 사이가 오래가지 못한다. 이것은 미국이 태방(兌方)으로 소녀(少女)에 해당하는데, 노총각인 중국과 남녀로는 얼마간은 지속될지 모르나 곧 틀어지기 쉬운 이치이다. 소녀인 미국은 자신과 제일 궁합이 맞는 소남(小男)인 한국과 가까워질 수밖에 없는 것이다. 미국은 아내로서 남편인 한국을 내조하여 그 결과 남편의 성공을 드러내게 된다.

한편 중국과 소련 사이에 전쟁의 발생 가능성은 상당히 높다. 왜냐하면 소련은 감방(坎方)이고 중남(中男)인데 장남인 중국과 같은 양이기 때문에 서로 조화될 수 없고 대립되기 때문이다.

미래의 역사에 관한 한 일본은 가장 불행한 나라다. 영토의 3분의 2 가량이 바다로 침몰될 것이기 때문이다. 일본은 문화를 전파시켜 준 한국에 대해서만도 지난 5백 년 동안 무려 49차례에 걸친 침략 행위를 일삼아 왔다.

이처럼 일본의 선조들이 저지른 죄악에 대해서 미래의 업보가 작용하기 때문이다. 이것이 바로 동양 사상의 근본 원리인 인과응보요 우주의 법칙인 것이다. 또 일본은 독립을 유지하기에는 너무 작은 영토밖에 남지 않기 때문에 한국의 영향권 안으로 들어오게 된다. (『충격대예언』 209-213쪽)'

일월 대사는 바로 탄허 스님이 하던 일을 계승한 후계자이니 조국의 미래에 대한 그의 예언의 무게를 인정하지 않을 수 없을 것입니다."

"그렇게 하여 초강대국이 되었다고 해서 우리 같은 민초들에게는 무슨 이익이 있을까요?"

"다시는 강대국의 침략을 당하든가 그들에게 강점되어 수탈을 당하는 망국의 서러움을 겪지 않게 될 것이고, 일본을 위해 수많은 한국의 젊은 이들이 전쟁터에 끌려 나가 총알받이로 희생되는 일이 없을 것입니다.

또한 나라를 되찾으려는 독립투사들이 일제의 총칼에 희생당하는 일이 없어질 것이고, 20만의 꽃다운 한국 처녀들이 일본군을 위한 종군 위안부로 징집당하여 무참하게 살해당하고도 지금껏 일본 정부로부터 사과도 보상도 못 받는 어처구니없는 일은 없어지게 될 것입니다.

또한 우리도 모르게 강대국들의 흥정에 의해 국토가 분단되어 민족상잔의 비극이 벌어지고 부모 형제자매들이 60년 이상이나 휴전선을 사이에 두고 서로 떨어져 살아야 하는 비운도 다시는 겪지 않게 될 것입니다."

"그것뿐입니까?"

"우리가 초강대국이 되면 망국의 서러움을 맛본 나라답게 세계의 많은 약소국들에게 강대국이 될 수 있는 비결을 가르쳐 줄 것입니다. 그리하여 다시는 국제사회에서 약육강식의 야만 행위가 되풀이되지 않게 할 것입니다.

이러한 지도력으로 다시는 정의 대신에 폭력이 판치는 일이 없는, 평화롭게 상부상조하는 지구촌이 되도록 새 판을 짤 것입니다. 그리하여 지구상에서 국가 이기주의와 폭력과 불의가 영원히 발붙이지 못하게 우리의 인성(人性)을 개조하는 작업을 시작할 것입니다."

"단군이나 석가나 예수와 같은 성현들이 꿈꾸었던 구도자의 사회가 실현되겠군요."

"그렇습니다. 이기심을 떠난 구도자들과 수행자들만이 불의가 지배하던 지구촌을 진리가 영원히 꽃피는 이상향으로 만들 수 있을 것입니다."

※ (역자 주 : 다른 메일의 회신에서 가져옴)

예언을 하는 사람이 그 예언을 듣는 사람들을 보고 내 예언을 무조건 따르라는 식으로는 말하지 않습니다. 구도자가 하는 예언은 하늘이 정한 미래 세계에 대한 청사진을 입정(入定) 중에 잠시 엿본 것에 지나지 않기 때문입니다.

이 청사진은 건물의 설계도면과도 같아서 실제로 건물을 지을 때 생기는 뜻밖의 난관으로 얼마든지 바뀔 수도 있습니다. 그럼 왜 구도자들은 예언을 하는가 하면 세상이 바뀔 때를 위해 사람들로 하여금 마음의 준비를 하게 하기 위해서입니다.

탄허 스님은 선정(禪定) 중에 북한군이 남침하는 장면을 보고 전쟁이 일어날 것을 육이오 일 년 전에 이미 예언한 일이 있습니다. 우리나라가 초강대국이 된다는 것 역시 탄허 스님, 일월 대사와 내가 수련 중에 뜬 화면을 보고 하는 일종의 예언으로서 나와 같은 수련을 하는 도우와 후배를 믿고 하는 말이니 여기에 무슨 절차 따위를 개입시키지 말았으면 좋겠습니다.

예언이란 어차피 그 적중률이 반반이니까요. 믿건 말건 그것은 각자의 선택에 달려 있습니다. 『선도체험기』 95권에 내보낸 예언은 한국의 미래를 늘 궁금해 하는, 24년 전에 출판된 필자의 미래소설 『다물』의 독자를 겨냥한 것입니다.

　하루하루 살아가기도 빠듯하고 힘겨워 죽을 지경인데, 개뿔같이 한국의 미래 따위가 나와 무슨 상관이냐 하는 사람에게는 부질없는 허튼소리에 지나지 않을 것입니다. 그러나 북에 있는 가족을 상봉하려고 당국에 등록한 상봉 대기자 8만 6천 명에게는 한국의 장래야말로 초미의 관심사가 아닐 수 없습니다.

　왜냐하면 이들 상봉 대기자들이 지금과 같이 북한이 금강산에서 찔끔찔끔 무슨 큰 시혜나 베푸는 식의 이벤트 행사로 북한에 사는 가족을 2, 3년에 백 명씩, 모두 다 만나게 하려면 앞으로 5백 년은 족히 걸려야 할 것이기 때문입니다. 이들에게는 통일 문제 이상으로 화급한 것은 이 세상에 다시없을 것입니다.

　나의 예언이 이분들에게도 다소나마 위안이 되기를 바랍니다. 그리고 나의 예언은 조국의 미래에 관심 있는 사람들에게 마음의 준비를 하기 위해서입니다. 기회란 무조건 기다리기만 하는 사람에게 오는 것이 아니고 착실하게 준비하는 사람에게 오는 것이기 때문입니다.

신종 플루 예방접종 꼭 해야 하나?

우창석 씨가 말했다.

"선생님, 요즘은 계절 독감이나 신종 플루 예방접종을 한다고 야단법 석들입니다. 더구나 지병으로 심신이 허약한 노인들 중에는 접종 주사를 맞고 사망하는 사례도 늘어나고 있습니다. 보건 당국에서는 사망 원인은 접종 때문이 아니고 지병 때문이라고 하지만 아무래도 예방 주사 맞기 가 꺼림칙한 것은 사실입니다. 이런 때 우리 구도자들은 어떤 태도를 취 하는 것이 좋겠습니까?"

"우창석 씨는 이미 대주천 수련을 하고 있지 않습니까?"

"그럼요."

"정상적인 대주천 수련이 되어 운기조식(運氣調息)이 되고 수승화강 (水昇火降)이 확실하다면 왜 그렇게 약한 소리를 하십니까?"

"그래도 신종 플루 접종 때문에 주위가 하도 뒤숭숭해서 그럽니다."

"지금도 단전은 항상 따뜻하고 머리는 시원한 수승화강이 제대로 가 동되고 있다면 신종 플루는 물론이고 어떠한 전염병도 겁낼 것이 없습 니다. 수승화강만 제대로 된다면 우리 몸에서 병원균이나 바이러스에 의 해 발생하는 어떠한 질병도 사전에 자연치유될 수 있습니다.

그렇다고 해서 몸을 함부로 차게 굴리거나 외출한 뒤에 손을 씻지 않 는다거나 함부로 과음을 하라는 뜻은 절대로 아닙니다. 아무리 수승화강 이 제대로 가동되고 있다고 해도 사람으로서 할 수 있는 온갖 예방 조치는 다한 후에 하늘의 뜻을 물어야 할 것입니다.

"그럼 예방주사는 맞지 않아도 된다는 말씀이시군요."

"그렇습니다."

"그럼 선생님, 이제 수련을 막 시작하여 기운을 느끼고 한창 운기조식이 되는 수련자는 어떨까요?"

"몸에 기운을 확실히 느끼고 단전이 따뜻하고 머리가 시원해지기 시작했다면 이미 선도인의 대열에 합류했다고 할 수 있습니다. 수련하지 않은 보통 사람과는 다른 생리 현상을 갖게 되었다면 예방주사 따위는 맞지 않아도 될 것입니다. 그러나 이때 중요한 것은 수련자 본인의 확신입니다. 확실한 자신감이 든다면 스스로 알아서 처신해야 할 것입니다."

"그럼 선생님, 수승화강만 제대로 되면 사고나 재난이 아닌 모든 질병에서는 벗어날 수 있을까요?"

"내 경험에 의하면 치과 질환 외에는 그렇다고 봅니다. 그러나 치아 마모나 충치 같은 것은 수승화강만으로는 자연치유가 안 됩니다."

"그럼 치과 질환만은 어쩔 수 없이 치과 병원을 찾아야 되겠군요."

"그렇습니다."

"그건 그렇고요. 제 부모님은 수련도 하시지 않으면서 주사라면 무조건 맞기를 싫어하시거든요. 이런 분들은 어떻게 처신하는 것이 좋겠습니까?"

"예방 주사 맞기를 병적으로 싫어하는 분들은 계절 독감이나 신종 플루에 걸리지 않도록 조심하는 것이 최선의 방법입니다."

"어떻게 하면 계절 독감이나 신종 플루에 걸리지 않을 수 있을까요?"

"독감을 포함하여 어떠한 감기에도 걸리지 않으려면 몸을 차게 굴리지 않는 것이 최선입니다. 체온을 항상 36.5도의 상온으로 유지할 수 있도록 하여 한기만 들지 않게 해도 감기에는 걸리지 않습니다. 그 밖에 마스크를 한다든가 양치질을 자주 하고 손을 자주 씻는다든가 하는 것은 그 다음에 할 일입니다."

"그리고 계절 독감이나 신종 플루에 걸렸는데도 특별한 사정상 병원을 찾을 수 없는 경우에는 어떻게 하는 것이 좋겠습니까?"

"감기에는 크게 세 종류가 있는데 신종 플루 역시 일종의 감기입니다. 먼저 가래가 끓고 목이 아프거나 부어서 편도선염이 되기도 하고 목이 쉬기도 하는 경우가 있습니다. 이것을 소양 감기 또는 궐음 감기라고 합니다.

이런 감기에는 시고 떫은 것으로 요구르트를 다섯 병 정도 두세 번에 나누어 마시고 이불을 덮어쓰고 두 시간 정도 땀을 푹 내고 나서 몸을 움직여 봅니다. 아주 상쾌해질 것입니다. 그러면 나은 겁니다.

두 번째로 땀이 나고 뼈가 쑤시는 감기입니다. 이것을 태음 감기 또는 소음 감기라고 합니다. 땀이 비 오듯 하고 드러누워서 앓습니다. 돌아다니면서 앓은 사람도 있습니다.

쓰고 짠 것을 먹어야 합니다. 커피를 석 잔, 소금을 티스푼으로 세 개 정도로 섞습니다. 농도가 짙으면 토하니까 물을 좀 많이 타서 뜨끈하게 해서 마시고 이불을 머리 위로 뒤집어쓰고 땀을 푹 냅니다. 그런 뒤에 느낌으로 감기가 물러갔다고 생각되면 조심스럽게 이불 밖으로 나와서 찬바람을 쐬지 않도록 조심해야 합니다.

세 번째로는 콧물과 기침이 나고 심하면 토하고 살이 아프기도 합니다. 양명 감기 또는 태음 감기라고 합니다. 신종 플루와 그 증상이 비슷하므로 양명 또는 태음 감기의 일종이라고 말할 수 있습니다.

맵고 단것을 먹어야 합니다. 생강차 다섯 잔에 흑설탕 세 숟갈 정도 팔팔 끓여서 마시고 이불 푹 쓰고 누어서 땀 푹 내면 잘 떨어집니다.

그렇다고 해도 선도수련을 착실히 하여 운기조식이 잘되어 단전은 늘 따뜻하고 머리는 항상 시원하지 않는 사람은 보건 당국에서 시키는 대로 예방접종을 제때에 맞고 감기에 걸리지 않도록 정해진 수칙을 철저히 지키도록 최선을 다하는 것은 첩경입니다."

"요컨대, 수련 열심히 하여 수승화강이 되지 않는다면 현대의학에라도 충실히 의존하는 수밖에는 없다는 말씀이시군요."

"그렇습니다."

"그 외에는 신종 플루를 벗어날 수 있는 길이 없을까요?"

"없다고 보아야죠."

"신종 플루 따위로 죽는다면 좀 억울하지 않을까요?"

"사람이 죽고 사는 것은 하늘의 뜻입니다. 그래서 인명(人命)은 재천(在天)이라는 말이 있지 않습니까? 그렇다고 해서 하늘만 쳐다보고 있을 수는 없는 일입니다. 사람으로서 할일은 유감없이 다해 보고 나서 하늘의 뜻을 물어야 할 것입니다."

"진인사대천명(盡人事待天命)이라는 말씀이시군요. 아무리 그렇다고 해도 신종 플루라는 독감 따위로 목숨을 잃는다는 것은 황당한 생각이 듭니다."

"정 그렇다면 다음 생에는 신종 플루 따위에 걸려 죽지 않도록 건강관리를 금생보다 철저히 하면 될 것입니다."

"그런 고통을 당하지 않고도 영원히 사는 길은 없는지 모르겠습니다."

"우리 인간은 누구나 다 영원히 살고 있습니다. 단지 그 사실을 모르고 있을 뿐이죠."

"그게 무슨 뜻입니까?"

"모든 존재는 이미 시공을 초월하여 생사에서 벗어나 있다는 얘기입니다. 단지 그 사실을 누구는 알고 있는데 누구는 모르고 있다는 차이만 있을 뿐입니다."

"그 차이는 무엇인가요?"

"그 차이를 깨달은 사람은 마음이 흔들리는 일 없이 부동심과 평상심을 유지하고 유유자적하지만, 깨닫지 못한 사람은 언제나 전전긍긍하고 불안하고 초조해하고 안달복달한다는 것입니다. 우리가 수련을 하는 목적은 그렇게 되지 않기 위해서입니다."

【이메일 문답】

맹모삼천지교(孟母三遷之敎)

삼공 선생님 전 상서

늘 가르쳐 주심에 깊은 감사를 드립니다. 그간 선생님과 사모님 두 분 모두 안녕히 계셨는지요? 모국 방문 때면 돌아오기 전 삼공재에 들러 인사를 드렸습니다만, 메일로는 오랜만에 드립니다.

지지난주 토요일 늘 다니는 산행 코스로 등산을 하게 되었고 자동차로 편도 2시간 정도의 거리에 있는 관계로 보통 새벽 5시에는 출발을 하였으나 그날은 그만 늦잠을 자는 바람에 이미 산에 오를 시간인 8시경에나 집을 나섰습니다.

왕복 5시간 정도인 코스인지라 서두르지 않고 천천히 오르는데도 유난히 발이 무거웠습니다. 코스의 8부 능선을 오르는데 갑자기 현묘지도 수련 때 명받은 '복천명자비욱'이 떠오르고, 본뜻은 "가르치거라, 그것이 복 짓는 일이고 자비를 베푸는 일이며 하늘의 뜻이니라"라는 영감이 왔습니다. 그리고 구름같이 무명중생들이 모여드는 것이었습니다.

하산을 하면서 지금까지 여러 가지로 해석을 해 보았건만, 지금의 것이 맞는 것 같고 깊은 영감으로 오는 것이었습니다. 그리고 나이는 벌써 중년에 들었으나 양기가 흐르는 탓에 새벽녘에는 잠에서 깨게 되는데, 며칠 전에는 하체가 시원해지면서 충만해 있던 정이 하얀 연기로 피어

오르고 단전에 모여들더니 결국에는 하얀 연기가 도가 높은 신명의 모습으로 왔습니다.

즉 연정화기가 이루어진 것이요, 밖으로 정을 소비하지 않고도 흔히 말하는 오르가즘과 같은 시원함을 가져다주는 것을 체험하게 되었습니다. 그리고 이 두 가지 체험을 정리하면 적어도 연기화신의 단계에는 와야 자유로이 가르침을 수행할 수 있는 것이 아닌가 하는 생각으로 정리가 되는 것입니다.

그 후 조깅을 하면서 여러 번 일련의 체험들을 정리합니다만, 3~4일전에는 '맹모삼천지교'가 뜨면서 결국은 배움의 장소와 가르침의 장소가 때에 따라 바뀐다는 것을 깨달았습니다. 즉 환경이 주체에 큰 영향을 준다는 맹모삼천지교와는 달리 뜻에 따라 장소 즉 환경이 필요하며 바뀌어 온다는 것을 깨달았습니다.

달리면서 그러한 지금 제가 일본에 있는 목적은 배움에 있으며, 최근 몇 년간에 있어 화두가 되어 온 주변인 즉 주위로부터 밀려오는 소외감과 무관심 속에서 평상심 찾기였다는 것을 알게 되었습니다. 지금은 이 공부도 막바지에 왔고 아마도 머지않아 모국에 새로운 일을 위한 환경이 주어지고 그 일이 이루어지도록 하기 위해서는 지금 주어진 일에 박차를 가해야 한다는 것으로 귀결되었습니다.

그럼 앞으로도 끊임없는 지도와 편달을 부탁드립니다. 안녕히 계십시오.

2009년 8월 21일
나요로에서 제자 도욱 올림

【필자의 회답】

연정화기가 성취된 것을 축하합니다. 어떤 매혹적인 이성 앞에서도 미동(微動)도 않고 무슨 일이든지 할 수 있는 능력을 갖게 될 것입니다. 다음 단계는 연기화신입니다.

9월 중순경에 나올 『선도체험기』 95권을 읽어 보시면 도육이 지금 수련 중에 경험하고 있는 것이 무엇을 의미하는 것인지 알게 될 것입니다. 내 예감으로는 앞으로 6년 안에 남북통일이 달성될 것이고 2027년 안에 우리나라는 세계를 이끌어갈 초강대국으로 등장할 것 같습니다. 백 년 전에 강증산이 예언한 지구적인 대천지공사가 실제로 실행될 것 같습니다.

그 공사에는 선도수련을 마친 인재들이 다수 기용될 것입니다. 때가 되면 도육도 그러한 대프로젝트의 일익을 담당하게 될지도 모르니 지금부터 단단히 마음 준비를 해 두는 것이 좋을 것입니다.

민족중흥의 역사적 사명

삼공 선생님 전 상서

늘 지도하여 주심에 깊은 감사를 드립니다. 보내 주신 메일은 감사히 받아 보았습니다. 단지 저뿐만 아니라 모든 개개인이 지향해야 할 방향이 어린 시절 초등학교에서 깊은 뜻도 모르고 매주 월요일 조회 시간이면 교정에서 줄줄이 외워 읊었던 국민교육헌장의 첫 구절 "우리는 민족

중흥의 역사적 사명을 띠고 이 땅에 태어났다"였다는 것을 이제야 깨닫게 되었습니다. 즉 각자 존재하는 모든 것들은 현재 주어진 일이 사명이요 양심을 기본으로 하는 윤리를 바탕으로 하여 각자 맡은 바 일에 최선을 다하는 것이라는 것을 말입니다.

지난번 삼공재에서는 도반들이 번잡하게 왕래하는 것 같아 고무적이라는 생각과 함께 한반도 상공에 드리워졌던 검은 구름들이 서서히 걷혀 평화로움으로 채워지는 느낌을 받았습니다. 늘 새로운 오늘이 다가오고 삼라만상 또한 변하고 발전하고 있건만, 대안 없는 반대만 일삼고 그리고 단지 개인의 영욕을 채우기 위해 애꿎은 무명중생들을 선동하고 이용하는 집단들이 망상에서 깨어나 이성적인 삶으로 돌아가기를 바라는 마음 또한 들었습니다.

그러나 비록 선량한 무명중생이라 한들 욕심 채우기에 있어서라면 그러한 선동 집단들과 다를 바 없는 도토리 키 재기에 불과하니, 서로 뒤섞이고 범벅이 되어 근시안적인 삶으로 아까운 시간 죽이기에 급급해하는 모습 또한 마음에 걸리기도 했습니다.

결국 흔히 말하는 돈과 권력과 명예를 추구하는 일이 각자의 사명인 양 사욕에 눈이 먼 중생들을 한 사람이라도 제 본모습으로 인도함이 저의 사명이요 궁극적인 제 삶의 목적이라는 것을 알게 되었고 그동안 갈피를 못 잡던 일련의 일들이 정리가 되어, 이제는 앞만 보고 가기만 하면 된다는 것으로 귀결되었습니다.

그리고 지난번 등산의 하산길에 구름같이 모여 드는 중생을 선도하기 위해서는 우선 충실히 내공을 쌓는 일이 당분간 해야 될 일이고, 정년까지는 앞으로 18여 년 남아 있으니 서두르지 말고 꾸준히 준비하는 기간이라는 것을 알게 되었습니다.

마지막으로 지난번 삼공재에서 언덕 위의 파란 집의 터가 기가 세다는 이야기가 오갔습니다만, 오늘 명상에 들어 보니 호랑이의 영가들에 의해 겹겹이 쌓여 있어 파란 집의 모습이 보이질 않는 느낌을 받았습니다. 아마도 그들의 영가가 천도되어야 평온함이 올 것 같으나 제 소관이 아니라는 생각이 들었습니다.

늘 변함없는 가르치심에 다시 한 번 깊은 감사를 드리며, 간단히 답장을 올립니다. 그럼 늘 건강하시고 안녕히 계십시오.

2009년 8월 23일
나요로에서 제자 도욱 올림

【필자의 회답】

오늘날 한국 야당 정치인들의 폐단은 민주주의의 핵심인 다수결의 원칙을 무시하고, 자기네 의도가 관철되지 않았다고 해서 국회 내외에서 절차와 합의만을 주장하다가 그것도 여의치 않자 폭력난동을 일삼고 있다는 것입니다.

자기네는 다수결의 원칙에 의해 지역구 선거에서 다수표를 얻어 국회의원에 당선되어 국회의원이 되었으면서도, 국회에서는 다수결의 원칙을 철저하게 무시하는 어처구니없는 폭거를 제멋대로 자행하고 있는 것입니다.

그런데도 이러한 난동들이 제때에 응징되고 처벌되지 않아 국회의원 폭력이 만성화되고 있습니다. 이 때문에 한국은 도매금으로 세계적인 조롱과 웃음거리가 되고 있는 것입니다. 정치인들이 스스로 알아서 해결해야 할 일이어서 구도자가 일일이 간섭할 일은 아니지만, 단지 유권자의 한 사람으로 우려하지 않을 수 없습니다. 부디 필요할 때 언제나 나설 수 있도록 평소에 내공과 내실을 다져 주시기 바랍니다.

구데기가 무서워도 장은 담궈야

삼공 선생님 전 상서

늘 이끌어 주심에 깊은 감사를 드립니다. 이전의 메일에서 개발도상 국일수록 돈과 명예와 권력이 삶의 목적인 경향이 있는 것 같다고 하였습니다만, 결국은 그러한 인센티브를 부여하지 않으면 우수한 인재가 모이지 않으니 한 사회를 꾸리기 위한 최선의 방법일 것으로 생각합니다.

그러니 흔히 말하는 "구더기가 무서워 장 못 담그냐"와 통하는 이야기 같습니다. 그러나 주어지는 돈과 권력을 사명을 완수하는 데 이용하는 인재가 많으면 많을수록 그 집단은 성숙되고 안정된 사회가 형성되는 것이 아닌가 하는 생각을 해 봅니다.

그리고 이러한 개념들은 늦어도 사회생활을 하기 전에 충분한 교육을 통하여 인식이 되어야 하고, 왜 그리고 무엇을 위해 살아야 하는지 정도는 각인을 시켜 밖으로 내보내야 한다는 것입니다.

아마도 저에게 하화중생의 기회가 부여된다면 이러한 부류의 일일 것 같은 생각이 듭니다. 대학에서 삼공선도의 동아리 활동 등을 통하여 같이 배우고 하면서 단 한 사람이라도 개념을 가진 젊은이를 배출하는 생각도 해 봅니다.

모든 일이 그렇듯이 준비가 되어 있으면 언제나 기회는 오는 법이고 아직 기회가 없다는 것은 부족하기 때문이라는 생각에는 변함이 없습니다. 앞으로도 끊임없는 지도와 편달을 부탁드립니다. 안녕히 계십시오.

2009년 8월 31일
나요로에서 제자 도육 올림

【필자의 회답】

우리나라에는 4백여 년 전부터 프랑스의 '노스트라다무스의 제세기'와 유사한 예언서가 전해 내려오고 있습니다. 바로 『격암유록(格菴遺錄)』입니다. 이 책에 보면 우리가 사는 지금쯤 되면 선도수련을 하여 수승화강(水昇火降)이 되는 수련자들이 크게 쓰이게 된다고 했습니다. 20여 년 전에 이 책을 처음 읽을 때는 설마 그럴까 했었는데, 그 후 전개되는 사건들을 유심히 살펴보면 이 예언이 전연 허황된 것이 아니라는 것을 알 수 있습니다.

도육이 미국에서 있었던 눈부신 수련은 미구에 반드시 요긴하게 쓰일 데가 있을 것입니다. 특히 생물학자 출신의 선도 수행자가 필요할 때가 반드시 올 것이라고 봅니다. 그때를 위해서라도 지금은 은인자중 도광양회(韜光養晦)할 때라고 생각합니다.

물구나무서기

삼공 선생님 전 상서

늘 가르쳐 주심에 깊은 감사를 드립니다. 그동안 안녕히 계셨는지요? 오늘은 조깅이 끝날 무렵입니다만, 제가 거꾸로 서 있는 것이었습니다. 즉 머리를 단전에 내리꽂고 있으니 호흡도 생각도 모두 단전으로 이동하였습니다.

물론 종래의 윗부분의 머리는 텅 비어 있어 시원할 따름입니다. 텅 빈 윗부분의 머리 내부에 천계를 만든다는 암시와 함께 신명들이 방안의 벽을 허물어 넓은 공간을 만들 듯이 외부의 두개골만 남기고 위 뚜껑은 뜯어내고 안쪽은 넓은 공터를 만들고 있습니다. 즉 지붕 없이 하늘과 같이하는 이 공간에 성인들이 모여 유유자적할 것 같습니다.

앞으로 세속적인 일은 단전에 내리꽂고 물구나무서기를 하고 있는 뇌와 상의해 가며 할 것입니다. 그리고 모든 것을 제3자의 입장에서 판단하고 행동할 것입니다. 현재 단전은 이례적으로 달아 있고, 세속적인 삶에서의 도리가 끝나야 단전에 거꾸로 섰던 머리가 소멸되고 결국은 천계만이 남을 것 같습니다.

아무튼 조깅 후에는 집 벽에 대고 물구나무서기를 하는데 아마도 그 영향으로 색다른 체험을 하고 있는 것 같습니다. 앞으로도 많은 가르침을 부탁드립니다. 안녕히 계십시오.

2009년 9월 10일
나요로에서 제자 도육 올림

【필자의 회답】

수련이 또 새로운 단계로 접어드는 것 같습니다. 용의주도하게 관하시다가 보면 차츰 그 정체를 파악하시게 될 것입니다. 계속 분발하시기 바랍니다.

썩은 인생들

삼공 선생님 전 상서

늘 이끌어 주심에 깊은 감사를 드립니다. 어제저녁부터 머리를 거꾸로 박고 있는 단전이 거북해지기 시작했습니다. 이미 떠났거나 현재 목숨이 붙어 있는 정치인 갑과 을을 위시하여 병을 포함한, 입으로 벌어먹고 사는 자들 외에 언론인과 양심을 팔고 있는 인생들이 제 단전을 들락날락하며 우왕좌왕하고 있습니다.

마치 개미가 갑자기 길이 막히거나 끊어지면 혼비백산하여 우왕좌왕하듯 그 모습과 똑같습니다. 단전은 제 머리와 이런 썩은 인생들이 뒤죽박죽이 되어 점점 더 꽉 채워지니 거북하고 윗부분의 머리마저 띵하니 흐려지기도 합니다.

근무가 끝난 저녁 트레이닝 룸에서 단전에서 벌어지는 것을 감시하면서 자전거 페달을 밟습니다만, 이것은 빙의와는 전혀 다른 즉 빙의라면 백회로 천도시키면 되는데 단전에서 일어나고 윗부분의 머리는 텅 비어 있으니 단전에서 일어나는 일에 관여하려는 생각조차 일지 않으니 그냥 바라만보고 있으라는 암시가 왔습니다.

마치 어항 속의 붕어 모양 뻐끔뻐끔 입만 벌려 먹고사는, 양의 탈을 쓰고 있는 인생들이 마치 동아줄이 끊어져 천길 웅덩이에 빠지니 양심이구 체면이구 할 것 없이 오직 저만 살겠다고 아둥바둥하는 아비규환이 지금도 제 단전에서 이루어지고 있습니다.

이 영향일까, 오늘 오전은 착 가라앉은 마음에 불끈불끈 울화가 치밀고 누가 조금이라도 건드리면 폭발할 것 같은 충동이 일고 있습니다. 그러나 아비규환의 일원으로서가 아니라 참관자로서 지켜보고 있으니 문제 제기는 필요 없습니다만, 본 체험을 통하여 그들과 같은 혼이 없는 썩은 인생이 되지 않도록 공부를 시키고 있다는 암시가 오고 있습니다.

아무튼 이번 수련은 좀 과격하지만 길어질 수도 있겠구나 하는 생각이 듭니다. 앞으로도 많은 가르침을 부탁드립니다. 안녕히 계십시오.

2009년 11월 11일
나요로에서 제자 도육 올림

【필자의 회신】

전에 없던 특이한 현상이니 면밀하게 잘 관찰하시기 바랍니다.

썩을 인생들과 다를 바 없어!

삼공 선생님 전 상서

늘 이끌어 주심에 깊은 감사를 드립니다. 결국 울화가 치밀었던 것은 현재까지의 저라는 탈을 쓴 인간도 세속에 찌들어 있는 그 썩을 인생들과 다를 게 없었다는 것이었습니다. 즉 하단전에서 그들과 뭉개고 있으니 이를 반영하는 것이며, 썩을 대로 썩을 인생들은 결국 몸에 독기요 탁기였고 가스와 변으로 배출하니 텅 비니 시원하고, 정치인 갑과 을 같은 자들의 탁기들은 여운만이 조금 남아 있는 상태입니다.

또한 이런 식으로 한 꺼풀씩 탁기들을 벗어던지고 맑아져야 진리에 가까워질 수 있다는 것으로 통하는 것 같습니다. 그리고 지금까지의 빙의령들은 저와 인연이 깊은 영령들이었기에 백회로 천도되면서 기를 나누었는데, 이번의 썩을 인생들은 저의 인연과는 상관없이 저를 공부시키기 위해 하단전에 모여 인생의 최악의 극치를 보여 주고는 가스와 변으로 사라지는 것 같습니다.

현재에도 계속해서 예를 들면, 국민을 위해 열심히 살다가 보니 국민을 위해 대통령이라는 직책이 필요한 사람이 아닌, 이에 대한 개념 없이

오로지 대통령 되는 것이 목표인 그런 지구상의 썩을 인생들이 제 하단
전 앞에 줄을 서서 들락거리고 있습니다.

　아무튼 현재로는 세속적인 모든 것들은 하단전에서 처리하고 있습니
다. 아마도 내공을 쌓기 위한 준비 과정이요 대청소를 하고 있는 것 같
습니다. 그럼 많은 가르침을 부탁드립니다.

　안녕히 계십시오.

2009년 9월 14일
나요로에서 제자 도육 올림

【필자의 회답】

　아무래도 그런 유명 정치인들의 모습이 나타나는 것을 보니 그런 사
람들과 관련이 있는 사명을 수행하기 위해서 그런 화면들이 나타나지
않나 하는 생각이 듭니다. 계속 분발하시기 바랍니다.

떡 비듬

삼공 선생님 전 상서

늘 이끌어 주심에 깊은 감사를 드립니다. 우선 국내외의 대통령들을 비롯한 사회의 지도층 인사라고 자부하는 인간들이 하단전을 들락날락 하는 것은 저에게 간접 경험을 체득시키기 위한 수련의 한 과정으로 생각합니다.

즉 권력과 명예 등에 대한 장단점을 체험함으로 해서 그들로부터 자유로워지고 결국 모든 것에서 자유로워져야 거침없이 한 목소리를 낼 수 있는 것이라는 판단입니다. 또한 장래에 어떠한 일이 맡겨질지에 대한 해답은 오로지 모든 것을 비우는 하루하루 삶 그 자체에 있다고 생각합니다.

이야기가 바뀝니다만, 한 3, 4개월 전부터 머리의 정수리 왼쪽 부분에 떡 비듬이 일기 시작했습니다. 염증도 아니고 해서 별다른 방도를 취하지 않지만 머리 전체가 아닌 국부적으로 떡 비듬이 이는 것이 이상하고 손가락으로 더듬어 보면 조금 융기된 것 같기도 하고 아무튼 좀 색다른 체험을 하고 있습니다.

그리고 얼마간 술을 안 하고 있습니다만, 동료 교수가 조사를 왔길래 저녁에 오랜만에 술을 했는데 다음날 하루 종일 앞머리에 통증이 가시지 않는 것이었습니다. 그러나 마신 양은 평상시보다 많은 것도 아니었는데 아마도 몸이 바뀌었구나 하는 생각이 들었습니다. 즉 이제는 술에 대한 미련도 가시고 몸에서 거부를 한다는 생각이 일며 한걸음 더 수련 및 일에 정진할 수 있는 여건이 만들어지는 것 같습니다. 물론 적당히 마시면 나쁘지도 않겠지만, 삶에 있어 적당히란 말은 별로 좋아하는 표현이 아니니 당분간은 이 상태로 진행시키려 합니다.

그럼 앞으로도 많은 가르침을 부탁드립니다. 안녕히 계십시오.

2009년 9월 16일
나요로에서 제자 도육 올림

【필자의 회답】

사람의 신체 기관은 많이 쓸수록 발달하게 되어 있습니다. 가수는 성대가, 축구선수는 발이, 지휘자는 오른팔이 유난히 민감하고 발달하게 되어 있습니다. 기공부를 하여 백회가 열려 대주천을 일상생활화 한 사람은 누구나 백회가 발달하게 되어 있습니다.

얼마 전, 텔레비전에서 당나라 때에 번성했던 중국의 한 절에 봉안되어 있는 등신대(等身大)의 오백 나한(羅漢)의 조각상을 보여 준 일이 있었는데, 그 나한들은 만든 지 1300년이나 되었는데 생생하게 살아 움직이는 것 같았습니다. 내 눈은 습관적으로 그 나한들의 정수리에 집중되었는데, 거의 예외 없이 백회가 묏등처럼 불쑥불쑥 솟아 있었습니다. 나한은 아라한으로서 윤회에서 벗어난 견성한 도인을 말합니다.

나는 그 나한상들의 백회를 확인함으로써 그들이 기공부를 하여 백회가 열린 도인 스님들이었다는 것을 알 수 있었습니다. 스님들은 삭발을 했으므로 백회가 환히 드러나므로 그들의 기공부 수준을 누구나 확인할 수 있습니다.

그러나 요즘 국내외 고승들의 백회를 살펴보면 거의 대부분이 밋밋할 뿐입니다. 이것만 보고도 나는 1300년 전까지만 해도 스님들은 기공부를 열심히 했고 지금은 기공부를 안 하고 있다는 것을 생생한 물증을 통하여 확인할 수 있었습니다.

도육의 백회 부분에 떡 비듬이 이는 것은 앞으로 차츰 그 부분이 융기하게 될 징후입니다. 멀지 않아 묏등처럼 솟아오르게 될 것입니다. 그리고 전에 비해 술을 조금밖에 안 했는데도 앞머리에 통증을 느끼는 것은 그전만큼 몸이 술을 받지 않을 정도로 정화되었다는 증거입니다. 아무쪼록 수련으로 인한 새로운 생리적 변화에 잘 적응해야 할 것입니다.

긍정적 방향

삼공 선생님 전 상서

늘 이끌어 주심에 깊은 감사를 드립니다. 이제 술을 피하게 되고 몸도 변하고 긍정적인 방향으로 진행이 되는 것 같아 안심입니다. 그리고 하단전에 들락거리는 고위직들로부터 기를 받아들이는 것 같습니다. 즉 하단전이 달아오르고 그들의 장점들을 섭렵하는 과정 같습니다. 아무튼 좀 더 지켜봐야 하겠습니다.

앞으로도 많은 가르침을 부탁드립니다. 안녕히 계십시오.

2009년 9월 17일
나요로에서 제자 도욱 올림

추신: 내일부터 연구 조사차 모국에 입국합니다. 전화를 드리고 찾아 뵙도록 하겠습니다.

【필자의 회답】

지금 단전에서 느끼는 기운은 '고위직들'로부터 나오는 기운이 아닙니다. 그 기운은 도욱을 수련시키기 위해서 선계의 스승들이 보내는 기운입니다. 현상계의 다른 존재로부터 그렇게 감지할 수 있는 강한 기운이 들어온다면 그는 도욱보다 수련 수준이 높아야 할 것입니다. '고위직들'이 선도를 수련을 하여 그만한 기운을 낼 수는 없을 것입니다. 그들은 분명 선도가 무엇인지도 모르는 사람들일 테니까요.

죄송하다는 말씀을 드리지 않을 날

안동의 이재철입니다. 먼저 죄송하다는 말씀부터 드려야겠습니다. 그간 스승님의 지도에도 불구하고 늘 진도가 나가지 않고 있으니 삼공재에 갈 때마다 송구한 마음이 들고 스승님께서 수련 사항을 물어보시면 부끄러운 마음이 가득했지요.

지난번 자성에게 물어보라고 하신 이후로 사실 자성으로부터 어떤 소리를 듣지는 못하였으나 제 스스로 많은 반성의 시간을 가졌고 그 결론은 제가 수련에 대하여 철저하지 못하고 게으름을 피웠다는 것을 알았습니다.

회사의 인사이동으로 주말부부 생활을 청산하고 다시 가족과 함께하게 되었지만 아직 어린 세 아이들과 함께하는 일이 많았고, 수련보다 생활에 치중하다 보니 늘 시간만 탓하였지요. 그간 몸은 더 고되었다고 생각되지만 몸무게가 65kg에서 72kg으로 7kg이나 불어나는 지경에 이른 것을 보면 남는 시간에 결국 수련보다 게으름으로 퍼져 있었던 시간이 많았던 듯합니다.

오늘 삼공재 수련 중 스승님께서 저의 수련 경과를 들으신 후 빙의령이 화두수련을 하지 못하도록 방해하고 있고 지금도 심하게 빙의가 되어 있는 상태라고 하시면서 다시 처음의 화두로 돌아가라고 하셨지요.

그러나 그래도 중단하라신 게 아니라서 그나마 다행스럽고 감사한 일이라고 생각됩니다. 그동안 자성에게 물어보는 중 별다른 답을 듣지는 못하였으나 질문을 잡고 있는 중에 자연스럽게 첫 번째 화두가 암송되곤 하였습니다.

그러나 저는 '아직 자성으로부터 답을 듣지 못했는데 내가 정성이 부족하고 조급해서 자꾸 화두가 외워지려는가 보다'고 생각하였습니다. 그래서 수련 중 자연스럽게 떠오르는 첫 번째 화두를 애써 외면하고 있었는데 오늘 스승님께 첫 번째 화두를 다시 암송해 보라는 말씀을 들었습니다. 다시 시작된 화두수련 중 자연스럽게 첫 번째 화두가 외워지던 것을 보면 그것이 자성의 답이었다는 생각을 하게 됩니다.

스승님께 첫 번째 화두를 받은 게 2008.05.01.이고 2번째 화두를 받은 게 2008.09.06.이니 만 4개월을 첫 번째 화두를 잡았었고, 두 번째 화두를 받을 당시 첫 번째 화두의 통과에 대하여 많은 의심이 있었으나 당시 스승님께서 두 번째 화두를 외워 보면 첫 번째 화두를 제대로 마친 것인지 알 수 있을 것이라는 말씀이 있었는데, 결국 2번째 화두를 들고 근 1년의 세월을 돌아서야 아직 제가 1번째 화두를 제대로 마치지 못하였음을 알게 되었습니다.

그러나 이제라도 다시 시작해야 하는 출발점을 알았으니 얼마나 다행스럽고 감사하며 오늘 하루가 제게 얼마나 큰 행운이 있는 날인지 모르겠습니다. 다만 그간 지도해 주신 스승님께 발전 없는 모습을 보여 드려 죄송하고 지켜봐 주시는 여러 도우님들께도 부끄러울 다름이다.

생각의 단상을 정리하고 스승님께 글을 쓰고 나니 오늘은 이미 어제가 되었고 내일은 이미 오늘이 되었네요. 스승님 늘 평안 하십시오.

2009년 8월 29일
안동에서 이재철 올림

【필자의 회답】

관(觀)이 이미 잡혀 있는 이재철 씨 특유의 인내력과 지구력을 잘 구사하면 반드시 화두수련을 뚫고 나갈 수 있으리라 생각합니다. 수련이란 평생을 걸어야 하는 작업입니다. 언제나 상승곡선만 긋는 것이 아니라 반드시 기복이 있게 마련입니다.

비록 수련이 난관에 빠지든가 슬럼프와 미로를 헤매고 있어도 좌절하지 않고 반드시 돌파구를 찾을 것이라고 확신합니다. 실패는 성공의 어머니입니다. 실패를 성공의 도약대로 삼으면 반드시 한소식할 날이 있을 것입니다. 그러자면 어떤 일이 있어도 빙의령의 농간에 놀아나는 일이 있어서는 안 될 것입니다.

현묘지도 수련 체험기 (20번째)

탄일(呑一) 이종림(李鍾林)

우선 독자 여러분에게 저 자신을 소개하겠습니다. 저는 금년 56세이고 과천시에서 공인중개사 사무소를 운영하고 있는 남자 수련생입니다. 선도와의 인연은 1990년 ○○선원에서 단전호흡을 배우고 『선도체험기』를 읽으면서 1993년 2월 12일에 삼공 스승님께서 대주천 수련을 위하여 백회를 열어 주셨을 때부터 시작되었습니다.

그때부터 생식을 먹고 삼공 수련은 꾸준하게 이어 오다가 1998년 아이엠에프와 1년 동안의 ○○재 수련으로 삼공 수련과 모든 수련을 중단할 수밖에 없었습니다. 이어 9년 동안을 언제부터 삼공 수련할 수 있을까 하는 망설이는 마음으로 허송세월을 하고 말았습니다.

저를 삼공재로 이끈 양정수 님이 다시 한 번 수련해 보지 않겠냐는 권유에 용기를 내어 2007년 11월 19일 생식과 수련을 다시 하고 싶다는 메일을 보냈습니다. 선생님은 오는 사람 막지 않고 가는 사람 붙잡지 않는다는 답장으로 흔쾌히 허락을 해 주셨습니다.

그동안 읽지 못한 『선도체험기』를 모두 읽고 드디어 현묘지도 화두를 받아 2008년 7월 20일부터 2009년 9월 20일까지 1년 2개월간의 수련한 내용을 다음과 같이 써 보았습니다. 그동안 9년의 공백기와 정성 부족으로 수련 진도가 늦어 체험기의 분량만 많아져서 독자들의 눈만 피로하게 하지나 않을까 송구스럽지만 조금이라도 도움이 되는 부분이 있다면 영광으로 알겠습니다.

2008년 7월 20일 (화) 1단계 화두 받은 날

어제까지 『선도체험기』 읽기를 완료하였다. 3월 19일부터 4개월간에 걸쳐서 그동안 읽지 않은 43권부터 81권까지, 39권과 90권을 합하여 40권을 읽은 것이다. 그동안 선생님께서는 『선도체험기』를 다 읽으면 현묘지도 화두수련이 시작될 것이라고 말씀하시어 왔다.

오늘 삼공재 방문 계획을 세우자 일정이 그에 맞게 조정이 되고, 삼공재로 향하자 뜨거운 기운이 온몸으로 들어온다. 화두를 받고 암송을 시작하자 뜨거운 기운이 하단으로 집중되고 자세가 곧게 세워진다.

수련 마칠 때 백회를 위에서 보니 누군가가 원형의 덮개를 저울처럼 4개의 줄로 들어 올리고 있다. 백회 구멍의 주위가 분화구의 마그마 빛깔처럼 둥글고 선명하게 나타난다.

2008년 7월 22일 (화) 3일째

새벽 4시 8분에 누군가 깨우는 느낌이 들어 일어났다. 06시 10분까지 화두 암송 중 아직 특별한 화면은 보이지 않고 운기만 계속 강화되고 있다. 정좌 후 와공으로 휴식 시 바둑판같이 펼쳐진 평야가 나타난다.

2008년 7월 23일 (수) 4일째

오른쪽 겨드랑이 부위에 습진 발생. 명현 현상으로 생각된다.

2008년 7월 24일 (목) 5일째

진동이 잔잔하게 일어나고 하복부의 통증이 일어날 정도로 강한 운기가 되고 단전이 전후 진퇴로 호흡이 자동으로 이루어진다. 아침 달리기 할 때 왼쪽 다리에 근육통으로 달리기 중도 포기하고 천천히 걷기로 대체하다. 준비운동 부족인가?

2008년 7월 28일 (월) 9일째

6시부터 7시 40분까지 화두수련 때, 단전에 화두를 원형으로 써넣고 우측으로 돌려 가며 암송하자 더욱 강한 운기가 되었다. 자세가 반듯하게 세워지고 백회와 이마에 압통이 일어난다. 간간이 흐릿한 영상이 떴다 사라진다. 영상이 선명하게 나타나기 전까지는 의미를 두지 말자고 다짐해 본다. 단전의 따스함이 더욱 강화된다.

2008년 8월 5일 (화) 16일째

화두를 받은 지 벌써 2주가 지나고 있다. 그간의 변화를 점검해 본다. 화두 암송 시 강한 기운 유통은 지속되고 있으나 확실한 화면은 아직 보이지 않는다. 화면이 나타나지 않으니 화두 수행이 잘못되고 있는 것은 아닌가? 여러 생각으로 혼란하다.

이제 겨우 며칠이나 되었다고 오두방정인가! 『참전계경』의 휴산의 의미를 되새겨 본다. 일일 수행 외 시간들이 수행에 적절히 배분되어야 할 것임에도 많은 시간들이 그냥 지나가 버린 것이 후회가 된다. 진도가 나아가지 않음은 나의 정성이 부족함이지 다른 탓은 없다.

2008년 8월 6일 (수) 17일째

7시에서 8시 15분까지 화두수련 - 전정, 이마 전체와 백회가 열리면서 청신한 기운이 유입된다. 일기를 쓰는 이 시간(10시 10분)까지도 계속하여 들어온다. 발목 부위 등이 톡톡 쏘는 느낌이 전신에 넓게 퍼져 나간다. 아직은 지속적이 아니고 간헐적이다.

2008년 8월 8일 (금) 19일째

운기의 강도가 약해졌다. 원인은 어제 밤에 육식과 술을 몇 잔 한 탓이다. 화두수행 시 육식은 수행에 방해 요인은 될지언정 도움은 되지 않는 것 같다. 육식을 전혀 안 할 수는 없지만 슬기롭게 대처해야 하겠다.

2008년 8월 11일 (월) 22일째

아침 수련 시 유입되는 기운의 질이 바뀌었다. 전엔 강하게만 들어왔는데 지긋하고 부드럽고 지속적으로 들어온다. 단전엔 역시 뜨거움이 더해간다. 오후 8시에 잠시 좌정하다. 수련 후 와공 자세로 휴식할 때 백회에 여러 사람이 빙 둘러서 있고 그 위로 밝고도 흰빛이 환하게 비치고 있다.

2008년 8월 13일 (수) 23일째

새벽 3시 6분에 기상하여 5시 30분까지 정좌하고 화두 암송하다. 아직 뚜렷한 화면은 보이지 않고 운기가 더욱 강화되고 삼매 호흡 중 일부가 나타난다.

2008년 8월 14일 (목) 25일째

화두수련이 서서히 진행되는 것 같다. 지난 10여 년간의 휴식 기간을 보충이라도 하려는 것 같다. 수련이 정체되고 있다는 느낌이 없으니 그저 빈 공간을 채우는 중이라고 생각하고 정성으로 수련에 임하자고 다짐한다.

저녁잠 들기 전 2시간 동안 화두수련 중 마음 저편에서 들리는 소리가 있으나 확실하지 않다. 확실하지 않은 것은 집중이 부족해서일 것이다. 그러나 단전은 따스하고 시간이 흐름에 따라 고관절과 무릎의 통증이 일어났다가 사라지고를 스스로 반복한다.

정성이 부족하여 확실한 화면이 떠오르지 않을 것이다. 정성이 흩어지지 않으면 언젠가는 몸, 마음, 기운이 바뀌고 바뀌어 임계치에 이르면 화두를 통과할 수 있으리라 다짐해 본다.

2008년 8월 15일 (금) 26일째

화두수련 후 7시 30분에 관문체육공원 트랙을 달리고자 집을 나선다. 공원까지 걷기 15분, 트랙 달리기 8회 25분, 단전 두드리기 및 도인체조 10분, 집에 돌아오기 15분 도합 65분이 걸렸다. 65분 내내 화두를 염송한다. 하단과 백회에 써 놓은 화두를 보면서 암송한다. 기운이 강하게 백회에 들어온다. 화두 자체를 그려 보며 염송하자 우주의 많은 별들이 나타난다.

2008년 8월 16일 (토) 27일째

달리기 후 집으로 걸어오는 중 단전과 백회에 써 놓은 화두가 회전하면서 백회가 둥근 원 모양으로 함몰된다. 함몰 부위 중심으로 흰빛이 폭포처럼 떨어진다. 그 빛을 따라가니 단전을 지나 발끝에 도달하고 다시 단전을 거쳐 독맥으로 올라가 후두부에 이른다. 후두부 전체가 깨어지듯 통증이 일어난다. 시원한 통증이다. 통증이 가라앉으며 백회로 시원한 기운이 쏟아진다.

2008년 8월 18일 (월) 29일째

오늘부터는 유입되는 기운의 질이 바뀌는 것 같다. 유입량이 많아지고 부드러운 기운이 들어온다.

2008년 8월 23일 (토) 33일째

05시 44분 ~ 07시 6분. 정좌하고 화두수련하다. 밝은 빛 한가운데 문이 나타났다. 오른쪽에 둥그런 손잡이가 선명하게 부각된다. 문의 모습은 네모진 보통 아파트의 방문의 형태이다. 아 이제 문 앞에 와 있구나 하는 생각이 든다. 이제 저 문을 열고 들어가야지 하고 생각하는 중에 글씨가 나타난다. 혼묘이환.

2008년 8월 24일 (일) 34일째

삼공재 수련 - 그간의 경과를 말씀드리니 용맹정진하라신다. 그동안 메일로 보고 드리고 그에 맞추어 지도를 받아야 했었는데 하는 후회가

인다. 좌정하고 화두를 염송하자 화면이 뜨고 젊은 스님이 첫 번째로 나타나고 다음도 세 번째도 젊은 중의 모습이 나타난다.

과거생의 나의 모습이라는 느낌이 든다. 화면이 바뀌고 뱀이 보인다. 끝부분이 둥글게 휜 화살촉 모양의 물체가 나타나 로봇인가 하고 생각하니 살아 있는 형체로 바뀌고 지구 생물체가 아니라는 느낌이 온다.

학이 보이고 난 후 나이가 지긋한 수염이 자란 후광이 있는 스님이 나타난다. 수련이 상당히 진전된 모습이고 전생의 나의 모습이라는 자각이 일어난다. 그리고 화면은 사라졌다. 시계를 보니 벌써 5시가 다 되었다. 1시간 30분이 금방 지나간 것 같다. 생식 처방을 받고 귀갓길에 오르며 메일로 보고 드리려고 마음먹다.

2008년 8월 26일 (화) 36일째

새벽 3시 11분에 악몽으로 기상하여 꿈에 대하여 잠시 생각을 하다 창문으로 들리는 향골천 물 흐르는 소리에 심란함을 다스린다. 삶도 죽음도 본래 없는 것인데 무엇에 그리 끄달리나?라는 생각이 일자 심란함은 어둠이 햇빛에 사라지듯 사라진다.

05시 30분 정좌하고 화두를 잡다. 갓 쓰고 흰색 도포를 입은 중년 사내가 아주 작은 모습으로 보인다. 어젯밤 육식으로 인한 답답함의 원인이 빙의였던 것이다. 이 빙의는 06시 30분 관악산 등산 시에 집중하니 하단에서 우측 장문혈로 등 뒤로 돌아 나를 안고 있다가 백회로 올라간다. 백회에서 호탕하게 웃으면서 떠나간다. 나의 수련을 도우려 왔다는 느낌이 일어난다.

작은 크기의 붉은 벽돌로 건축된 벽이 눈앞에 나타난다. 벽 하단부에서 위를 보니 성벽으로 생각되고 위로 끝없이 아주 높게 축조돼 있다. 따라 올라가 보니 뾰족한 서양식 성의 첨탑들이 즐비하게 서 있다.

녹색의 숲이 나타나고 유난히 시야에 들어오는 나무는 옆으로 멋있게 자란 소나무로 가지와 잎이 선명하다. 여인의 나체가 보이고 자궁으로 들어간다. 한참을 가다가 6세가량의 눈망울이 또렷한 소년을 만났다. 전생의 모습인가?

2008년 9월 2일 (화) 45일째

새벽 3시에 일어나 화두를 잡다. 화두 염송에 들어가기 전에 삼대경전을 염송하니 거센 기운이 경마다 다르게 들어온다. 백회로 특히 많은 양이 들어온다. 몸이 편안하고 어둠 속으로 빨려 간다. 화두를 암송하자 기운이 부드러워져 들어온다.

경전 암송 때보다 강하진 않고 안정돼 있다. 강한 면만 보이던 운기의 역전 현상이 왔다. 암흑 속에서 내 몸이 느껴지지 않는다. 다만 백회와 단전으로 시원하고 뜨거운 열감이 몸의 존재를 느끼게 한다.

2008년 9월 8일 (월) 50일째

수련 일기를 6일이나 건너뛰었다. 역시 나의 지구력이 부족함이 드러나고 있다. 황소처럼 한 걸음씩 꾸준하게 나아가야 함에도 불구하고 계속 굳세게 나가지 못하고 순간의 편안함을 추구하고 만 것이다.

2008년 9월 9일 (화) 51일째

어제 늦은 시간에 잠들어 7시에 기상하니 온몸이 찌뿌둥하고 몸살기와 빙의가 여러 겹으로 겹쳐 있다. 체조 후 정좌하여 삼경 암송하자 단전에 열기가 모이고 이마와 상체 전반에 걸쳐서 땀이 약간 배어 나온다. 화두를 암송하자 빙의는 백회로 빠져나가고 시원한 기운이 계속 들어온다.

2008년 9월 10일 (수) 2단계 화두 1일째

15시 20분 삼공재에 겨우 도착하여 인사드리고 좌정하자 그간의 변화를 요약 보고하라신다. 사람, 땅, 하늘과 관련된 화면을 요약 보고 드리니 2단계 화두를 주신다. 화두를 염송한 지 20분가량 지나자 중단이 아프고 뜨겁다.

2008년 9월 19일 (금) 10일째

2일 전부터 목 부위가 따끔거리고 아픈 몸살 증세가 있는 가운데 처남댁 가족들과 저녁 식사 시 화식과 반주를 곁들이고 나니 몸살기가 기승을 부려 결국 밤새 앓아누웠다. 추석 고향 길과 귀성길에 장시간 운전으로 인한 피로 누적이 원인이었다.

정좌할 기력도 없어 안절부절못하다가 결국 잠시 누워서 몸을 달래본다. 몸살을 관해 보니 고통은 점점 사라지고 앉아서 화두수련 상태로 바뀐다. 몸살은 실체가 없는 가상의 현상이 아니었나 싶다.

2008년 9월 20일 (토) 11일째

05시 30분 기상하여 체조 후 3경 암송 후 화두 암송하다. 얼굴, 목, 가슴, 배 부위의 톡톡 쏘는 느낌에서 일시에 바람이 지나가듯이 모공이 열리고 피부호흡이 시작되고 있다.

2008년 9월 23일 (화) 14일째

05시 기상하여 팔법체조 후 화두 암송하다. 화면은 보이지 않고 방귀만 자주 나온다. 피부호흡의 범위가 확대되고 있다.

2008년 9월 24일 (수) 15일째

06시 30분부터 관악산 오르기 시작하여 헬기장에서 호흡을 가다듬고 하산한다. 등산 시간은 2시간 10분이 소요된다. 화두를 암송하며 하산하는 길에 올라오는 등산객과 눈이 마주치는 순간 우측 어깨에 강한 통증이 일어난다. 빙의다. 한동안 움직이기 힘들다.

집에 도착하여 샤워 시 통증도 사라지고 빙의는 해소되었다. 이번 화두수련에서는 빙의가 많이 들어오는 것 같다. 빙의 또한 나의 다른 모습이고 내가 갚아야 할 부채를 청산할 기회이니 이 또한 감사하지 않을 수 없는 것 아닌가?

2008년 9월 26일 (금) 17일째

화두에 대하여 생각해 본다. 이번 화두는 달이 구름에 가리어져 있다가 나오는 형상화된 글자이다. 본래 있던 것이 구름이라는 아상에 가리어져 있다가 본래의 모습이 찬란하게 나타나는 것일 것이다.

아침 수련 시 너와 나, 물(物)이 하나임이 느껴지고 그것이 모두 연결된 하나라는 느낌이 온다. 확연한 깨우침은 아니다. 단전은 따뜻하고 호흡은 편안하며 길어지고 있어 호흡에서 나오고 싶지 않다.

2008년 10월 2일 (목) 23일째

어제 회식으로 생선회와 소주를 반 병 정도 마시고 잠자리에 들었다. 새벽 5시 이전에 잠이 깨었다. 회식 등으로 몸 상태가 저하되면 어김없이 새벽 3시 이후엔 잠이 깨어 수련을 하게 되는데 오염된 몸과 마음을 정화하는 수행을 더욱 하라는 신호인 듯싶다.

장근술을 마치고 호흡을 고르고 3경 암송 후 화두를 잡자 부드러운 기운이 온몸을 감싸고 호흡은 더욱 안정되나 화면은 없다.

2008년 10월 8일 (수) 29일째

2단계 화두수련이 추석을 기점으로 지지부진하다. 술자리도 가끔 있었고 수련은 그때마다 방해를 받고 회복하는 데 시간이 소비되고 진도가 당연히 더딜 수밖에 없다. 현묘지도 수련을 시작하였으면 하루의 모든 일과를 수련과 연결시켜 더욱 박차를 가하여 용맹정진해야 하는데 후회막급이다.

지금까지 수련으로 이끌어 주신 모든 분들께 도리가 아니다. 심기일전하여 매진하자고 다짐해 본다. 화두수련 시 희미한 형체의 어린아이가 나타난다. 허리 디스크 증세가 나타난다. 1997년도 급성 디스크에 대한 명현 현상일 것이다.

2008년 10월 9일 (목) 30일째

4시 50분에 일어나 준비운동 후 화두수련하다. 오늘은 잡념이 엄청나게 밀려온다. 그러나 백회로 기운이 강하게 들어오고 단전의 열기는 온몸을 돌아 땀이 배어난다. 많은 인물들이 나타난다. 끝으로 거대한 메뚜기가 로봇 형체로 다가온다.

2008년 10월 10일 (금) 31일째

오늘은 가을비가 내리고 있다. 정좌하여 화두수련 후 잠시 누워서 휴식으로 와공 호흡을 하는 중 靜 자가 보인다. 한자사전의 뜻을 찾아보니 고요하다, 깨끗하게 하다, 쉬다, 조용하게 하다, 여러 의미가 있는데 현재의 호흡을 깊고 고르게 하라는 뜻인 듯하다.

2008년 10월 11일 (토) 32일째

5시 10분 ~ 6시 40분까지 화두수련 시 거북이, 뱀 등이 보인다. 『천부경』의 의미를 글자 한 자 한 자의 의미를 새기면서 등산하였다.

2009년 10월 14일 (화) 35일째

4시 50분 ~ 7시. 화두수련 시 하단의 뜨거움이 배가되며 산 정상에서의 전경과 밭, 들판, 초원 그리고 여러 인물들이 나타난다. 아침 등산 시 백회, 중단, 하단을 연결하여 화두를 한 자 한 자 써 내려가면서 발걸음을 옮긴다. 하단전에서 중단전까지 지름 20센티미터의 원기둥이 형성되어 올라온다.

2008년 10월 15일 (수) 36일째

02시 15분 ~ 03시 15분. 화두수련. 인당에 붉고 주황색의 연체동물 형체에 놀라서 잠에서 깨어 『천부경』을 암송하고 화두를 암송하자 젊고 건장한 스님이 보인다. 나의 전생의 모습인가? 4시 30분부터 다시 화두를 암송하자 부드러운 기운이 온몸을 감싸고 있어 기운의 통속에 앉아 있는 것 같다. 기운이 바뀌고 있음을 느낀다.

2008년 10월 18일 (토) 39일째

06시 18분 ~ 07시. 준비 체조 없이 바로 3경 암송 후 화두 암송하다. 몸이 느껴지지 않고 안개같이 느껴진다. 따스한 단전에 맥박만 느껴진다. 안개 속에 안개와 하나가 된 느낌이며 마음은 덤덤하다. 강하게 운기되던 기운도 그저 꽉 차 있다. 현 상태를 말과 글로 표현하기 어렵다.

2008년 10월 19일 (일) 3단계 화두수련 1일째

관악산 등산 후 삼공재 수련하다. 인사드리고 좌정하여 화두 암송 중 선생님께서 그동안의 경과를 물으신다. 그간의 화면 내용을 말씀드리자 3단계 화두를 주신다. 3단계 화두를 염송하자 독맥에 열감이 일어나고 후두부 전체를 돌아 인당에 압박이 일어난다. 단전에서의 강한 운기가 인당과 연결된 것 같다.

2008년 10월 20일 (월) 2일째

오늘 아침 수련은 쉬다. 어젯밤 아이들과 나의 수행에 대하여 토론하였다. 아내는 나의 수련에 대한 의견을 애들에게 동의를 구하여 수련을 중단케 하고 싶은 모양이다. 아들은 나의 수행을 이해하나 평소에 항상 의문을 갖고 있었다 한다.

수행의 끝이 무엇인지에 대하여 묻기에 수행의 끝은 없다. 다만 목표는 진리와 하나 되고자 함이라고 설명하였으나 이해할지는 모르겠다. 좀 더 시간이 필요할 것 같다.

2008년 10월 21일 (화) 3일째

06시 07분 ~ 07시 30분. 하단 전체가 터질 듯하게 들어온 기운이 인당, 백회, 옥침 등 머리 전체가 터질 것처럼 운기된다.

2008년 10월 22일 (수) 4일째

04시 33분 ~ 07시. 화면은 없으나 입정 상태가 전과 다르고 방귀는 냄새가 지독하고 계속하여 나온다. 빙의는 목과 어깨에 3일째 지속되고 있다. 낮 시간에 두통이 있어 화두를 염송하자 운기가 강해지며 재채기와 함께 두통은 사라지고 운기는 더욱 강화된다. 두통이 사라지면 백회로 기운이 들어오고 두통이 발생되면 백회로 기운이 안 들어오는 현상은 계속적인 빙의 때문이다.

2008년 10월 25일 (토) 7일째

05시 17분 ~ 07시 18분. 운기는 여전하게 강하게 되나 화면은 보일 듯 말 듯 희미하다. 사람의 형체, 넓은 들판, 여러 가지의 동식물들이 보인다.

2008년 10월 28일 (화) 10일째

관악산 아침 등산 시 지금까지의 화두에 대하여 생각해 본다. 1단계부터 3단계까지 차례로 어떤 연관성을 내포하고 있어서 그에 기초하여 변화되어 가는 흐름으로 이해된다. 1단계 화두에서 세워진 기초를 2단계 화두에서 더욱 강화하여 3단계 화두에서 그의 실체를 태워 없애고, 다음 단계는 그 잔재까지 비우는 게 아닐까 하는 생각이 들면서 다음 화두가 예상이 된다. 화두 염송 시 희미한 화면에 너무 많은 인물들이 영화의 화면처럼 등장하고 사라진다.

2008년 10월 29일 (수) 11일째

06시 40분 ~ 07시 50분. 악몽과 선몽이 교차하여 꾸어지다 보니 평소보다 늦게 일어나 화두를 염송한다. 화면은 없고 기운의 질이 바뀌어 상단전과 백회로 들어오는 기운은 아프고 시원하다. 중단전에 볼펜 두께 크기로 구멍이 나고 강한 기운이 들어온다.

21시 ~ 22시 30분. 빨간색이 선명한 고추가 2개 보인다.

2008년 10월 30일 (목) 12일째

05시 20분 ~ 07시. 좌정하여 화두 염송하다. 운기만 전반적으로 안정되고 화면은 없다. 아침 등산 시 하단전에 화두를 써서 구체(球體)로 회전시키면서 염송한다. 하단전이 보이지 않고 캄캄하니 없어진 느낌이나, 원래의 위치는 감을 잡겠다. 인당과 백회로는 시원한 기운이 강하게 들어온다.

2008년 10월 31일 (금) 13일째

06시 30분 ~ 07시. 좌정하여 화두 염송하다. 어젯밤엔 사랑을 하였다. 지금껏 아내는 내게 나밖에 모르고 수련밖에 모르는 야속한 사람이라 원망을 해 왔다. 수련에 있어 아내는 방해자이자 벽이라고 생각하면서도 부정적인 면에서의 스승이라 이해하여 왔는데 나의 생각이 틀렸음을 인정하고 반성한다.

나의 가족도 이해시키지 못하고 하는 수련이란 그저 욕심일 뿐이지 무엇을 얻겠는가? 선생님께서 늘 말씀하시는 역지사지도 실천하지 못하면서 백날을 수련하면 무엇 하나 하는 아내의 푸념에 이제는 좀더 배려해야 하겠다는 반성으로 마음을 다잡으니 새로운 기운이 솟는다.

2008년 11월 1일 (토) 14일째

03시 20분 ~ 06시 30분. 화두를 염송하니 호흡이 길어지고 편안해지면서 간간이 단전이 깜깜한 게 아무것도 보이지 않는다.

2008년 11월 4일 (화) 17일째

양정수 님과 통화하다. 내가 먼저 전화하여 도움을 청해야 도리임에도 그가 먼저 전화하여 수련 근황을 묻고 점검까지 해 주면서 수련에 도움을 주었다. 나는 그를 삼공재로 이끌었지만 그는 나를 현묘지도 수련으로 이끌어 주고 있다. 그의 기운은 전보다 훨씬 강하고 맑았다. 근본자리에 오른 분은 무엇이 달라도 다르다. 화두 염송 시 호흡을 잊고 염송에만 집중하라고 한다. 의수단전은 기본이다. 임·독 양맥에 뜨거운 기운이 더욱 강하게 운기되고 상단전은 시원한 기운이 운기된다.

2008년 11월 5일 (수) 18일째

10시 15분 ~ 10시 45분. 실내에 물이 채워지고 문이 환하게 나타난다.

16시 ~ 17시. 왼쪽 반신 중 팔과 어깨가 오싹거리며 소름 돋듯 하고 하단전은 마음만 집중하면 따뜻함이 지속되고 그 상태에서 나오고 싶지 않다.

2008년 11월 6일 (목) 19일째

04시 30분 ~ 07시. 하단전에 작은 별들이 보이고 우주공간이 펼쳐진다. 왼쪽 어깨를 시작으로 왼쪽 반신이 오싹거린다. 상단전에서 중단전으로 하단전에서 상단전으로 기운의 쏠림 현상이 일어나다.

관악산 등산 시 벌겋게 달아오른 무쇠솥이 보인다. 무쇠솥은 까만색이 아니던가 하고 의문을 품으니 즉시 변한다. 집중이 부족하니 불덩이가 되도록 수련하라는 뜻인가?

2008년 11월 8일 (금) 21일째

06시 55분 ~ 08시. 운기는 조용하고 강하게, 화면에는 젊은이 1명만 보인다. 나와 관련이 있음이 감지된다. 화면은 꺼지고 기운만 잔잔하게 흐르고 있으니 이번 화두가 끝난 것 같다.

2008년 11월 16일 (일) 29일째

아내와 함께 교회에 다녀왔다. 설교 시간에 화두를 잡으니 설교는 귀에 들어오지 않는다. 간혹 들어 보면 구도와는 관계가 별로 없는 내용들이다. 교회에 다니는 조건으로 2주일에 1회 삼공재 수련을 하도록 합의한 바 있으나 월 1회 정도로 횟수가 줄고 있다. 그러나 아예 못 하게 하진 않으니 얼마나 다행인가? 내겐 오랜만의 삼공재 방문 수련은 정말 금쪽같은 시간이다. 오후에 관악산 등산하고 화두수련하다. 화면은 없고 운기만 잔잔하게 이어진다.

2008년 11월 17일 (월) 30일째

05시 50분 ~ 07시 04분. 화두염송 시작하니 운기는 약하고 따스하다. 금주 1주간 복습하고 삼공재 수련해야겠다. 4단계 무념처 호흡 중 화면이 두 개 이상이 나온다. 전생의 모습으로 생각되는 젊은 남자 2명이 나타난다.

2008년 11월 18일 (화) 31일째

18시 ~ 18시 20분. 귀에 들리는 전자음이 더욱 커지고 목 걸림 현상이 나타난다. 합장하고 그 현상에 집중하자 목 뒤로 이동하고 백회로 이동하는데 물에 빠진 듯한 남자의 모습이 보인다. 목 걸림은 해소되고 인당에 압통이 일어나면서 강한 기운이 들어온다.

2008년 11월 21일 (금) 34일째

21시 30분 ~ 23시. 기마 자세로 단전 강화하다. 다리에서 기운이 차오르고 온몸에 가득차며 단전이 팽팽하게 부풀어 오르고 운기가 강하게 된다. 오른손은 하늘 방향으로 단전에 놓고 왼손은 명문에 손바닥이 하늘 방향으로 놓고 『천부경』을 암송한다. 기운이 우에서 좌로 회전하며 단전에 쌓인다. 백회엔 기운 기둥이 세워지고 중단, 하단전에 연결된다.

2008년 11월 22일 (토) 35일째

06시 15분 ~ 07시 15분. 화두 염송에 따라 호흡이 길고 가늘게 깊어진다. 입안에 단침이 고이며 화두에 집중이 잘된다. 단전 중앙에 검은 구멍이 생기고 호흡에 따라 커졌다 작아졌다 반복한다. 구멍에 집중하자 우주공간의 별들이 나타난다.

그 공간이 지상의 형상으로 가득차고 지상의 하늘이 나타나고 뭉게구름이 한가로이 흘러간다. 화면 가득한 구멍을 수축시키려 하나 되지 않고 지상의 형상들은 사라지고 구름만 보이다가 다시 우주공간으로 나아가서 단전의 구멍으로 되돌아왔다. 까닭 없이 기분이 좋아진다. 후련하고 좋다. 그냥 좋다.

2008년 11월 24일 (월) 37일째

09시 ~ 10시 30분. 목 걸림 현상이 다시 발생하고 안경 쓴 중년의 남자가 보인다. 집중하니 이광수라는 느낌이 온다. 두통이 일어난다. 등산 후에도 천도되지 않고 있다. 오후에야 비로소 목 걸림이 해소되고 빙의는 사라졌다.

2008년 11월 25일 (화) 38일째

07시 ~ 08시 30분. 화두를 염송하자 상고머리를 한 6세가량의 잘 생긴 사내아이의 노는 모습이 보인다.

2008년 11월 26일 (수) 39일째

낮 시간 중 한가했던 시간들을 그냥 흘려보낸 것에 반성을 해 본다. 촌각을 아껴서 수련에 힘써야 하는데 게으름이라니 여기서 주저앉으면 안 된다. 심호흡하고 수련에 매진하자. 지금까지의 수련 내용은 현란하지는 않지만 조금은 나에 대해 알아 가고 있지 않은가? 나는 무엇인가? 생각해 본다.

10시 ~ 11시 40분. 단전이 붉은색의 불덩이로 환하게 보이고 인당에는 붉고 밝은 주황색의 빛의 고리가 나타나서 생멸을 거듭하고 있다. 호흡이 등 뒤로 이동하여 뒷목이 뻣뻣해지고 좌우전후로 흔들리고 빠르게 도리질하다 하단전으로 내려와 몸(상체)이 앞뒤로 구부려졌다 펴졌다를 반복한다.

이것이 무념처삼매 호흡인가? 목까지 속에서 뜨거운 기운이 치솟아오르는 것이 하단전에 집중하자 태극 문양들이 큰, 붉고 밝은 주황색 구체에 가득 찬다.

2008년 11월 29일 (토) 42일째

4시 45분 ~ 6시 18분. 화두를 암송하자 삼매 호흡이 나온다. 다리를 바꾸고 화두 암송하니 순서 없이 무념처 호흡은 계속된다. 고개를 뒤로 제끼고 위를 향하면 우주가 나와 함께 있는 것으로 느껴지고 우주의 별들이 가까이 보인다.

마음은 편안하고 수련을 하게 해 주심에 감사의 마음이 인다. 운기는 전신으로 아주 강하게 확장되고 3단계가 끝났다는 감응이 있다. 지금의 기운의 강도는 3단계까지 수행 중 가장 강렬한 것이었다. 힘을 내라는 선생님과 선계 스승님들의 배려이신가 싶다.

2008년 11월 30일 (일) 무념처삼매 및 5단계 1일째

03시 30분 ~ 06시 30분. 무념처 호흡 동작이 나온다. 화두를 염송해도 3경 암송 시보다 기운이 약해졌다.

09시 30분 ~ 10시 30분. 화두를 염송하니 울긋불긋한 문양들이 모여서 한자 斷을 이루고 큰 토끼 한 마리가 보인다.

15시 ~ 17시. 삼공재에 도착하여 그동안 변화를 말씀드리자 무념처 호흡을 하라신다. 호흡이 끝났다고 말씀드리자 5단계 화두를 주신다.

2008년 12월 1일 (월) 2일째

23시 ~ 24시. 심한 무념처 호흡의 후유증인가? 온몸이 뻐근하고 아프다. 그러나 운기는 강하게 되고 있다. 심장 부위에 뻐근한 통증이 있고 뒷덜미의 통증이 강하게 일어나 극에 이른다. 호흡으로 통증에 집중하자 로마 시대의 곱슬머리를 한 남자의 상반신의 옆모습이 보인다. 무인은 아니고 신분은 높아 보인다. 백회로 기운이 들어오는데 물조리의 구멍에서 나오는 물줄기처럼 가늘은 수십 갈래의 기운 줄기가 시원하고 강력하게 들어온 후 위 화면이 보인 것이다.

2008년 12월 2일 (화) 3일째

07시 ~ 08시. 누워서 3경 암송하자 백회로 기운이 들어와서 정좌 자세로 바꾸고 다시 3경 암송하자 흉부의 통증과 목의 뻐근함이 사라지고 새로운 활력이 솟는다. 공처 수련을 성공적으로 해내기 위해서는 목표를 의식하거나 결과를 예단하는 등의 잡념으로 집중을 흐리지 않고 매 순간 화두에 집중하여야겠다.

2008년 12월 3일 (수) 4일째

02시 30분 ~ 05시. 꿈속에서 깨어 누운 채 화두 염송하자 머리에 고려 시대의 두건(중앙에 보석이 박힌)을 쓴 잘생긴 젊은 남자가 나타난다. 계속하여 염송하자 화면은 사라지고 고개가 앞뒤로 끄덕이고 전신에 잔잔한 진동이 일어난다.

2008년 12월 4일 (목) 5일째

07시 ~ 08시. 화두를 염송하자 포근한 기운이 전신을 부드럽게 감싼다. 화면은 희미하여 형체가 분명치 않다. 시간은 나를 기다려 주지 않는다. 그저 무심하게 흘러가는 자기 역할을 할 뿐이다. 그리고 가끔씩 (사실은 매 순간 나와 함께 하건만 알아차리지 못함은 내 탓이다) 내게 나타나 그렇게 지나갔음을 자각케 한다. 새벽 시간 수행에 힘쓰자고 다짐한다.

2008년 12월 8일 (월) 9일째

4시 3분에 기상하였으나 피곤한 몸의 요구에 지고 다시 잠자리에 들다. 꿈속에서 전생의 장면들과 하얀색 구름과 검은색 구름이 번갈아 나타나서 서로 뒤섞이고 있다. 그 의미는 무엇인가?

2008년 12월 9일 (화) 10일째

06시 05분 ~ 07시 30분. 화두가 헷갈린다. 다섯 번째 화두를 받아 염송한다. 마르고 구리 빛 얼굴의 사람 같은 물체가 나타나고 여러 인물들이 흐린 영상으로 보인다.

2008년 12월 13일 (수) 14일째

05시 15분 ~ 07시. 준비운동인 장근술을 행할 때 여러 인물이 나타난다. 3경 염송할 때도 기운이 강하게 운기되고 여러 인물들이 나타난다. 화두를 염송하자 포근하고 부드러운 기운이 들어오며 나의 전생의 모습

(구식 양복을 차려입은 중년 신사를 선두로 하여 마른 체형의 남자 등 주로 상반신만 보인다. - 나는 과거 생에도 뚱뚱한 적은 드물었나 보다.) 들이 보인다. 화면에 포구가 보이고 정박한 큰 선박 뒤로 망망대해가 펼쳐진다.

2008년 12월 18일 (목) 19일째

21시 55분 ~ 23시 40분. 인당, 백회, 중단이 차례로 운기되고 중단전 부위는 넓게 바늘로 찌르는 시원한 통증이 일어난다. 왕골이라는 식물이 나타나고 그 머리 부위의 꽃수술 같은 잎이 빛살처럼 뻗어 나간다. 인당에는 선풍기 바람처럼 시원한 바람이 불어온다. 왕골의 잎이 위로 180도로 빛살처럼 다시 뻗어 나간다.

2008년 12월 19일 (금) 20일째

0시 20분 ~ 01시. 나뭇가지들이 나타나고 그 뒤에서 밝은 빛이 비친다. 그 나뭇가지는 밝게 빛나고 빛으로 변한다. 그 형체를 유지한 채 인당, 신정, 백회의 운기는 계속 강화되고 다시 중단, 하단이 뜨거워지고 마음이 환하게 밝아진다.

2008년 12월 22일 (월) 23일째

05시 45분 ~ 07시. 대형 모기 한 마리가 보인다.

23시 ~ 24시. 화두 염송하자 화두가 헷갈린다. 운기는 전신으로 고르고 활발하다.

2008년 12월 23일 (화) 24일째

06시 ~ 08시 15분. 몸집이 건장한 남자(조선 시대 상투머리를 한)가 나타나고 그 남자를 카메라가 돌아가면서 촬영하듯이 어깨, 머리 위에서 보인다. 몸 상태를 점검해 보자. 왼쪽 골반의 통증은 과거 디스크 증세의 명현 현상이고 양 눈 옆의 피부병은 왜일까? 이것 또한 최근 몇 년 동안 겨울만 되면 찾아오는 가려움증의 명현 현상일 것이다. 시간이 흐르면 곧 해소되리라고 본다.

2008년 12월 24일 (수) 25일째

04시 ~ 07시. 장근술 후 기마 자세 수련하고 화두를 잡자 하단, 중단, 상단에 차례로 축기 되고 흑인 남자, 조선 시대 복장을 한 남자, 독수리, 닭, 암흑의 화면이 뜬다. 아침 등산 후 샤워 시 얼굴이 한 겹 벗겨졌다. 피부병도 한층 완화되고 있으나 디스크 증세는 아직도 조금 남아 있다.

2008년 12월 25일 (목) 26일째

06시 10분 ~ 07시. 화두를 염송하자 하단과 중단이 열감으로 가득함.
15시 30분 ~ 16시 30분. 상복부와 목에 통증 발생하여 관하니 뒷머리로 통증이 이동한다. 백회로 해서 통증은 완화되고 있다. 원한에 찬 빙의령이라는 느낌이 온다. 보이는 화면은 없다.

2008년 12월 27일 (토) 28일째

03시 55분 ~ 07시. 장근술을 준비운동으로 3경 염송으로 마음을 가다

듣고 화두를 염송하자 미국 개척 시대 장교 복장을 한 군인 4명이 나타
나고 구한말 안중근 의사라는 느낌이 오는 남자의 모습이 보인다. 사진
에서 본 모습과 일치한다. 원통형 물체에 가득찬 물이 물방울로 변화되
어 간다. 천연색의 작은 알갱이들이 군무를 이루며 밤하늘의 은하수처럼
흐른다. 호흡 상태는 호흡을 하는 듯 마는 듯하고 의식이 점점 깨어나자
색의 농도가 엷어지고 형체가 희미해진다.

2008년 12월 28일 (일) 6단계 1일째

삼공재 수련. 그간의 변화를 말씀드리자 6단계 화두를 주시면서 이번
화두를 빨리 마치도록 열심히 하라신다. 화두를 염송하니 오른 무릎과
골반이 아파 온다. 통증을 응시하니 예쁘게 생긴 서양 여자아이가 보이
고 성장한 모습으로 보이다가 통증은 백회로 이동하고 완화된다.

2008년 12월 29일 (월) 2일째

18시 ~ 19시. 오후 내내 좌측 허리, 골반, 고관절에 통증이 온다. 시원
함을 수반하는 통증도 있다. 그 부위의 조정 작업인가? 6단계에선 빙의
가 많다는 내용이 『선도체험기』에 있었는데 과연 그런 것 같다.

2008년 12월 30일 (화) 3일째

07시 ~ 08시 30분. 화두를 염송하자 하단전에 강한 운기가 되어, 독맥
을 거쳐 백회로, 백회에서 강한 기운 유입이 있고, 다시 중단전과 하단
전에 이른다. 계속 암송하며 의문을 품자 "없을 무(無), 꽉 찬 무(無)"라

고 응답이 왔다.

2008년 1월 3일 (토) 7일째

04시 45분 ~ 07시. 3경 암송 후 30분이 지나자 화두에 대한 응답은 "부모미생전본래면목(父母未生前本來面目)"이라고 한다. 정좌한 스님의 모습이 입체적으로 보인다. 계속 염송하자 숲의 나무, 잔가지가 아주 많은 나무에 새싹이 돋는 모습이 항공 촬영하듯이 위에서 아래로 굽어보인다.

장면이 바뀌고 깊은 입정 상태로 들어가 부처의 모습이 보인다. 얼굴을 보니 풍채가 넉넉한 모습이다. 그 부처의 모습이 여러 개로 증가하더니 모든 사물로 바뀐다. 장면이 바뀌고 흰색이 선명한 토끼 한 마리가 한가롭게 놀고 있다.

2008년 1월 4일 (일) 8일째

오늘은 아내와 함께 광교산 종주를 하였다. 등산 내내 화두를 잡고 의수단전(意守丹田)하다. 단전을 바라보니 연탄구멍에서 불꽃이 피어오르듯 붉은 불꽃들이 균일하게 보이고, 귀에 들리는 전자음 소리는 더욱 커지고 하단전은 팽팽하게 축기된다.

2008년 1월 9일 (금) 13일째

05시 ~ 07시. 화면에 여러 인물이 주마등처럼 나타났다 사라진다. 앉은 자세는 꽉 짜여진 틀처럼 견고하고 호흡은 조용하고 깊어진다. 나뭇

잎이 모양이 길쭉하고 빛깔이 선명하게 빛이 나는 큰 정자나무가 나타난다.

2008년 1월 14일 (수) 18일째

06시 25분 ~ 07시 20분. 그동안 바쁜 업무로 인하여 수련 리듬이 깨어졌다. 몸이 조금씩 끄덕거리고 엉덩이가 들썩거리면서 온몸을 주천한다. 화면은 없다.

2008년 1월 15일 (목) 19일째

아내와 함께 아침 등산하다. 등산 시 전신에 찬바람이 일 듯이 운기된다. 피부호흡의 범위가 하체로까지 확장되는가 보다. 모든 것은 하나라는 느낌으로 마음의 여유가 더욱 확장되는 중이었는데 그 때문이었나 보다.

2009년 1월 22일 (목) 26일째

밤 23시 익산에서 화급한 목소리로 부친의 뇌출혈 소식이 왔다. 덜컥할 정도로 충격을 받진 않았으나 걱정이 된다. 그리고 부친의 인생에 대하여 많은 일들이 스쳐 지나간다. 익산에 도착하여 보니 새벽 4시가 되었다.

부친의 상태는 수술할 정도는 아니나 왼쪽은 마비 증세가 나타나고 있다. 이 문제로 나의 수련이 늦어질 가능성이 예견되지만 이 가운데서도 수행을 멈추지 말고 잘 유지하도록 힘써 보자.

2009년 1월 30일 (금) 34일째

06시 ~ 07시 30분. 새벽 4시경 꿈에서 깨어 조용히 누워서 꿈의 의미를 생각해 본다. 시골집 지붕 위에서 수도관이 터져 물이 새는 것을 수리하고 집안의 대수리를 시작하는데 작업자가 가족들이다.

부친의 병세가 호전되려나? 장근술을 마치고 좌정하여 3경 암송으로 마음을 가다듬고 화두 염송에 들어간다. 운기가 단전 - 대맥 - 독맥 - 백회 - 인중 - 중단 - 하단 - 다리 등 전신주천이 이루어지고 백회로는 계속하여 시원한 기운이 쏟아져 들어온다. 하단전에 축기가 강화된다. 오로지 정성만이 진리에 이르는 첩경이다.

2009년 2월 3일 (화) 38일째

06시 ~ 07시 30분. 3경 암송 후 화두염송하다. 화두를 하단전에 새겨 넣는다. 부모미생전본래면목의 울림이 다가온다. 마음에 묻고 마음이 답한다. 그것을 관한다.

2009년 2월 8일 (월) 42일째 삼공재 수련

인사드리고 좌정하자 선생님께서 6단계 화두를 끝냈는가를 물으신다. 아직 미진함을 말씀드리니 열심히 하라는 주문이시다. 화두를 암송하자 중단전으로 강하게 운기된다. 이내 전신주천이 이루어진다.

수련생들의 진동 소리에 집중이 깨어지고 잡념이 벌떼처럼 일어난다. 다시 화두에 집중하자 시커먼 물체가 우측에서 좌측으로 서서히 나타나 빠르게 움직인다. 화면을 암흑으로 채우고 더이상의 변화는 없고 암흑 상태가 계속되다가 수련을 끝내고 생식 지어 귀가하다.

2009년 2월 10일 (화) 45일째

06시 ~ 07시 25분. 화두를 암송하자 흐릿한 인물의 영상이 나타났다 사라진다. 여자, 어린이, 어른 남자의 순서이다. 거대한 기와집이 보이고 주변에 사람들이 서성인다. 화면이 바뀌고 선명하게 닭이 한 마리가 보인다. 집중도가 높아지면 화면이 선명하게 보이고 잡념이 들면 선명도는 약해진다.

2009년 2월 12일 (목) 47일째

06시 ~ 07시. 출근하면서 단지 내 나무들을 보니 봄이 오고 있음이 나타난다. 앞으로 꽃샘추위가 몇 번 오가면 봄이 이 땅을 지배할 것이다. 화두 염송 시 송사리 떼와 미꾸라지 몇 마리가 물이 적은 진흙바닥에 나뒹구는 모습이 보인다. 흰색의 장닭이 붉은 볏과 흰 깃털을 자랑하듯 목을 길게 뽑고 멀리 쳐다보고 있다.

2009년 2월 24일 (화) 59일째

06시 30분 ~ 08시. 6단계 화두를 잡은 지 벌써 59일이 지나간다. 이번 화두를 받을 때 왠지 시간이 오래 걸릴 것이라고 생각했었는데 그것이 현실로 나타났다. 수련 감각도 불규칙하고 업무는 번다하고 그 가운데 부친은 병환 중이고 정말 내 수련에 한계 상황이 온 것인가?

망연자실해진다. 좌정하고 호흡을 고르며 생각해 본다. 수행은 살아 있는 동안 매 순간 함인데 무슨 위기 타령인가? 무엇을 하든 마음은 항상 단전에 가 있듯이 수련이 생활에 있어서 기본이 되어야 할 것이다. 심기일전하여 화두를 염송하니 허리가 곧추서고 호흡이 깊어진다.

2009년 2월 26일 (목) 61일째

05시 30분 ~ 07시. 꿈에 삼공재가 보인다. 모습은 기와집으로 현재의 형태가 아니다. 벽에는 황금색으로 단군의 초상화가 걸려 있고 그 위에는 세 분의 초상이 같이 그려져 있다. 바닥에서는 수련생들이 투명한 큰 종이 위에 그림을 겹쳐 그리고 있고 한켠에서는 쇠를 다듬는 모습도 보이고 쇠가 타는 냄새도 난다.

나의 다리엔 콩침이라는 작은 침들이 일렬로 꼽혀 있는데 맨 끝의 것이 잘못되었다고 지도자 중 1명이 뽑아낸다. 양정수 씨도 수련 지도 중이다. 화두 암송하자 잡념이 많이 떠오른다. 다리의 저림은 저절로 풀린다.

2009년 3월 6일 (금) 68일째

06시 20분 ~ 07시 30분. 화두를 염송하자 중단부터 운기가 시작된다. 모습이 수려한 젊은 스님이 계속해서 나타난다. 마음의 의문에 따라 여러 모습으로 변화된다. 역시 처음 그 스님이다. 화두가 단전에 써진 채로 호흡과 함께 잘 읽혀진다. 호흡이 깊어지나 아직도 깊은 삼매의 상태는 아닌 듯하다.

2009년 3월 9일 (월) 72일째

불만은 차지 않음이다. 가아(假我)가 원하는 것이 채워지지 않아서 기분이 나쁘거나 그것으로 상실감이 생기는 것이다. 진아(眞我)는 나고 죽고, 기분 좋고 나쁘고를 벗어나 있는 영원한 존재이다. 나는 원래 진아이다. 진아에 인연의 끈들이 뭉쳐 진아를 덮고 있어 생장소병몰(生長消病沒)의 고(苦)에 빠지는 것이다. 지금 수련으로 진아를 재발견하여 그 밝음으로 무명(無明)인 가아를 밝혀야 한다. 중단이 뜨겁게 달아오르고 자꾸만 눈물이 난다. 슬프지도 않은데도 눈물이 난다.

2009년 3월 11일 (수) 74일째

05시 48분 ~ 07시 05분. 낯익은 노인 한 명이 멋있는 젊은이로 변한다. 그리고 얼굴만 새로운 사람으로 바뀐다. 외삼촌으로 어머니의 얼굴로 변하더니 그 모습이 크게 확장되어 커지고 내가 그 속으로 들어간다. 그 속은 캄캄하여 단전도 중단도 백회도 느낄 수 없다.

암흑만이 이어진다. 젊은 어머니의 모습에 내가 겹쳐 보이고 화면은 종료되었다. 관악산 중간 바위에서 동편 하늘을 향하고 잠시 화두를 잡다. 기운의 작은 알갱이들이 바람에 휘말리듯 소용돌이치며 위로 오른다. 화두가 하단전과 백회에서 동시에 보인다.

2009년 3월 12일 (목) 75일째

06시 45분 ~ 08시 50분. 관악산 등산. 단전과 백회에 화두를 쓰고 읽으면서 걷는다. 단전과 백회가 상호 연결되어 단전에 기운이 쌓인다. 몸은 질병 덩어리, 욕심 덩어리. 없다고 관하라는『법구경』이 생각이 난다. 백회로의 기운 유입 양의 배가 및 전신의 운기 상태로 보아 화두의 종점에 가까이 왔다는 느낌은 있으나 화면 내용으로 보아 아직 미흡하다.

2009년 3월 15일 (화) 7단계 무소유처 1일째

삼공재에 도착하여 그동안의 경과를 말씀드리고 7단계 화두를 받다. 마지막 피치를 올려서 열심히 하라는 주문도 함께 주신다. 옆 자리엔 17일 만에 화두수련을 끝내는 여자 수련생이 있다. 그분의 근기와 집중 노력에 찬사를 보낸다. 왜 옆 자리에 배석이 되었을까 생각하니 열심히 수행하라는 배려이신 것 같다.

2009년 3월 18일 (수) 4일째

07시 08분 ~ 08시 20분. 준비운동 후 3경 암송으로 마음을 바로 하고 화두 염송에 든다. 화면은 분명치 않고 미려혈에서 허리를 경유하여 머리까지 운기가 계속 강화되어 다리 저림은 자동으로 해소되고 있다.

2009년 3월 20일 (금) 6일째

7시에 기상하여 관악산 등산을 천천히 하였다. 디스크와 축농증의 명현 현상으로 좌정하기가 불편하다. 어제 부친은 퇴원하셨다. 혼자서 도움을 받지 않고 걸을 수 있는 상태이니 다행한 일이다.

2009년 3월 24일 (화) 10일째

22시 ~ 23시 30분. 말 한 마리가 자신의 자태를 뽐내며 놀고 있다.

2009년 3월 31일 (화) 17일째

06시 20분 ~ 08시 10분. 화두를 염송하자 백회로 청신한 기운이 들어오고 중단전과 하단전에 쌓인다. 건장한 남자 3명이 보인다. 인당에 붉은색 기운의 구체가 보인다. 색이 밝아지고 있다. 이 주에 작은 진동이 3일째 지속되고 가끔 발음이 엉킨다.

2009년 4월 1일 (수) 18일째

03시 30분 ~ 07시. 『천부경』을 100회 암송하다. 강한 진동이 하단전에서 일어난다. 화두암송 시 화면 전체에 단풍잎이 가득 찬다. 바닷가 모래사장에 바다의 식물이 뾰족하게 군데군데 솟아나 있다.

2009년 4월 2일 (목) 19일째

06시 50분 ~ 07시 35분. 어제 오후에 들어온 한기가 몸살기운으로 번진다. 겨우 일어나서 장근술로 굳은 몸을 풀고 3경 암송으로 마음을 다잡고 화두에 전념한다. 물개, 사람이 화면에 나타난다. 몸살기가 기승을 부리자 그 부분을 마음으로 감싸고 집중해 본다. 조금 나아진 듯하여 생강차를 달여 먹고 다시 호흡하니 땀이 나면서 몸살은 해소되었다.

2009년 4월 3일 (금) 20일째

07시 30분 ~ 08시. 6시부터 와공 자세로 호흡과 화두를 염송하니 대형 방아깨비 1마리가 보인다. 앉아서 자세를 잡고 호흡하니 중단에 기운이 쌓인다. 힘이 빠져 다시 와공 자세로 잠시 호흡을 하다가 기상하여 생식 먹고 출근한다.

몸살은 2일 만에 해소되었는데 수련을 시작한 뒤 가장 심한 몸살로 기억된다. 전신의 재조정 작업인 듯 전신이 아프고 쑤시고가 반복되고 눈물 콧물도 참 많이 흘린 것 같다.

2009년 4월 7일 (화) 24일째

04시 20분 ~ 06시 20분. 화두를 염송하자 예수의 서 있는 동상이 거대하게 보인다. 아래에서 예수의 동상을 따라 올라가서 얼굴을 확인한다. 몽골인인 듯한 여인 3명이 보이고 화면이 바뀌어 파도가 잔잔한 바닷가가 나타난다.

눈가의 피부병, 허리디스크 증세 등 통증이 사라지면 또 아프고를 반복한다. 7단계 통과 전에 몸이 개조되나 보다.

2009년 4월 9일 (목) 26일째

06시 22분 ~ 07시 30분. 붉은색 기운의 입자들의 흐름만 보인다.

2009년 4월 16일 (목) 33일째

06시 ~ 08시 09분. 허리의 통증도 거의 없어지고 몸의 상태는 정상으로 회복되었다. 수련에 대한 아내의 이해도 더욱 나아지고 있다. 화두수련에 정성을 다하여 7단계 화두를 통과해야 한다. 매 순간 호흡에 감사한 마음으로 우주를 들이쉬고 나를 내쉰다.

내 몸은 없어질 유한한 물질로 돼 있고 그것의 근본은 무, 도, 진리이기에 미련 없이 내쉬고 진리를 들이쉰다. 머리의 경혈들이 시원하게 뚫리면서 시원한 기운이 들어온다. 화에 대하여 아내가 나의 수행 정도를 시험한다. 나는 그것이 완벽하게 통제된다면 도를 이룬 것 아니겠냐고 맞받아치지만 아직 멀었음은 즉시 인정하지 않을 수 없다.

2009년 4월 17일 (금) 34일째

06시 ~ 08시 20분. 관악산 아침 등산.

21시 30분 ~ 22시 15분. 화두를 염송하며 호흡과 단전을 관한다. 숨 들어옴이 따뜻하고 그 따뜻함이 하복부 등을 주유한다. 계속하여 암송하니 시골 마을 정경이 나타나고 할머니 한 분이 나온다. 무념처 호흡 몇 가지가 시연된다.

2009년 4월 18일 (토) 35일째

06시 18분 ~ 08시 20분. 장근술과 3경 암송으로 조신, 조심하고 화두 염송에 집중하자 뜨거운 기운이 단전에서 용솟음치고 단전이 팽팽해진다. 화면은 없고 인당에 밝고 붉은 광채가 어른거린다. 무념처삼매 호흡 몇 가지가 나온다. 기마 자세는 단전 강화 수련의 효과가 있는 것 같다.

2009년 4월 21일 (화) 38일째

04시 ~ 06시 20분. 화두를 염송하자 흐릿한 화면들이 잠깐 동안 스쳐 지나간다. 삼매 호흡 동작이 몇 가지가 나온다. 선계 스승님과 삼공 선생님께 지금까지 이끌어 주심에 감사드리고, 될 수 있으면 마음을 기울여 선계 스승님도 자성의 일부이니 관심 두지 말고 오로지 화두에 전념하라는 내부의 메시지가 있다.

2009년 4월 22일 (수) 39일째

03시 38분 ~ 06시. 108배 후 삼경 암송으로 화두를 잡고 나자 은은한 기운이 단전으로 쌓인다. 기분 좋은 약간의 통증이 수반되고 자세는 바르게 된다. 화면은 없고 인당에 빛무리만 출몰한다. 목욕 시 얼굴이 한 겹 벗겨진다.

2009년 4월 24일 (금) 41일째

03시 ~ 06시. 어젯밤에 잠들기 전부터 화두를 염송하며 잠들었다 3시에 눈을 뜨고 계속하여 암송하니 "부증불감(不增不減)"이라는 내부의 말씀이 있다. 그것은 자성의 모습이 아닌가? 이번 화두의 끝인가? 모두가 자성의 나툼으로 나도 그 나툼 중의 하나일 뿐 모든 것은 하나이다.

2009년 4월 28일 (월) 45일째

00시 30분 ~ 01시 30분. 인당에 황색 바탕의 화면에 삼각기둥 모형의 철탑이 보인다.

2009년 4월 30일 (목) 47일째

03시 30분 ~ 06시. 108배 후 화두 염송하다. 하단전에 기운이 강하게 들어와 중단전으로 이동하여 원통처럼 기운의 기둥이 형성되고 최근에 일어난 가정 및 업무적인 사건들이 잡념처럼 일어났다 사라진다.

22시 ~ 23시. 화두 잡고 호흡하니 막대형 물체가 밝게 빛나고 색깔은 황금색이다. 마치 숯가마 속의 활활 타는 숯처럼 3개가 엇갈려서 겹쳐 보인다.

2009년 5월 5일 (화) 52일째

06시 ~ 07시 30분. 화두를 염송하자 양복으로 정장한 수많은 남자들의 무리가 내게 달려든다. 셀 수 없을 만큼 많은 수이다. 제비 종류의 새들이 어지럽게 날아다니고 입술이 두꺼운 흑인이 양복 차림으로 나타난 후 밝은 색의 붉은 빛의 입자들이 균일하게 흐름을 형성한다. 저녁노을 빛에 물든 구름이 머리 위로 넓게 하늘 가득 펼쳐져 서서히 흐른다.

2009년 5월 7일 (목) 54일째

06시 55분 ~ 08시 20분. 108배 후에 정좌하여 3경을 암송할 때도 화면이 뜬다. 화두를 염송하자 백회에 구멍이 크게 열리고 머리 전체가 없는 것으로 느껴진다. 밝고 붉은색의 빛의 입자가 구름을 이루듯 넓게 펼쳐져 있고 마음은 그저 편안할 따름이다. 아직도 미진한 무엇이 있나? 아무것도 깨친 것이 없는 것 같아 허망한 생각이 든다.

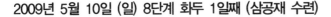

2009년 5월 10일 (일) 8단계 화두 1일째 (삼공재 수련)

오후 3시에 삼공재에 도착하여 인사드리고 앉자마자 사우나에 앉은 것처럼 열기가 온몸을 감싸고 부드럽고 부드러운 가운데 지속적인 기운이 들어오고 자세가 더욱 편안해진다. 3경 암송 후 화두를 염송하자 뜨거운 기운이 단전에 쌓이며 사우나 현상이 약화된다.

이 즈음에 7단계 화두가 마무리됐을 텐데 하고 선생님께서 물으신다. 합장하고 자성에 7단계 화두에 더 할 것이 남았는가를 물으니 끝났다고 하는 느낌이 온다. 말씀드리고 8단계 화두를 받다. 합장으로 감사드리고 염송하기 시작하니 편안하고 온화한 기운이 지속적으로 들어온다. 언제나 이곳에서 수행하시며 지도하시는 선생님께 감사한 마음이 더욱 간절해진다.

2009년 5월 18일 (월) 9일째

05시 ~ 07시 20분. 108배와 3경 암송으로 수련을 시작하고 화두를 염송하다. 기운은 전신으로 편안하게 흐르는데 잡념들이 일어나 집중하면 사라지고를 반복한다. 삼매에 이르자 화면에 빛의 고리가 나타나고 통나무로 건축된 선방 가운데에 회색 장삼을 입은 승려가 보인다.

누구일까? 궁금해 하니 나를 향해 돌아앉는데 보니 나의 모습이다. 중, 장년의 모습이 나타나고 젊은 승려로 바뀌다가 어린 승려로 바뀐다. 초교 시절 빡빡 깎은 머리의 모습으로 인물은 끝이 났다. 산의 평평한 곳에 기묘한 약초나 약용 식물들이 보이고 화면은 끝이 난다.

21시 ~ 23시 30분. 숲과 나무들이 계속적으로 나타나고 사라진다. 나의 이름에 林의 글자가 있어서인가? 하여튼 여러 종류의 식물들 나무들 전체 숲의 모습이 계속된다.

2009년 5월 23일 (토) 14일째

5월 22일 22시 ~ 24시 30분. 어린이들, 스님들, 식물들이 보이고 빛의 입자들이 나타난다. 천돌혈 아래 사마귀의 크기가 줄어들고 있다. 얼굴의 버짐이 사라졌는데 다시 생긴다. 남과 나, 우주와 나는 하나인 것, 몸 나는 없어질 가아인 것, 가아에서 희구애노탐염 분란한열신습 성색취미 음저가 사라지면 하나로 귀의한다.

17시 ~ 17시 30분. 좌정한 스님의 머리 위로 쌀알 같은 빛의 알갱이들이 쏟아진다. 정좌하거나 마음이 화두에 가 있기만 해도 머릿속에 울리는 전자음이 커지고 있다. 전자음과 함께 수련이 시작되는 것 같다.

2009년 5월 25일 (월) 16일째

11시 50분 ~ 12시 15분. 대형 두더지가 땅을 파고 땅속에서 나온다.

2009년 6월 3일 (수) 25일째

10시 30분 ~ 11시 15분. 매가 정면에서 날아올라 머리를 좌우로 흔들면서 지상을 살피는 모습이다.

2009년 7월 11일 (수) 63일째

05시 ~ 06시 30분. 최영 장군의 모습, 어린아이들, 바람, 노을이 나타난다.

2009년 8월 5일 (수) 87일째

05시 45분 ~ 07시 20분. 그동안 6월, 7월의 체험기 기록이 너무 부실하다. 업무적으로 매우 바쁘긴 했지만 기록은 남겨야 했는데 후회가 된다. 수련 성과도 별 진전이 없어서 더욱 쓰지 않은 것 같다.

장근술과 3경 암송으로 마음을 바로 하고 화두를 염송하자 안과 밖, 타인과 나, 우주와 나는 같다는 느낌인데 얇은 막으로 싸인 바깥과 안은 질적으로는 동일하다는 느낌이 온다. 그 막이란 나의 가아이고 인연의 결정체이며 개아로서의 삶의 결과이다. 지금 난 무엇을 하고 있는가? 그 개아의 막을 한 겹씩 걷어내는 작업을 하고 있는 것이다. 그리하여 언젠가는 마지막 막이 거두어지고 나면 난 모두이고 하나가 될 것이다.

2009년 8월 8일 (토) 90일째

07시 08분 ~ 08시 20분. 장근술과 3경 암송으로 수련을 열고 화두를 염송하니 하단전이 뜨겁게 달구어지고 중단이 시원하게 뚫린다. 이어서 백회에 시원한 기운 기둥이 박힌다. 스승도 나도 너도 하나이다. 모두가 하나이다. 하나의 나툼이라는 메시지가 오고 하단전에 지름이 15센티미터 정도 크기의 구체가 보이고 뜨거워지고 그 뜨거움은 전신을 주유한다.

2009년 8월 12일 (월) 94일째

23시 ~ 24시. 정좌하고 화두를 잡자 무수히 많은 사람들이 밀물처럼 다가온다. 물방울로 구성된 파도로 변하여 다가온다. 오색 빛의 입자들이 무리를 지어 나타나 흐른다.

2009년 8월 13일 (화) 95일째

06시 20분 ~ 07시 45분. 화두를 암송하자 운기가 전신에 강화되고 단전에 화두가 잡히기 시작한다. 백회에 구멍이 뻥 뚫리고 그 구멍으로 기운이 밀물처럼 마구 들어온다.

2009년 8월 18일 (수) 96일째

06시 38분 ~ 07시 57분. 장근술과 3경 암송으로 수련을 시작하고 화두를 염송하자 오색 빛의 입자의 집합체가 은하처럼 보인다. 하단전 전체에 시원하고 뜨거운 기운이 은은하고 강하게 흐르고 손끝 발끝에선 찌릿찌릿 감전되듯이 운기된다.

비무허공(非無虛空)까지 없앤 후의 상태는 무엇일까? 관한다. 그것은 마음, 모두의 마음, 근본 마음, 걸림이 없는 마음, 한마음이다. 『삼일신고』 내용 중 감, 식, 촉이 다 사라진 근본 마음이다. 그 마음을 찾기 위함이 8단계 화두수련이다. 은은하고 뜨거운 운기 상태인 수련 후 여운이 오래 지속된다.

2009년 9월 6일 (일) 115일째

삼공재 수련하다. 인사드리고 좌정하여 마음을 가다듬고 화두 염송하니 스님의 모습 여러 명, 선비의 모습이 여러 명, 식물들이 나타난다. 그리고 선계 스승님과 삼공 선생님과 자성에 대하여 그동안 어렵게라도 수행을 하게 해 주심에 감사드리고 나자 매섭고 강한 눈을 가진 얼굴이 크게 부각된다.

선계의 스승님 모습으로 느낌이 온다. 1시간이 지나자 다리의 저림은 스스로 풀리고 중심에서 울림이 나온다. 허공도 버렸는데 걸림이라니? 이것이 화두처럼 암송이 된다. 허공마저도 버릴진대 무엇이 걸림이 있겠는가? 그동안 마지막 화두에서 수행의 진전이 지지부진함은 일상사에서 마음이 떠나지 못함 때문이리라.

2009년 9월 12일 (토) 121일째

22시 30분 ~ 23시 20분. 화두 염송하자 얼굴과 옆구리 등에 전기 감전처럼 운기되고 하단전에 화두를 쌓는다. 새, 닭들이 나오고 화면은 사라지고 기 춤이 추어지듯 전신의 운기가 부드럽고 끈질기며 단전에 화두가 쌓인다.

23시 25분 ~ 24시 37분. 화두를 염송하자 오색의 작은 알갱이들이 밤하늘에 별처럼 은하수처럼 떠올라서 흐르고 여러 가지 문양들로 바뀐다. 이어서 많은 인물이 생멸하고 숲의 큰 느티나무가 확대되어 보이고 화면은 끝나고 눈앞이 환하게 밝아오며 인당은 욱씬거린다.

시원한 기운이 인당에서 용천, 장심, 백회로 하단전으로 운기가 아주 강하게 되어 간다. 자성의 음성이 있었는데 기억이 안 난다. 8단계의 종료 여부를 묻자 끝났다고 한다. 재차 질문하니 확실하게 끝났다고 한다.

2009년 9월 13일 (일) 122일째

04시 40분 ~ 06시 40분. 화두 염송하나 변화 없고 운기만 잔잔하게 흐른다. 관악산 등산하고 난 후 삼공재 방문 계획은 업무의 지연으로 취소하고 삼공재를 향하고 17시까지 화두를 잡다. 인사드리고 좌정하여 화두 암송하자 진동부터 일어난다.

합장한 손이 중단전과 대추혈을 강하게 두드리고 합장한 채 왼뺨을 오른쪽으로 강하게 누른다. 합장 상태에서 영안에 풀이 사람 키만큼 자란 직선의 길이 정면으로 열린다. 앞으로 성리할 것이 많은 나의 수련을 알려 줌인가 보다.

2009년 9월 14일 (월) 123일째

21시 30분 ~ 23시. 좌정하여 화두를 염송하자 흑인들, 거인들, 대형 벌레들 종류가 다른 흑인들이 나오고 눈앞이 캄캄해져 온다. 어둠의 상단을 보니 상층부가 인간의 얼굴로 눈이 확대되어 보인다.

검은 모습의 거대함의 형체가 나를 향하고 그 위의 끝 부위가 내 머리에 닿고 보니 거대한 날개를 접은 부리부리한 눈을 가진 검은 독수리가 나타난다. 다리를 보니 정말 거대하다. 부리 끝을 내 백회에 대고 한참을 그 상태로 있다. 하단이 뜨겁다. 그 뜨거움이 마음을 따라 이동한다. 진동이 일어난다. 삼매 호흡 중 주걱으로 젓는 호흡동작이 나온다.

2009년 9월 16일 (수) 125일째

아침 수련 대신 관악산에 오른다. 물론 화두를 암송하면서 오른다. 『

천부경』의 구절과『삼일신고』중 신훈과 대각경의 의미가 새롭게 새겨
진다.

21시 30분 ~ 23시. 합장하고 3경 암송하자 진동이 일어나 중단을 매
우 두드린다. 하단전이 뜨겁고 통증이 일어난다. 팽팽하게 기운이 쌓인
다. 기운이 명문에서 협척 중단전까지 뜨겁게 운기된다. 화면에 자갈 섞
인 흙의 봉우리가 나타난다. 地의 의미란다.

2009년 9월 18일 (금) 127일째

05시 02분 ~ 06시 45분. 16일자의 지(地)의 의미를 관하자 계곡의 시
냇물이 바위와 어우러져 흐른다. 그리고 화면도 꺼지고 잔잔한 기운의
흐름만 흐른다. 삼공 스승님의 모습이 떠오른다. 이렇게 수행의 기회를
주시고 이끌어 주신 모든 스승님들과 자성에게 감사의 인사를 마음으로
올린다.

2009년 9월 20일 (일) 129일째

15시 10분. 삼공재에 도착하여 인사드리고 좌정하여 화두를 염송하자
편안하고 포근한 기운이 들어오고 전에 보였던 매서운 눈의 선생님들의
모습들이 영화의 화면처럼 우에서 좌로 움직이며 나타나신다.

기운은 잔잔하게 흐르고 호흡은 느려지고 있어 이 상태가 한없이 지
속되었으면 하는 생각을 하는 사이에 벌써 수련 마감 시간이 다 되어 버
렸다. 『선도체험기』95권에 선생님의 사인을 받는 사이에 여쭈었다.

8단계 화두의 끝을 확신할 수 없다고 하자 선생님은 자성에 물어보라

고 하신다. 자성의 말씀이 있었다고 말씀드리니 8단계 수련이 끝났음을 인가해 주신다. 이것으로 수련의 마감이 되는 것이 아니라 새로운 시작을 할 수 있는 기초 공사를 마감하였다는 데에 의미를 두고 싶다.

끝까지 현묘지도 수련을 이끌어 주신 삼공 스승님과 선계 스승님들과 양정수 님과 모든 분들께 감사드립니다.

【필자의 논평】

20번째 현묘지도 통과자인 이종림 씨가 삼공재에 처음 나타난 것은 1993년 4월 24일이었다. 그 당시 상업은행에 다니던 그는 열심히 삼공재 수련을 한 결과 같은 해에 268번째로 백회가 열리고 대주천 수련을 하게 되었다.

벌써 16년 전 일이다. 그 후 그는 같은 은행 동료인 양정수 씨를 삼공재에 데려왔다. 양정수 씨도 열심히 수련을 하여 93년 6월에 286번째로 대주천 수련에 들어갔다. 그러나 그는 1999년부터 삼공재와는 발을 끊었다가 2006년에 다시 나타나 수련 끝에 2007년 4월에 현묘지도 수련을 마쳤다.

이종림 씨는 ○○재에 가입하면서 1997년부터 삼공재와는 발을 끊게 되었다 한다. 그렇지만 현묘지도 수련을 먼저 마친 양정수 씨가 이번에는 이종림 씨를 데리고 1997년 11월 23일에 삼공재에 나오게 되었다.

이처럼 처음에는 이종림 씨가 양정수 씨를 삼공재에 데려왔었지만, 나중에는 양정수 씨가 이종림 씨를 삼공재에 데려왔다. 그동안 그들이 다니던 직장에서도 다 같이 정년퇴직을 한 후에 벌어진 일이었다.

그야말로 시공을 초월하여 상부상조하는 도반(道伴)의 모범을 보여 준 보기 드문 사례가 아닐 수 없다. 두 사람 다 대기만성(大器晚成)형이고 체험기에도 보이는 바와 같이 수련에 전연 빈틈이 없고 바위처럼 든 직한 면이 있다. 이종림 씨의 도호는 탄일(呑一).

그런데 이종림이라는 이름으로 이미 현묘지도 수련 과정을 마친 분이 있음을 독자 여러분은 기억할 것이다. 동명이인이다. 혼란을 막기 위해서 삼공재에서는 먼저 현묘지도 수련을 마친 이종림 씨는 도호를 앞에 붙여 도율(道律) 이종림이라 하고 이번에 수련을 마친 분은 탄일(呑一) 이종림이라고 쓰기로 했음을 알려 드린다.

〈97권〉

다음은 단기 4342(2009)년 11월 2일부터 단기 4343(2010)년 1월 31일 사이에 있었던 필자의 수련 과정과, 필자와 수련생들 사이에 오고간 수련과 인생에 대한 대화 그리고 필자와 독자 사이의 이메일 문답을 수록한 것이다.

33년 만의 경주 관광

2009년 11월 3일 화요일, −4~7℃ 맑음

새벽 6시 10분에 삼공재 수련자이고 택시 운전기사인 위재은 씨의 차로, 역시 삼공재 수련자인 그의 여동생 위선녀 씨, 그리고 하선우, 이도원 씨와 나, 일행 다섯이 집을 출발했다. 그동안 벼르고 별렀던 당일치기 경주 관광길에 오른 것이다.

평일이어서 도중에 막히는 데 없이 우리는 일사천리로 계속 달려 오전 9시 30분경에 경주 시내에 진입할 수 있었다. 경주 시내 입구 휴게소에서 잠시 휴식을 취한 우리는 곧바로 기림사(祇林寺)로 향했다.

1976년 9월 초순에 아내와 함께 경주를 찾았을 때는 1박 2일 예정으로 석굴암, 불국사, 포석정, 천마총, 박물관 등을 관람한 일이 있었다. 그 후 33년의 세월이 흘러간 지금의 경주는 그때와는 영 딴판으로 아주 화

306

려하게 탈바꿈되어 있었다.

그때는 식사를 하려고 해도 마땅히 눈에 띄는 식당이 없어서 행인을 보고 물어서 간신히 찾을 수밖에 없었는데, 지금은 거리 곳곳에 요란한 간판을 단 식당들과 고풍스러운 한식 건물들이 즐비하게 들어서 있었다.

키가 거의 10미터 이상씩 되는 아름드리 소나무가 우거진 함월산 자락의 조용하고 아담한 곳에 자리 잡은 기림사는 선덕여왕 12년, 서기 643년에 원효 대사가 창건했다 한다. 보물인 대적광전(大寂光殿)을 위시한 사찰 건물들은 하나같이 단청이 다 떨어져 나가도록 새로운 단청을 하지 않았다. 그래서 그런지 고풍스럽기는 하지만 쇠락한 느낌을 지울 수 없었다.

기림사를 들러본 우리는 곧바로 골굴사(骨屈寺)로 향했다. 골굴사는 지금부터 1500년 전 인도에서 건너온 광유(光有) 성인이 불국사보다 200년 전에 창건했다 한다. 인도의 사원 양식을 본떠서 그런지 여러 개의 동굴군(洞屈群)으로 된 우리나라 유일의 석굴 사원이다.

보물 581호인, 높은 곳에 자리잡은 바위에 부조된 마애아미타불은 동해를 향해 좌정하여 천연스럽게 명상과 염불에 열중하고 있었다. 골굴사 관광을 마친 우리는 문무대왕릉인 대왕암으로 향했다. 대왕암은 해변에서 수십 미터 떨어진 돌섬이었다. 그 돌섬인 대왕암에 접근할 수 있는 시설은 아무것도 없었다.

대왕암은 죽어서 넋이 되어서라도 왜구의 침입을 막겠다는 일념으로 바로 이 돌섬에 묻히기를 소원했다는 문무대왕의 유해가 안치된 우리나라 유일의 수중왕릉(水中王陵)이다. 그러나 이것은 가짜임이 드러났다. 왜냐하면 신라는 처음부터 그 지배 세력이 끝까지 중국 대륙의 강소성,

안휘성, 호북성, 절강성, 사천성, 감숙성 등지에서 역사 활동을 했지 한반도에는 있었던 일이 없었기 때문이다. 이 사실은 다음 장에서 자세히 언급하기로 한다.

어쨌든 어리석은 우리 후손들은 문무왕의 비원(悲願)을 지켜내지 못하여 임진왜란을 초래하고도, 경술국치를 끝내 막아내지 못하고 외세에 의해 해방이 되고 국토는 둘로 나뉘어 지금에 이르렀다. 끝내 문무대왕의 유지를 받들지 못한 미천한 후손의 한 사람으로서 나는 대왕암을 바라보기가 민망하기 짝이 없었다.

우리는 해변에 앉아 단지 그 돌섬을 멍하니 바라보다가 정오가 되어 식당에 들어가 점심을 들었다. 회를 곁들인 점심값 9만여 원은 이번 관광을 계획하고 주도한 하선우 씨가 담당했다. 점심을 마친 우리는 감은사 삼층석탑과 이견대를 둘러보고 곧바로 석굴암으로 향했다.

석굴암은 33년 전과는 달리 부대 건물과 함께 보호 시설이 아주 잘 정돈되어 있었다. 한국인 관광객들보다는 외국인들이 더 많이 북적대고 있었다. 석굴암 역시 기림사 주변처럼 키 크고 울창한 소나무가 시야를 가리고 있었다.

김교각 스님의 등신불

석굴암을 둘러본 우리는 바로 이웃에 있는 불국사로 향했다. 다보탑과 함께 많은 전각들에서는 보수 공사가 한창이었다. 극락전에는 금칠한 김교각 스님의 등신불(等身佛)이 봉안되어 있었다. 많은 사람들이 그 등신불을 향해 절을 하고 있었다.

김교각 스님(696-794)은 통일신라기의 33대 성덕왕의 맏아들로 태어나 당나라에 갔었고, 안휘성 지우화산에서 수행, 주민들로부터 지장보살로 추앙받았던 고승이다. 98세에 입적한 후 그의 시신은 3년이 지나도 썩지 않아 등신불이 되었다. 그의 예언대로 1300년 뒤 고향으로 돌아와 지금은 이곳에 금칠된 등신불로 안치된 것이다.

나는 극락전 문지방에 앉아 그의 등신불에 절하는 사람들을 물끄러미 바라보다가 잠시 명상에 잠겨, 입정(入定) 상태에 들어갔다. 홀연 김교각 스님이 훤칠한 50대 장년의 모습으로 나타나 나에게 들으라는 듯 말했다.

"등신불에 자꾸만 절이나 하면 무엇 하나? 자성(自性)을 깨달아 생사에서 벗어나야지."

이 한마디 말을 남기고 그는 홀연 사라졌다.

그곳을 걸어 나오는데, 이도원 씨가 말했다.

"혹시 아까 극락전에서 무슨 일 없었습니까?"

"무슨 일이라니?"

"혹시 선생님 영안에 뜨이는 것이 없었습니까?"

"극락전 문지방에 앉아서 잠시 입정 상태에 들었을 때 김교각 스님이 다녀갔습니다."

이렇게 말하면서 좀 전에 겪은 얘기를 해 주었다.

"그게 정말입니까?"

"정말이잖구요."

"나이는 몇 살이나 되어 보였습니까?"

"50대 장년의 모습이었지요."

"아까 표지판에는 95세(내가 조사해 본 자료에는 분명 98세로 되어 있었다)에 입적했다고 써 있던데요."

"그렇다고 해서 그분의 영체(靈體)도 꼭 95세 된 모습으로 나타나는 것은 아닙니다."

"그럼 어느 때의 모습이 나타납니까?"

"그분의 활동이 가장 왕성했던, 일생을 대표할 만한 시기의 모습이 흔히 나타납니다."

"그래도 사람들이 자신의 등신불에 절을 하지 않는 것보다는 절을 하는 것이 나은 것 아닙니까?"

"그야 그렇겠죠. 자신의 등신불을 보고도 못 본 척하는 것보다는 낫겠죠. 허지만 김교각 스님의 입장에서는, 이왕에 불자라면 같은 값이면 다홍치마라고, 내친김에 최고의 깨달음에 도달하라는 뜻이었을 것입니다."

"자성을 깨달아 생사에서 벗어나라는 말은 선생님께서도 『선도체험기』에 늘 강조하시는 취지여서 김교각 스님도 같은 말을 한 것이 아닐까요?"

"자성을 깨달아 생사를 초월하라는 것은 지상의 모든 구도자들이 지향하는 한결같은 목표이므로 진정한 구도자라면 당연히 할 수 있는 말입니다. 김교각 스님이 보기에는 자신의 등신불을 향하여 복을 구하여 절을 하기보다는 좀더 치열한 수행으로 자성을 깨달아야 한다는 뜻이었을 것입니다. 이 말은 기복(祈福) 신앙들에게는 신선한 충격을 줄 수도 있는 말이라고 봅니다."

"그리고 선생님, 아까 대웅전 표지판을 읽어 보니까 대웅(大雄)은 석가모니불을 말한다고 했는데 선생님께서는 『선도체험기』에 대웅은 한웅을 말한다고 하시지 않았습니까? 우리나라에 불교가 수입되기 전에는 거발한 한웅천황을 모신 전각을 보고 한웅전이라고 했는데 어느 사이에 한웅과 같은 뜻인 대웅으로 바뀌어 불상을 모시게 되었다고 하셨습니다.

불교가 기존 선교(仙敎)와의 마찰을 피하려고 그렇게 했다고 하셨습니다. 그래서 대웅전은 한국 사찰에만 있는 특이한 현상이고. 그런데 그 표지판은 전연 다른 말을 하고 있었습니다. 어떻게 된 것일까요?"

"그건 나도 의문입니다. 그 표지판을 쓴 사람은 무엇을 근거로 그런 말을 표지판에 썼는지 나도 모르겠습니다. 대웅이 석가모니불의 이칭(異稱)이라는 말은 나 역시 난생 처음 듣는 말입니다."

선덕여왕릉(善德女王陵)

불국사 관광을 마친 우리 일행은 요즘 '선덕여왕'이라는 연속방송극으로 공전의 인기를 누리고 있는 선덕여왕의 능을 찾았다. 위성항법 장치에만 의존하여 밭 사이로 난 길을 꼬불꼬불 이리저리 돌아서 관리인 한 사람 있는 주차징에 차를 세우고 우리 일행은 차에서 내렸다.

『삼국사기』에 따르면 낭산(狼山) 남쪽 자락에 있다는 선덕여왕릉을 찾아, 표지판만 따라 한참을 둔덕길 사이로 난 고색창연한 솔밭 길을 걸어 올라갔다. 어느새 늦가을 해는 뉘엿뉘엿 서산으로 넘어가고 있었고 숲속에는 땅거미가 조금씩 내려깔리고 있었다. 주위는 조용했다. 꼬불꼬불한 둔덕길을 한참 걸어 올라가자니까 우리만 외따로 숲속에 갇혀 버린 느낌이 들었다.

아무리 둘러보아도 선덕여왕릉으로 인도하는 안내 표지판 하나 눈에 들어오지 않았다. 물론 능지기 한 사람 눈에 띄지 않았다. 혹시 길을 잃은 것이나 아닌가 걱정이 되었다. 그때 마침 우리가 올라가는 길을 따라 내려오는 일단의 젊은이들이 눈에 들어왔다.

"선덕여왕릉 이리로 가면 됩니까?" 하고 하선우 씨가 물었다.

"네, 이리로 조금만 더 올라 가시면 바로 선덕여왕릉이 나옵니다" 하고 한 젊은이가 친절하게 가르쳐 주었다. 우리는 잠시 떠올렸던 우려를 불식하고 계속 그들이 알려준 밋밋한 길을 따라 올라갔다. 숲속 여기저기에는 언제 만들어겠는지 알 수 없는 평민들의 고만고만한 무덤들이 수없이 눈에 띄었다. 아무래도 오래 전에 만들어진 공동묘지 같았다.

자그마한 둔덕을 하나 넘어섰을 때였다. 홀연 흰옷 차림의 왕관을 쓴 여인의 모습이 내 영안에 나타나더니 눈 깜짝할 사이에 나 자신과 합류해 버리는 것이었다. 선덕여왕의 영가에 빙의된 것이다.

그녀는 신라 27대 왕이고 출생연대는 알려지지 않았지만 재위 기간은 서기 632년부터 647년 사이다. 15년 동안 신라를 통치했고, 지금으로부터 정확히 1362년 전 1월 8일에 세상을 떴다. 그렇다면 그녀는 무슨 원한과 집착이 있었기에 그 긴긴 세월을 중음신(中陰神)이 되어 자신의 능묘를 떠나지 못하고 지박령(地縛靈)처럼 능 주위에서 서성거리고 있었다는 말인가?

우리는 그곳에서 100미터 정도 되는 선덕여왕릉에 곧 도착했다. 이씨 조선 시대의 왕릉보다 못등이 뾰족하고 길게 하늘로 치뻗어 있었다. 기단은 2층으로 된 자연석으로 구축되어 있었다. 이곳에도 역시 능지기는 고사하고 관리인 한 사람 눈에 띄지 않았다.

능 주위는 3미터 폭의 공간이 있었고 그 바깥쪽에는 서민의 묘들이 옹기종기 모여 세상 얘기를 끊임없이 속삭이고 있는 것 같았다. 그러니까 선덕여왕은 이곳에 묻힌 후, 지난 1362년 동안 일반 서민들과 가장 가까운 곳에서 서민들과 더불어 숨쉬면서 끊임없이 얘기를 나누고 있었다는 얘기가 된다. 어쩐지 선뜻 믿어지지가 않았다. 아무리 살펴보아도 왕릉답지가 않기 때문이었다.

관리가 되지 않아 능은 퇴락할 대로 퇴락해 있었다. 신라가 삼국통일을 할 수 있는 기초 국력을 닦은 선덕여왕의 왕릉다운 기상은 어디서도 찾아볼 수 없었다. 그때의 제도가 그랬는지는 몰라도 능에는 상석도 호석도 십이지장신상도 문무 신하상도 없이 쓸쓸히 능묘 하나만 달랑 외롭게 서 있었다.

이러한 능 주위를 잠시 둘러본 우리 일행은 기대에 어그러진 섭섭함을 안은 채, 능을 뒤로하고 오던 길을 따라 내려왔다. 이윽고 선덕여왕의 영가가 나를 마중이라도 하듯 기다리고 있다가 나와 합류한 바로 그 지점에 도착했을 때 이도원 씨가 물었다.

"선생님 혹시 선덕여왕의 영혼이 보이지 않았습니까?"

"보이지 않다뇨? 아까 바로 이 지점을 지날 때 선덕여왕의 영이 나와 합류했습니다."

"아니 그럼 선덕여왕의 영혼이 선생님에게 빙의되었단 말씀입니까?"

"그렇습니다."

"인상이 어떻습니까?"

"지금 방영되고 있는 드라마의 선덕여왕 역을 맡고 있는 이요원 탤런트와는 인상이 전연 딴판입니다. 이요원은 얼굴이 타원형에 가까운 표준형인데, 내가 본 선덕여왕 영체(靈體)의 얼굴은 갸름한 수목형(水木型)입니다."

"키는요?"

"키도 이요원보다는 더 크고 더 호리호리한 편입니다."

"나이는요?"

"중년의 모습입니다. 나라를 다스리는 데 정력을 쏟고 애를 너무 태워서 그런지 굉장히 피로하고 가냘프고 초췌한 병든 모습입니다."

(나는 아무래도 여러 가지가 미심쩍어 경주 관광을 마치고 집에 돌아와 『삼국사기』, 『삼국유사』, 『화랑세기』와 같은 관련 기록들을 섭렵하

면서 여왕의 15년 동안의 재위 기간과 특히 말년의 상황을 살펴보았다. 그녀가 신라를 통치한 15년 동안은 한마디로 격동과 국가적 위기의 연속이었다.

첨성대를 쌓고 원광 대사의 제안을 받아들여 분황사를 축조하고, 황룡사 구층석탑을 쌓고 국정을 쇄신하는 등 삼국통일의 기틀을 마련한 것으로 알려지기는 했지만 이들 기록들을 보면 우선 그녀가 즉위하기 바로 2년 전에 '칠숙(柒宿)의 난(亂)'이 있었다.

그리고 등극한 지 4년 뒤인 636년에 당시의 수도인 금성(金城)에서 불과 10킬로밖에 떨어져 있지 않은 여근곡(女根谷)에 백제군 특공대 5백이 숨어 들어온 일이 있었다. 여왕의 신속한 대처로 이들을 제때에 일망타진하고 그들의 후속 부대 1천 3백 명도 섬멸하긴 했지만 이것은 1968년에 있었던 북한의 김신조 일당의 124군 부대의 청와대 기습 사건과 맞먹는 위협적인 국가적인 위기 사태였다.

그로부터 겨우 6년 뒤인 642년에는 신라 서부의 최대 요충지였던 대야성(흔히 알려진 대로 지금의 경남 합천이 아니고 중국 대륙인 사천성과 호북성의 경계 지역인 낭산 근처로 보인다)이 백제의 공격으로 함락당하는 망국의 위기를 겪기도 했다.

이러한 백제를 견제하기 위해 고구려와의 동맹을 추구했지만 실패하고, 643년 당과의 제휴를 모색했지만 당 태종은 "여자가 임금을 해야 할 정도로 신라에 왕재(王才)가 없다면 자기의 친족을 한 사람 신라왕으로 제수하여 보내겠다"고 모욕적인 발언을 함으로써 여왕의 권위에 심각한 손상을 입혔다.

설상가상으로 645년엔, 11월에 『화랑세기』에 미실과 진지왕 사이에서 태어난 것으로 알려진 비담(毗曇)을 여왕은 상대등(上大等)에 등용했다. 그런지 불과 2년도 채 안 된, 647년 1월에 더구나 여왕의 중환(重患)을 틈타 비담은 염종(廉宗)과 함께 반란을 일으켰다. 다행히 김유신과 김춘추에 의해 반란은 신속하게 진압되었지만 여왕은 이 변란 중에 돌연사한 것이다.

상대등이라면 이조시대의 영의정, 지금의 국무총리에 해당되는 직책이었으니 믿는 도끼에 발등 찍힌 격이었다. 마치 박정희 전 대통령이 심복인 김재규 중앙정보부장에게 저격을 당한 것과 비슷한 사건이 아닐 수 없었다. 그녀가 25세에 임금이 되었다고 가정한다면 40세 전후에 겪은 일이었을 것이다. 국내외의 거듭되는 위기에 겹쳐 철석같이 믿었던 심복인 비담까지 그녀를 배신했으니, 위중한 병까지 겹친 데다가 심신이 극도로 쇠약했을 그녀에게는 더이상 감내하기 어려운 타격이었을 것이다.

생각건대 그녀의 체질은 수목형이므로 수극화(水克火)하여 심장이 약했을 것이다. 심복인 비담의 불의의 반란으로 충격을 받아 심근경색이나 심장마비로 돌연사했을지도 모른다. 오늘날과 같이 응급처치를 받을 수도 없었을 그때의 의술로는 속수무책이었을 것이다.

어떤 사학자는 그녀가 비담에 의해 살해당했을 것이라고 한다. 만약에 그랬다면 그녀의 영체는 피를 흘리고 있었을 것이다. 그러나 그러한 상처의 흔적은 전연 보이지 않았다. 『삼국유사』에 나오는 지기삼사(知幾三事)로 유명한 그녀의 명석한 두뇌 회전과 기지(奇智)로도 심복의 배신은 사전에 극복할 수 없었던 말인가? 어쩌면 그것이 그녀의 인간적인 한계였는지도 모른다.

그녀는 이미 자신의 미래를 알아차리고 건강할 때에 어느 해(647년)

어느 달 (1월) 어느 날(8일)에 자신이 죽을 것을 예언했었고 정확히 그날에 세상을 떠났던 것이다. 그리고 도리천(忉利天)에 묻을 것까지 지시했던 것이다. 도리천은 바로 그녀의 능이 있는 낭산 남쪽이다.

　선덕여왕릉이 처음 조성된 곳은 중국의 사천성과 호북성 경계 지점인 검강토가족묘족자치현(黔江土家族苗族自治縣)에 있는 낭산(狼山) 밑이었는데(이중재 저, 『상고사의 새발견』, 946쪽), 언젠가 이곳으로 성급하게 이장된 것으로 보인다. 결국 그녀의 영혼만이 지금까지 외로이, 무려 1362년 동안 그녀의 무덤을 떠나지 못했던 사연을 나는 비로소 이해할 수 있을 것 같았다.)

　"피부와 몸매는 어떻습니까?"

　"피부는 희고 날씬한 편입니다."

선덕여왕과 미실의 관계

　"실제로 선덕여왕과 미실과의 사이에 드라마에서처럼 치열한 유혈극이 벌어졌는지 혹시 물어보시지 않으셨습니까?"

　"그런 건 물어보지 못했습니다."

　"왜요?"

　"미실과 선덕여왕의 갈등은 순전히 극작가의 허구(虛構)라는 것을 알았기 때문입니다. 대체적으로 드라마 작가들의 일차적인 관심은 사극의 경우 역사적 사실에 충실하기보다는 어떻게 하면 시청자들이 재미있게 드라마를 감상하고 시청률 끌어 올려 광고 수입을 늘일 수 있느냐에 쏠리게 마련입니다.

　따라서 드라마 속의 두 주인공의 갈등은 순전히 극적 효과를 얻기 위

한 작가의 상상력의 산물일 뿐입니다. 역사적 사건을 극화할 때 흔히 있
는 일이긴 하지만 이것은 그 정도가 아주 심한 경우입니다."

"허구(虛構)라면 드라마 작가가 있지도 않았던 사건을 마치 실제로 있
었던 일처럼 꾸며낸 이야기라는 말씀인가요?"

"그렇습니다."

"그럴 만한 증거라도 있습니까?"

"있고말고요. 미실과 선덕여왕은 같은 시간대를 산 사람들이 아닙니다."

"그걸 어떻게 알 수 있습니까?"

"지금 방영되고 있는 문제의 드라마에 등장하는 미실은, 『삼국사기』나
『삼국유사』에도 등장하지 않는 인물입니다. 그런데 1989년에 햇빛을 본,
신라 때 김대문이 쓴 『화랑세기』라는 기록에 의해 구체적으로 그 실상
이 알려졌습니다. 그런데 그 『화랑세기』를 아무리 읽어 보아도 미실과
선덕여왕이 마주친 기록은 전연 보이지 않습니다.

"그렇다면 미실과 선덕여왕이 같은 시대를 산 사실이 없다는 것은 어
떻게 알 수 있습니까?"

"미실이 언제 출생했는지는 기록에 나와 있지 않습니다. 그러나 『화랑
세기』에 나오는 그녀의 아들인 11세 화랑주인 하종이 출생한 연도는 갑
신년(564년)으로 나와 있습니다. 미실이 아들인 하종을 그녀가 20세에
출산했다고 가정할 경우 그녀가 출생한 해는 서기 544년 전후가 됩니다.

그리고 미실의 사생아인 보종공이 신사년(621)에 16세 화랑주가 되는
데 이 무렵에 '미실궁주가 훙(薨)하자 (보종)공이 따라 죽지 못한 것을
스스로 죄로 여겨 문을 닫아걸고 홀로 지냈다'는 내용이 『화랑세기』에
보입니다. 이것으로 보아 미실은 77세쯤 된, 서기 621년경에 사망한 것

이 틀림없습니다. 선덕여왕이 즉위한 해가 632년이니까 미실은 그로부터 11년 전에 이미 이 세상 사람이 아니었다는 것을 『화랑세기』는 입증해 주고 있습니다."

"그렇다면 미실과 선덕여왕과의 갈등은 순전히 드라마상의 허구임에 틀림이 없군요."

"그렇습니다. 내가 만약에 『화랑세기』를 읽어 보지 않았더라면 나도 이도원 씨와 똑같은 의문을 품었을 것입니다."

이런 얘기를 나누면서 우리는 다음 관광지인 대능원(大陵苑)에 도착했다. 20여 기의 능이 다닥다닥 붙어 있는 대능원은 잘 관리되고 정돈되어 있었고, 33년 전보다 훨씬 더 잘 단장되어 있었다. 입구에서 표 받는 아가씨가 캡을 쓴 내 아래위를 훑어보더니

"미안하지만 신분증 좀 제시해 주시겠습니까?"

"왜요?"

"아직 65세가 안 되어 보이십니다."

"그러죠."

나는 얼른 주민등록증을 꺼내 주었다. 주민등록증엔 1933년생으로 되어 있으니 금년 내 나이는 76세로 되어 있는데 65세 이하로 보다니 불쾌한 일은 분명 아니었다. 그러나 캡을 벗었다면 사정은 달랐을 것이다. 아직 머리는 세지 않았지만 앞머리가 훤하게 벗겨져서 칠십 대 노인이 분명했을 것이므로 신분증을 제시하라는 말은 나오지 않았을 것이다. 그러나 캡을 쓴 내 얼굴을 65세 이하로 보았다면 그것은 순전히 내가 선도수련을 한 덕분이었을 것이다.

대능원을 한 바퀴 돌아 천마총을 둘러보고 되돌아 나올 때는 이미 어

둠이 짙게 깔려 있었다. 이도원 씨가 물었다.

"선생님, 대능원에서는 무슨 일이 없었습니까?"

"아까 대능원 정문을 막 들어섰을 때 미추(味鄒)왕이라고 자신의 신분을 밝힌 고풍스러운 갑옷투구 차림에 말을 탄 영체의 모습이 들어왔습니다."

신라 13대 미추왕은 김씨계로는 처음 신라왕이 되었고 나의 직계 조상이라는 것을 그 후 집에서 역사책을 뒤져 보다가 알게 되었다. 그 미추왕이 바로 이 능원에 모셔져 있다는 것도 처음 알았다. 미리 알고 찾아보지 못한 것이 후회되었다. 선조의 영가가 후손에게 빙의되는 일은 흔히 있을 수 있는 일이다. 그렇게 따지면 선덕여왕 역시 나의 직계 조상 중의 한 사람이다.

"그럼 오늘 세 분의 영체를 접하셨군요."

"그렇습니다. 그러나 김교각 스님은 빙의가 아니고 잠시 나에게 자신의 메시지를 전하고 표연히 사라졌습니다. 이미 1215년 전에 견성 해탈하신 분이라 남에게 빙의가 되는 일은 있을 수 없습니다."

"그럼 선생님이 느낀 세 분의 영체의 무게는 어떠했습니까?"

"김교각 스님이 종이 한 장의 무게라면 미추왕과 선덕여왕은 벽돌 한 개의 무게라고 할까요. 그 밖에도 각 관광지에서는 이름 모를 신라의 왕들과 귀족들의 수많은 영체들이 빙의되어 들어왔습니다."

"그래도 그분들이 생존 시에 신라라는 나라를 세우고 천년이나 경영하여 지금 우리가 향유하는 언어와 문화의 뿌리를 제공했고 이만한 문화유산들을 남겨 놓은 것은 대단한 일이 아닐까요?"

"비록 그분들의 공로를 인정한다고 해도 신라가 통일을 한 후에도 고구려의 영토를 회복하지 못한 것은 큰 잘못이 아닌가 생각됩니다. 적어도 고구려와 같은『다물』정신을 발휘하여 진취적으로 잃어버린 옛 땅을 회복하려고 진지한 노력을 기울이지 않은 것은 아쉽기 짝이 없는 일입니다.

만약에 신라의 통치자들이 기존 소국(小國) 안주주의적(安住主義的) 자세에서 벗어나 보다 강한 나라를 만들려고 했다면 통일신라 이후에는 당연히 단군조선 때의 영토를 되찾았어야 합니다. 그래야 외세의 침략에 시달리는 일 없이 지금까지도 계속 강대국으로 뻗어 나갈 수 있는 기틀을 잡을 수 있었을 것입니다."

"그러자면 통일신라는 발해와 어쩔 수 없이 전쟁이나 충돌을 해야 하지 않았을까요?"

고토(故土) 회복의 기회는 또 찾아올까?

"전쟁만이 능사는 아니었을 것입니다. 발해는 애초부터 신라를 동족 국가로 인정하고 침략할 의도를 갖고 있지 않았으므로, 신라만 발해와 공존 공생하면서 상부상조할 의도를 갖고 있었다면 얼마든지 그렇게 할 수도 있었을 것입니다.

그러나 신라는 그렇게 하지 않고 당에 대한 사대 외교에만 온갖 정성을 쏟았고 발해는 왜(倭)와 특별히 가깝게 지냈습니다. 그 때문에 신라는 당의 요청을 받아들여 발해를 공격하는 데 가담했다가 번번이 쓰라린 실패만 맛보았습니다. 그 후 발해와 통일신라의 269년의 동안의 남북조 시대가 계속되었습니다.

이때 신라가 어떻게 하든지 발해와의 통일을 모색하든지 그것이 어려우면 발해와 힘을 합쳐서 당나라를 상대하든지 했어야 하는데, 그렇게 하는 대신에 신라는 당나라에만 끝까지 사대(事大)함으로써 국력 신장에 역행했습니다.

이때부터 신라는 국내에서 권력자들이 서로 헐뜯고 모함하고 싸우는 권력 다툼과 내분에 휩싸여 부정부패가 창궐하게 됩니다. 게다가 불교에 지나치게 심취한 나머지 젊은이들이 너도나도 승려가 되는 바람에 군인이 되거나 농사지을 일손조차 부족하게 되었습니다. 과감한 개혁 정책을 단행하여 국력신장을 도모하는 대신에 권력자들은 서로 상대를 중상모략하는 골육상쟁(骨肉相爭)에만 골몰하다 보니 계속 안으로 곪아 들어갔습니다.

내가 보기에는 통일신라가 이렇게 된 것은 강대국을 지향하는 대신에 소국 안주주의에만 집착한 결과입니다. 결국 통일신라는 견훤의 후백제, 궁예의 후고구려라는 후삼국 시대를 거쳐 새로 일어나는 고려의 왕건에게 항복함으로써 936년에 망해 버렸습니다.

그보다 10년 전에 발해까지도 서기 926년에 거란에게 어이없이 항복해 버리고 발해의 지배층 10만여 명은 고려 땅에 이주해 버리고 말았습니다. 그 후 고려와 이씨조선 5백 년의 1천 년 동안 우리 민족은 계속 약소국의 길만 걸어왔습니다. 강대국이 될 수 있는 기회가 고려 시대에만도 세 번이나 있었건만 번번이 외면당하고 말았습니다."

"한 나라가 강대국이 될 수 있는 기회가 왔는데도 불구하고 굳이 약소국이 되기로 작정한다는 것은 오늘날의 관점으로는 어리석기 짝이 없는 일이 아닐까요?"

"물론입니다. 개인으로 말하면 건강해지기 위하여 투자하는 노력과 근면이 싫어서 건강한 몸 대신에 약한 몸을 스스로 택한 것과 같습니다. 고려보다도 이씨조선 왕조는 한술 더 떠서, 명나라에 사대(事大)하는 약소국의 길만을 추구한 결과 나라는 약할 대로 약해져서 결국은 일본에게 통째로 먹혀 버리고 말았습니다. 일제 강점기 35년 후 1945년에 연합국에 의해 해방이 되고도 나라는 두 동강이 나고, 6·25라는 동족상잔의 전쟁을 거쳐 지금의 남북 대치 상황을 초래했습니다."

"앞으로도 우리나라가 대륙의 옛 땅을 회복할 수 있는 기회가 또 올 수 있을까요?"

"나는 반드시 올 것이라고 생각합니다. 우리나라가 여러 면에서 경쟁력이 강해지면 강해질수록 그런 기회는 더욱더 자주 다가오게 될 것입니다. 우리나라는 지난 50년간 경이적인 발전을 거듭하여 지금은 세계의 선진국들과 당당히 수출품으로 경쟁력을 겨루는 세계 9위의 무역대국으로 성장했습니다.

재능과 능력이 있는 사람은 반드시 두각을 나타내게 마련입니다. 그런 사람은 기필코 공익을 위하여 큰 소임을 맡게 되는 것과 같이, 경쟁력이 강한 나라에게 하늘은 반드시 큰 소임을 맡겨 주게 되어 있습니다.

보도에 따르면 올해의 우리나라 무역 흑자가 드디어 일본을 능가하게 되었다고 합니다. IT, 전자, 자동차, 조선, 원전, 건설, 영화, 드라마, 스포츠 등 각 분야에서 이미 일본을 앞지른 한국은, 지금부터 25년 전에 대만 출신의 일본인 학자인 사세휘(謝世輝) 교수가 『일본이 미국을 추월하고 한국에 지게 되는 이유』라는 그의 저서에서 예언한 대로, 우리나라는 드디어 여러 분야에서 일본을 앞지르게 되었습니다. 동시에 원조를 받는 나라에서 주는 나라가 되었습니다.

2차 대전 이후 식민지의 멍에를 벗어던지고 출발한 전 세계의 신생국 중에서 유독 한국만이 성취할 수 있었던 눈부신 성과입니다. 이러한 한국의 성공 신화를 하늘이 외면할 리가 없습니다. 앞으로 하늘은 우리에게 우리의 능력에 알맞은 소임을 맡겨 줄 것입니다.

힘이 없어서 발해가 거란에게 내주었던 국토를 회복할 날이 반드시 찾아올 것입니다. 안타깝게도 고려 조정이 세 번이나 찾아온 천재일우의 국토 회복의 기회를 멍청하게 놓쳐 버렸던 것과 같은 실수를 다시는 되풀이하지 말아야 할 것입니다."

이런 얘기가 오가는 사이에 어느덧 해는 완전히 서산에 지고 주위는 깜깜해졌다. 우리 일행은 하선우 씨의 인도로 경주에서 제일 유명하다는 쌈밥집을 찾아 들어가 저녁 식사를 마쳤다. 시간은 7시 10분, 우리는 곧바로 차에 올라 서울로 향하는 고속도로에 접어들었다.

오늘 일행 다섯 명의 관광 식사비용은 하선우 씨가 담당했고 교통편은 위재은 씨가 맡았다. 돌아오는 길에 위재은 씨가 말했다.

"지난밤에는 선생님을 위시한 일행을 모시고 모처럼 장거리 뛸 생각을 하니 다소 긴장이 되어 밤잠이 오지 않았습니다. 잠을 못 자면 안 되는데 어떻게 하지, 하고 궁리를 하다가 『선도체험기』를 베개 삼아 베고 또 일부는 가슴에 안고서야 신기하게도 푹 깊은 잠에 들 수 있었습니다."

이렇게 말하는 그의 얼굴에는 아직도 긴장이 서려 있었다. 앞으로도 천리 길을 달려야 할 소임이 그의 어깨를 눌렀을 것이다. 아무리 매일 택시 운전을 하는 직업을 가지고 있지만, 하루에 이렇게 장거리를 뛰어 보기는 처음이라고 했다.

오후 10시에는 연속방송극 '선덕여왕'까지 감상하면서 우리를 실은 차는 계속 서울을 향해 질주했다. 11시 10분 무사히 집 앞에 도착할 수 있었다. 차를 내려 일행과 작별 인사를 나눌 때는 이미 선덕여왕과 미추왕의 영가도 말끔히 천도된 뒤였다.

초라한 신라 왕릉들의 자초지종

내 생애에 두 번째 경주 관광을 마치고 집에 돌아온 나에게는 좀처럼 뇌리에서 사라지지 않는 의문이 있었다. 그 초라한 선덕여왕릉도 그렇고 20여 기의 왕릉이 마치 공동묘지처럼 다닥다닥 붙어서 모여 있는 대능원(大陵苑) 무덤들도 그랬다.

특히 15년 동안이나 신라를 다스리면서 삼국통일의 초석을 다졌다는 선덕여왕릉은 그녀의 업적과 권위에 걸맞은 호석과 상석은 물론이고 비석도 배향묘(配享廟) 하나 없이 능묘 하나만 달랑 일반 서민들의 공동묘지 한 모서리에 서 있다는 것은 아무리 생각해도 이해가 되지 않았다.

『삼국사기』에는 분명 장지는 경주 낭산(狼山) 남쪽이라고 되어 있다. 그러나 경주 지방 지도를 아무리 찾아보아도 낭산은 찾을 수 없었다. 관광 지도에는 낭산 대신에 선덕여왕릉 뒷산에 '형제산'만 표시되어 있었다. 혹시 형제산을 삼국 시대에는 낭산이라고 불렀나 하고 아무리 검색해 보아도 그런 흔적은 어느 기록에서도 찾아낼 수 없었다.

그럼 도대체 낭산이라는 지명은 어디에서 연유된 것일까? 이러한 의문 역시 내 머리에서 내내 떠나지 않았다. 그러다가 우연히 허성정 지음, 도서출판 유림이 낸 『아! 고구려』(2권)와 함께 이중재 지음, 명문당 간행 『상고사의 새 발견』이란 책을 읽게 되었다. 이들 책을 읽다가 나는 선덕여왕릉이 지금의 중국 사천성(四川省)과 호북성(胡北省) 경계 지역인 검강토가족묘족자치현(黔江土家族苗族自治縣)에 있었다는 것을 알았다.

이곳이 바로 『삼국사기』에 기록된 낭산(狼山)이었다. 이곳 숫 낭산(狼山) 맞은 편 암 낭산(狼山) 아래 묘가 있었던 흔적이 있음을 1993년 6월에 이곳을 방문한 이중재 선생 일행의 한국 상고사 탐사팀에 의해 사진 자료와 함께 실려 있었다. (이중재 저 『상고사의 새발견』, 946-947쪽) 허성정 씨는 이중재 지음 『상고사의 새발견』에서 이 사실을 인용했는데, 이 책의 저자는 『세종실록 지리지』를 참조했다는 것이다.

이들 상고사 탐사팀은 선덕여왕릉 터 외에도 고려를 창건한 왕건의 묘도 방문했다. 왕건 묘가 있는 곳은 사천성(四川省) 성도시 서교무금로(成都市西郊撫琴路)였다. 이곳에서는 성도왕건박물관(成都王建博物館)도 운영되고 있었다. (이중재 저 『상고사의 새 발견』, 948~951쪽) 왕건 묘가 중국 땅에서 이처럼 잘 보존되고 성도왕건박물관까지 운영되는 것은 왕건이 전촉왕(前蜀王, 서기 907년) 당(唐)나라 혈통이었기 때문이라고 한다. 이 외에도 이들 탐사팀은 산동성(山東省) 배미산(陪尾山)에 있는 신라 14대 헌강왕의 무덤이 있던 자리와 강소성 소주에 있는 신라 초대 박혁거세 왕릉 자리를 확인 답사했다.

『환단고기』, 『삼국사기』, 『고려사』, 『세종실록 지리지』, 『이십오사(二十五史)』 등의 권위 있는 기본 사료들을 근거로 하여 쓰여진 『아! 고구려』와 『상고사의 새발견』에 따르면 원래 고구려는 하북성과 산서성, 백제는 하남성, 산동성 그리고 신라는 강소성, 안휘성, 사천성, 감숙성, 호북성 그리고 절강성에서 건국 초기부터 멸망할 때까지 역사 시대를 겪은 것이었다.

다시 말해서 고구려, 백제, 신라는 결코 한반도와 만주에 있던 국가가 아니고 엄연히 중원 대륙 국가인 것이다. 이들 삼국이 대륙 국가라는 증거는 『삼국사기』를 비롯한 각종 역사서들에 나오는 지진, 홍수, 황충(蝗蟲)의 피해, 일식(日蝕) 기록과 해당 지역의 특산품 등을 통해서도 입증이 되고 있다.

『삼국사기』에는, 읽어 본 사람은 누구나 다 아는 일이지만, 황충의 피해가 자주 언급되고 있다. 노벨 문학상을 탄 미국이 낳은 세계적인 여류 소설가 펄 벅이 쓴, 중국을 무대로 한 농민의 생활을 그린 『대지(大地)』라는 소설을 보면 황충이라는 일종의 메뚜기 종류인 누리 떼가 하늘을 새까맣게 가릴 정도로 엄습하면 농작물은 일시에 쭉정이로 변해 버린다.

그런데 이러한 메뚜기 떼 내습은 한반도에서는 발생하는 일이 없다. 중국, 중앙아시아, 유럽, 아프리카 등지에 창궐하는 해충이기 때문이다. 『삼국사기』에 등장하는 황충 피해 기록은 고구려, 백제, 신라가 모두 대륙 국가임을 입증해 준다.

『삼국사기』에는 또 경주 토함산에서 화산이 폭발하여 화산재로 3년 동안이나 해를 입었다는 기록이 나온다. 한반도의 경상남도 경주에 있는 토함산에서는 화산이 폭발한 흔적이 전연 없지만 중국 대륙에 있는 안휘성 봉양현에 있는 경주 토함산에는 화산 폭발의 흔적이 지금도 분명히 남아 있다. 중국 대륙 중남부는 원래 지진 피해가 잦은 곳이지만 한국은 그렇지 않다. 이것 역시 고구려, 백제, 신라가 반도 국가가 아니라 중원 대륙 국가라는 것을 말해 준다.

또 『삼국사기』에는 신라에는 홍수 피해가 막심한데도 백제는 전연 피해를 입지 않는 실례들이 많다. 이것은 백제와 신라가 한반도에서처럼 같은 위도상에 좌우에 나란히 존재하지 않았다는 것을 말해 준다. 실제로 대륙 백제는 하남성과 산동성에 있었고 신라는 안휘성, 강소성, 절강성 등지에 있어서 그 위치상 위도(緯度)가 달랐기 때문에 가능한 일이었다.

또 『삼국사기』에 등장하는 일식(日蝕) 기록을 서울대 박창범 천문학 교수팀이 컴퓨터로 역추적해 본 결과 『삼국사기』의 기록과 일치했고 일식 관측 지역 역시 『삼국사기』에 기록된 고구려, 백제, 신라의 대륙 위치와 똑같았다.

이밖에는 신라가 당에 보낸 공물들 중에는 나전칠기, 나침반, 견직물, 면직물, 노(弩) 등이 있는데 이것은 하나같이 대륙의 신라 땅에서만 생산되는 특산품이었다. 이것만 보더라도 고구려, 백제, 신라가 대륙 국가라는 것이 틀림없다. 더구나 안휘성, 절강성, 강소성과 기타 성들에는 아직도 24기의 신라 왕릉이 남아 있다. 토함산, 경주와 같은 중요한 신라 시대의 지명들 역시 지금도 그대로 대륙에 남아 있다.

더구나 삼국 시대에 한반도의 땅 이름은 순 우리말뿐이었다. 한반도의 땅 이름이 한자화(漢字化)된 것은 경상도 연혁지(沿革志)에 따르면 1314년 고려 27대 충숙왕(忠肅王) 때부터다. 『동국여지승람(東國興地勝覽)』 지리지(地理誌)에도 고려 때 처음으로 한반도에서 한자로 된 땅 이름이 기록되기 시작했다고 나와 있다.

고려 이전 삼국 시대의 한반도의 땅 이름은 대체로 다음과 같은 것들이었다.

배오개, 서라벌, 빛고을, 한밭, 모래내, 진고개, 용머리, 무너미고개, 삼거리, 사거리, 감골, 복숭아골, 할미고개, 되너미고개, 솔섬, 새섬, 쑥섬, 뚝섬, 방골, 대골 등등이었다.

그런데 『삼국사기』를 비롯한 고구려, 백제, 신라의 삼국 시대 역사 기록에는 한결같이 한자로 된 지명(地名)만 등장하고 있다. 이것 역시 삼국이 모두 대륙에 있었다는 것을 입증해 주는 증거들이다.

그럼 그때 한반도 상황은 어떠하였을까? 한반도는 일찍이 부여조선 때부터 대륙과 교류했는데 그때부터 탁라(乇羅)라고 불렸다. 한반도는 서기 5세기에는 고구려의 지배하에 있었고 6세기 중반에는 백제의 영향권이었는데 이 무렵 공주에 사마왕릉이 조성된 것으로 추정된다. 그 후 7세기 후반에는 신라의 영향권으로 편입되었다.

광개토대왕 훈적비에 따르면 한반도의 신라 땅에는 매금(寐錦) 신라가 있었고 절강성, 안휘성, 강소성에는 사로(斯盧) 신라가 있었던 것이다. 그러니까 매금 신라는 사로 신라의 제후국 또는 위급 시의 피난처에 지나지 않았던 것이다. 신라가 고려에 항복하자 고려의 영역이 되었는데, 그때까지도 한반도는 탁라(乇羅)라고 기록에는 나와 있다.

그래서 경주나 토함산 같은 지명(地名)조차도 그대로 대륙 신라에서 고려 충숙왕 때부터 한반도로 옮겨온 것이다. 그러니까 진짜 신라의 역사 시대는 거의 다 사로 신라 즉 대륙 신라에서 벌어진 것이다.

그렇다면 통일신라 시기, 장보고가 활약할 때 중국에 신라인 거류지인 신라방(新羅坊)이 있었다는 현행 교과서의 내용은 어떻게 된 것일까? 그것이야말로 이씨조선 시대의 사대주의 유생들과 한국인을 영원히 일본의 노예로 길들이려는 한반도 침략 세력인 일본 제국주의자들의 반도식민지 사관(半島植民地史觀)이 날조해 낸 것이다.

그럼 반도식민지 사관이란 무엇인가? 그것은 우리나라 역사를 한반도 안에서만 벌어진 것으로 억지로 왜곡, 축소, 날조하여, 일본이 한국을 식민지 통치하는 데 유리하게 만들어 놓은 가짜 엉터리 사관(史觀)을 말한다.

그리고 이러한 사관을 아직도 신주단지 모시듯 하면서, 대한민국 대학들에서 한국사를 강의하고 초중고등학교 역사 교과서를 집필하는 제도권 한국 사학자들을 일컬어 '반도식민 사학자(半島植民史學者)', '매국 사학자(賣國史學者)' 또는 '자발왜인(自發倭人)' 또는 '조선왜인(朝鮮倭人)'이라고 재야 사학자들은 부르고 있다. 이들 사학자들이 문제가 되는 것은 무엇 때문인가?

가령 한국의 철학자, 윤리학자, 물리학자, 화학자, 의학자 등은 그들의 학문이 국가와 일반 국민들에게 직접적으로 부정적인 영향을 끼치는 일은 거의 없다. 그러나 한국 사학을 전공한다는 반도식민 사학자들만은 다른 학문을 하는 사람들하고는 근본적으로 다른 데가 있다.

그 다른 것이 무엇일까? 실례를 들어 그들은 한(漢)나라가 만들었다고 자신들이 주장하는 한사군(漢四郡)이 한반도의 북한 전역과 중부 지방 일대라고 주장한다. 그러나 이것은 반도식민 사관에 강압적으로 꿰어 맞춘 순전한 억지요 거짓말이다. 이 사실을 재야 사학자들은 식민 사학자들도 그 권위를 인정하는 『삼국사기』, 『삼국유사』, 『조선왕조실록』, 『세종실록지리지』, 중국의 『이십오사(二十五史)』를 위시한 각종 전적들을 근거로 정부 관계 기관들에 호소하고 있다.

그런데도 불구하고 이 나라의 사권(史權)을 독점하고 있는 반도식민 사학자들은 들은 체도 하지 않을 뿐 아니라 그들이 쓴 각급 학교 역사 교과서들은 여전히 학생들의 머릿속에 가짜 역사가 계속 주입되고 있다.

이러한 한국의 반도식민 사학자들의 주장을 근거로 중국은 고구려를 중국의 지방 정권으로 둔갑시키는가 하면, 북한 땅은 말할 것도 없고 한반도 전역을 모조리 중국 영토로 만들려는 동북공정을 밀어붙이고 있다. 그리하여 만리장성의 출발점이 하북성에 있는 갈석산(碣石山)이 아니라 황해도 수안이라고 우기고 있다.

매국 사학자(賣國史學者)들의 문제

까딱하면 북한이 경제난으로 붕괴될 경우 중국이 우리보다 한발 먼저 북한을 자기네 영토로 편입할 빌미를 반도식민 사학자들은 중국에 제공하고 있는 것이다. 이것은 국익에 반하는 가장 큰 현실적인 문제인 것이다.

거듭 말하지만 바로 이 때문에 그들은 재야 사학자들로부터 '반도식민 사학자(半島植民史學者)', '매국 사학자(賣國史學者)', '자발왜인(自發倭人)', '조선왜인(朝鮮倭人)'이라는 결코 명예롭지 못한 별명을 듣고 있는 것이다.

그러나 역사의 실상은 반도식민 사학자들의 주장과는 정반대다. 중국이 한반도를 지배한 것이 아니라 우리가 중국 대륙을 무려 9천 1백 년 동안이나 지배하고 통치한 것이다. 원(元)나라가 1백 년 미만, 청(淸)나라가 3백 년 미만 중국 대륙을 통치한 것과는 비교도 안 된다.

매국 사학자들은 재야 사학자들이 그들 자신도 그 권위를 인정하는『삼국사기(三國史記)』,『삼국유사(三國遺事)』,『이십오사(二十五史)』등을 근거로 우리 상고사의 진실을 주장하면 이들 전적(典籍)들을 부정할 수는 없으니까, 한반도에서 고구려, 백제, 신라 시대의 유물이 출토되는데 어떻게 이들 세 나라가 한반도에 없었다고 말할 수 있느냐고 항의한다.

그러나 사학(史學)의 기본 자료는 어디까지나 역사적 사건이 일어났던 그 당시의 기록이지 유물은 아니다. 기록이란『삼국사기』,『삼국유사』,『조선왕조실록』이나 각종 사기(史記)이다. 현대로 말하면 신문이나 출판물, 각종 공문서와 같은 문서들을 토대로 쓰여진 역사 기록이다.

한번 씌어진 기록은 변할 수 없지만 유물은 항상 변할 수 있다. 사람이 옮기거나 조작할 수도 있고 천재지변으로 변형이 되거나 실종될 수도 있기 때문이다. 유물은 기록과 일치할 때 기록의 정확성을 입증하는 보조 수단으로 유용할 뿐이지 그것 자체가 역사의 기본 자료가 될 수는 없다. 따라서 거듭 말하지만 고고학적 유물은 어디까지나 기록의 보조 역할을 할 뿐, 역사학의 기본 자료는 될 수 없다. 기록은 있는데 유물은 없다고 해서 기록을 부인할 수는 없는 것이다.

상고 시대의 한반도에는 고구려, 백제, 신라의 제후국(諸侯國)이나 분국(分國)이 있었던 것은 사실이므로 세 나라의 유물은 얼마든지 나올 수 있는 것이다. 그러나 유물이 나온다고 해서 뚜렷한 기록을 무시하고 한반도에 고구려, 백제, 신라, 고려의 지배 세력의 도읍지가 존재했었다고 말할 수는 없는 것이다.

그러나 고구려, 백제, 신라의 통치 체제의 본고장은 어디까지나 중국 대륙 동남쪽에 두텁고 긴 띠를 형성하고 있었다. 그럼 각종 기록에 따라 언제부터 우리가 중국 대륙을 지배하고 경영했는지 알아보기로 하자.

일곱 분의 한인 천제가 다스린 한(환)국연방 시대 3301년, 18대의 한웅천황이 통치한 배달국 및 청구국 시대 1565년 그리고 47대의 단군이 다스린 2096년 단군조선, 그리고 고구려, 백제, 신라, 발해의 역사 시대 1164년, 고려 시대 474년, 이씨조선 시대 도합 9100년간 우리나라는 대륙의 감숙성, 섬서성, 하북성, 산동성, 하남성, 호북성에서 강소성, 안휘성, 절강성에 이르는 중원의 중동부 지역과 만주, 한반도, 일본을 근거로 활동을 전개한 것이 역사적 사실이었다. 그리고 이들 지역을 관리하고 통치한 지배 세력의 도읍지는 모두가 대륙에 있었던 것이다.

가령 경주는 안휘성 봉양현에, 개경은 산동성 임치구에, 송도는 산동
상 치박시에, 평양은 섬서성 서안에, 웅진은 상동성 곡부시에, 금성은 섬
서성 자양현에 있었고, 그곳들에는 한반도에서는 발견되지 않는 궁전과
사찰과 귀족들의 저택과 그 유적들이 중국인들에 의해 일부는 변형, 파
괴되었지만 아직도 그대로 널려 있는 것이다.

이 모든 사실들은 우리의 『환단고기』, 『삼국사기』, 『고려사』, 『세종실
록 지리지』는 말할 것도 없고 중국의 『이십오사(二十五史)』의 「동이지
(東夷志)」와 「조선전(朝鮮傳)」, 중국의 역대 지리지(地理誌)와 같은 기
본 사료(史料)들이 입증해 주고 있다. 이 사료들은 반도식민지 사학자들
도 그 권위를 인정하는 귀중한 기본 사료들이다.

이러한 역사적 사실들은 한국의 재야 사학자들뿐만 아니라 중국의 양
심적인 인사들도 시인하고 있다. 실례를 들면 중국의 주은래 수상은 중
국 국수주의자들의 역사 왜곡을 못마땅해 하면서 "중국 동북 지역(만주
지방)의 역사는 조선에 귀속되어야 한다"고 말한 일이 있다.

또 하나의 실례가 있다. 일본군의 대륙 침략으로 중경(重慶)으로 피난
한 장개석(蔣介石) 총통이, 같이 피난 온 대한민국 임시정부 김구 주석
일행을 만찬에 초대한 일이 있었다. 이때 장 총통은 느닷없이 자신의 고
향인 절강성이 옛날 신라 땅이었다는 사실을 밝히면서 일제 침략에 대
한 공동 투쟁의 우의를 다졌다고 한다.

절강성에는 지금도 신라 시대의 유적들이 사방 곳곳에 널려 있다. 어
쩌면 장 총통은 그때 살았던 신라인의 후손인지도 모를 일이다. 하북성,
산서성, 요녕성은 고구려, 산동성, 하남성, 섬서성은 백제, 강소성, 안휘
성, 절강성은 신라의 본고장이었다는 것을 중국 주민들은 누구보다도 잘

알고 있다. 그리고 이곳에 가 본 사람들은 그곳 주민들의 풍습과 정서가 한국인과 흡사하다는 것을 피부로 느낄 수 있다고 한다.

그런데도 불구하고 지금 한국사 교과서 어디에도 이러한 사실은 일언반구도 언급되어 있지 않다. 왜 그렇게 되었을까? 한국의 제도권 한국 사학자인 이른바 반도식민 사학자들이 해방된 지 벌써 65년이 넘었건만 아직도 일제(日帝)가 가르쳐 준 노선에서 한 치도 벗어나지 않고 일제(日帝)가 날조한 식민 사관(植民史觀)을 지금도 그대로 달달 외우기만 할뿐『삼국사기』, 『삼국유사』, 중국의 『이십오사』를 비롯한 각종 원서를 공부하고 연구하는 일을 일체 외면만 해 왔기 때문이다.

반도식민지 사학자란 누구를 말하는 것인가? 바로 대한민국의 대학 강단에서 한국사를 가르치고 초중고등학교 역사 교과서를 집필하는 사학자들을 말한다. 이들 반도식민지 사학자 집단은 일제(日帝) 강점기에 일제가 한국인들을 일본의 영원한 노예로 길들이기 위해서 일본 제국주의자들이 왜곡 날조한『조선사(朝鮮史)』35권을 지금도 신주단지 모시듯 하고 있다.

물론 이들 반도식민 사학자들은 일제 강점기에 일본이 한국인들을 노예로 부려먹기 위해서 정책적으로 양성한 자들인데, 그들의 제1세대는 해방 후 65년의 세월이 흐르는 동안 거의 다 늙어서 사망했고, 지금은 그들 1세대가 길러낸 제2, 제3세대들이 현역으로 대학의 한국사 분야 강의를 모조리 독점하고 한국의 초중고등학교 역사 교과서를 전문적으로 집필하고 있다.

이들은 반도식민지 사학자가 아닌, 대한제국 때부터의 정통(正統) 사학(史學)을 그대로 계승한 주체 사학자인 백암(白巖) 박은식(朴殷植), 단재(丹齋) 신채호(申采浩), 위당(爲堂) 정인보(鄭寅普), 백당(柏堂) 문정창(文定昌) 선생 등의 학맥을 잇고 있는 대한민국의 재야 사학자들을 비전문가라고 무시하거나 깔보고 있다.

그뿐 아니라 이분들을 정신없는 국수주의자요 구제불능의 미치광이라고 몰아세우고 있다. 도둑이 자신을 고발한 선량한 시민에게 적반하장(賊反荷杖)으로 도리어 몽둥이질을 하고 도둑 누명을 덮어씌우는 격이다. 문정창 선생은 자신의 재산을 통틀어 식민 사관을 타파하기 위한 역사책들을 발간하자, 시민 사학자들로부터 미지꾕이 대우를 받으면서 한많은 생애를 마쳤다. 지금은 이중재, 김종윤 선생을 비롯한 재야 사학자들이 그런 누명을 뒤집어쓰고 있다.

과연 그렇다면 허성정 씨가 쓴 『아! 고구려』 1, 2권에서 반도식민지 사학자들에게 제기한 질문들에 대하여 당연히 납득할 만한 반론을 제기했어야 할 것이다. 그래야만이 재야 사학자들을 무시할 수 있는 자격이 있는 것이다. 그렇게 할 수 있다면 일반 국민들도 그들을 정당한 사학자로 대접해 줄 수 있을 것이다.

그러나 그들은 이미 이 책이 나간 지 5년이 지났건만 일체 침묵을 지키고 있을 뿐이다. 그러고도 후안무치하고 뻔뻔스럽게도 반도식민지 사관에 입각한 한국사를 여전히 대학에서 강의하는가 하면 초중고등학교 교과서만은 계속 써 대고 있는 것이다.

놀라운 일은 한국의 역대 대통령을 비롯한 그 많은 국회의원들 그리고 국사편찬위원회 위원들 중 그 누구도, 그리고 일본 제국주의 잔재를 청산한다고 친일인사인명사전을 만든다고 설쳐댄 노무현 정권 당사자의 그 누구도 이들 반도식민지 사학자들의 천인공노할 친일 매국 행위에 대해서는 일언반구(一言半句)도 없이 일체 무관심으로 시종일관하고 있다는 것이다. 그들 정치인들은 친일분자 색출을 구실로 현재 살아 있는 정적을 타도하는 데만 열의와 관심을 보였을 뿐이다.

이들 반도식민지 사학의 실상은 필자가 이미 장편소설 『다물』, 『소설 한단고기』, 『소설 단군』을 통해서 상세하게 밝혔지만 허성정의 『아! 고구려』는 필자가 미처 말하지 못했던 사실들을 다루고 있다. 그것은 우리 민족이 고구려, 백제, 신라는 말할 것도 없고, 고려 말과 이씨조선 말까지도 중원의 동부 지역을 여전히 지배하고 있었다는 엄연한 사실이다.

그렇다면 신라의 왕릉들은 언제 대륙에서 경주로 이장되었을까? 신라가 망한 후 신라 왕실 후손들이 몰래 경주로 이장했을지도 모른다. 아니면 이성계가 위화도 회군이라는 군사 쿠데타로 정권을 찬탈하여 고려가 망한 후, 국내에서 잃은 신임을 외부에서라도 만회하려는 노력의 일환으로 신생 명(明)나라의 지지라도 얻으려고, 명에 대하여 과도하게 사대모화 외교 정책을 펴면서 대륙의 영토를 명에 양도하고 한반도로 옮겨오면서부터 그 이장(移葬) 작업은 극비리에 시작된 것으로 보인다.

무엇을 근거로 그런 말을 하느냐고 묻는 사람이 있을 것이다. 나는 그런 사람에게 다음과 같이 대답할 것이다.

이병화 지음, 한국방송출판 간행 『대륙에서 8600년, 반도에서 600년』이란 저서에 따르면, 서기 1392년 대륙에서 건국한 근세조선은 1394년부터 1405년에 걸쳐 한반도의 한양으로 도읍지를 옮긴 것으로 되어 있다. 그러나 김종윤 사학자에 따르면 강화도 조약이 체결된 1876년 이후에 대륙에서 한반도로 도읍이 옮겨왔다고 한다. 각종 기록에 따르면 김종윤 사학자의 주장이 옳다고 본다.

왕릉 이장(移葬) 작업

　그럼 신라 왕릉의 이장 작업은 어떻게 진행되었을까? 이조선 초기에
는 고구려와 백제 왕가의 후손들은 이미 영락(零落)할 대로 영락하여 힘
을 쓸 수 없었지만 고려 말까지는 아직도 신라파(新羅派)로 알려진 정치
세력이 남아 있었는데, 이들이 주동이 되어 이장 작업은 허겁지겁 그러
나 신속하게 진행되었을 것이다.

　그러나 고구려와 백제 왕가의 후손들은 그렇지 못했다. 고구려의 경
우 서기 668년에 신당(新唐) 연합군에 의해 멸망하고 그 지배 세력의 일
부는 신라에 남기도 했지만, 다른 일부는 일본으로 피난하고 그 나머지
는 발해 건국에 합류했다. 서기 926년에 발해가 거란에게 망하자 발해의
지배 세력 10만여 명은 고려에 귀의했지만, 고려 안에서 신라파처럼 대
를 이어 이렇다 할 정치 세력을 형성하지는 못했다.

　그리고 백제는 서기 660년에 나당 연합군에게 망한 뒤에 그 지배 세
력의 대부분이 일본으로 건너가 주도적인 정치 세력이 되어 일본의 소
위 천황가(天皇家)를 이루게 되었다. 이처럼 고구려와 백제의 지배 세력
은 이조선이 한반도로 옮겨온 이후에 정치 세력화하여 대를 잇는 데는
실패했다. 그러나 신라의 경우는 달랐다.

　경순왕은 신하와 백성들을 이끌고 고려의 왕건에게 항복한 후 고려의
중추 세력의 하나로 대를 이었던 것이다. 또한 신라의 제도, 언어, 관례
와 풍습 등은 고려에 그대로 고스란히 정착하게 되었다. 고려가 망하자

이번에는 이조선의 중요한 정치 세력인 영남파로 활약하게 되었고 대한민국에서도 그 정치 세력의 맥은 그대로 이어지고 있다.

실례를 들면 대한민국의 역대 대통령 10명 중 박정희, 전두환, 노태우, 김영삼, 노무현 5명이 경상도 출신이다. 그들은 비록 신라 왕족의 직계 후손은 아니라고 해도 신라 세력의 입김이 강하게 남아 있는 영남을 기반으로 정계에 입문했다. 신라의 고급 인력들이 해외로 빠져나가지 않고 한반도 안에 고스란히 남아 있었기에 가능한 일이었다.

그건 그렇고 지금 우리가 볼 수 있는 경상북도 경주는 아무리 생각해보아도 천년 왕국 신라의 수도답지 않다. 『삼국유사』에 나오는 최치원의 말에 따르면, 전성 시대에 신라의 도성이자 왕도인 금성에는 17만 8936호에, 1360개의 동네가 있었고 금성 주위가 55리나 되고, 큰 저택이 김유신 장군의 조상 저택을 비롯하여 35채나 있었고, 귀족들이 사시사철 놀던 어마어마한 별장이 동서남북 네 군데나 있었다.

제49대 헌강왕 (서기 875~885) 때는 성 안에 초가가 없었으며 처마가 서로 맞붙고, 담장이 서로 이어져 있었다고 한다. 성 둘레는 천자국인 당나라의 장안보다는 작았지만 제후국으로서는 상당한 규모와 위엄이 있었던 것이다. 그리고 각 가정에서는 공기가 오염되지 못하게 숯만 썼다고 한다.

그러나 지금의 경주는 아무리 살펴보아도 17만 8936호의 고정 인구와 수많은 유동 인구가 북적거리던 100만 명 정도가 숨쉬던 신라의 천년 고도(古都)답지 않다. 이조선 세종 때 경주 인구가 겨우 6천 명이었다. 이러한 한반도의 경주에는 아무리 몽고 침입과 임진왜란 때 다 불타 버렸다고 해도, 지금 아무리 눈을 씻고 찾아보아도 궁전의 주춧돌도 귀족의 대저택의 흔적도 찾아볼 수 없다.

더구나 요즘 인기리에 방영 중인 드라마 '선덕여왕'에 등장하는 비담(毗曇)이 진을 쳤다는 『삼국사기』 지리지에 나오는 명활성(明活城)도, 선덕여왕이 주재했던 월성(月城)이나 금성(金城)의 흔적도 찾아볼 수 없다.

그런데 『삼국사기』와 『삼국유사』에 나오는 신라의 도읍인 경주의 모든 유적은 지금도 중국 대륙의 안휘성 봉양현에 고스란히 남아 있다. 신라 왕릉이 많은 낭산(狼山) 역시 사천성과 호북성 경계에 그대로 남아 있다. 강서성, 안휘성, 절강성, 호북성, 사천성은 대륙 신라의 본고장이었기 때문이다.

그리고 『사기』에 따르면 신라는 다섯 번이나 도읍을 옮긴 것으로 되어 있다. 아무리 보아도 지금의 경상북도 경주는 그 당시 한 개의 보잘것없는 시골 읍 정도의 규모로밖에는 보이지 않는다. 이 좁은 땅에 대륙에서 경주와 그 부근의 지명(地名)만 옮겨다 놓고 대륙 경주의 시늉만 어설프게 낸 것이다.

바로 이씨조선 세종 때 인구 6천 명밖에 안 되었던 한적한 시골 읍이었던 이곳에 신라 왕손들이 힘을 합쳐서 절강성, 안휘성, 호북성, 강서성 등지에 흩어져 있던 신라 왕릉들을 황급히 이장한 것으로 보인다. 바로 이 때문에 경주에는 신라 왕릉들은 남아 있지만 고구려와 백제, 고려의 왕릉들은 거의 남아 있지 않게 된 것이다.

이씨조선이 대륙에서 철수한 후 고려의 왕건릉을 비롯한 소수의 왕릉들만 아직도 중원에 남아 있을 뿐 대부분의 왕릉들은 1960년대에 문화대혁명 때 홍위병들에 난동으로 고의적으로 파괴되었거나 실전(失傳)된 것으로 보인다. 대륙에서 신라가 망할 때 아니면 이씨조선 시기에 비밀리에 허겁지겁 신라 왕손들에 의해 비밀리에 이장되었기 때문에, 지금 경주에 남아 있는 왕릉들은 아무리 왕릉이라고 해도 기존 능묘의 형식과 풍수를 따지고 말고 할 여유가 없었을 것이다.

그렇다면 신라의 왕릉들은 그렇게 이장을 했다고 해도 고려 왕릉들은 어떻게 되었을까? 이성계가 위화도 회군이라는 군사 쿠데타로 정권을 잡은 뒤에는, 민심을 잃은 이씨조선 정권이 치열한 고려 부흥 운동으로 언제 뒤집어질지 모르는 상황이었다. 고려 왕조의 재집권을 근원적으로 봉쇄하려고 이씨조선은 고려 왕족들을 조직적으로 학살하여 아예 씨를 말려 버렸다는 것은 널리 알려진 사실이다.

따라서 고려 왕실의 후손들은 언제 죽을지 모르는 상황 속에서 신라 왕실의 후손들처럼 대륙의 왕릉들을 이장하고 말고 할 엄두도 내지 못했을 것이다. 고구려, 백제의 경우도 사정은 같았을 것이다. 이것이 고구려, 백제, 고려 왕릉이 한반도 안에서는 찾아보기 어려운 이유이다.

그러나 이것은 어디까지나 필자의 추측에 불과하다. 부디 나와 같은 의문을 품은 고고학자나, 반도식민지 사학자들이 아닌, 역사의 진실을 제대로 추구하려는 진정한 열의가 있는, 선조들의 민족혼을 제대로 이어받은 사학자들의 분발을 촉구하는 바이다.

재야(在野) 사학자들의 분투

필자의 해석에 미진한 점이 있는 독자 여러분은 허성정 지음, 도서출판 유림 간행 『아! 고구려』 1, 2권을 읽어 보기 바란다. 틀림없이 지금까지 몰랐던 많은 역사적 진실과 접하게 될 것이다.

그리고 이병화 저 『대륙에서 8600년, 반도에서 600년』이라는 저서를 권하고 싶지만 2002년도에 발간된 책인데 벌써 절판(絕版)이 되었다고 하니 헌책방이나 도서관에서라도 구해 보기 바란다. 이 책은 저자가 상고 시대 우리나라 도읍지들을 수없이 방문하여 유적과 유물들을 일일이 확인하고 쓴 그야말로 우리의 민족이 혼이 그대로 살아 있는 역작이다.

그러나 정용석 지음 동신출판사 간행『고구려, 신라, 백제는 한반도에 없었다』와 이중재 지음, 명문당 간행『상고사의 새 발견』그리고 오재성 지음『밝혀질 우리 역사』와『숨겨진 역사를 찾아서』는 지금 시중 서점에 나와 있으니 누구나 구입할 수 있을 것이다.

이중재, 허성정, 이병화, 오재성, 정용석 씨와 같은 재야 사학자들이 존재하는 한 대한민국의 앞날은 결코 어둡지 않다. 이분들은 누가 역사 공부를 하라고 해서 재야 사학자가 된 것이 아니고 이 나라의 사권(史權)을 잡고 있는 반도식민지 사학자(半島植民地史學者)들의 잘못된 사관(史觀)으로 인하여 나라를 팔아먹고 있는 데에 분개했고, 도저히 참고만 있을 수 없어서 자신들의 생업(生業)을 포기하면서까지 역사 찾기 운동에 뛰어든 분들이다. 개중에는 증권회사 회사원도 있고 기상청에 근무하던 기상학자도 있다.

역사 찾기를 위해 생업을 던져 버린 허성정 씨 같은 분은 지금 마산에서 김치 도소매업을 하면서도 계속 집필을 하고 있다. 사도 바울이 천막 만드는 생업에 종사하면서도 틈틈이 기독교를 전파했듯이 그는 생업과 역사 찾기 집필을 겸하고 있다.

모두가 일당백의 애국 투사들이다. 나라에서 봉급을 타 먹으면서도 매국 행위를 끈질기게 계속하고 있는 반도식민 사학들과는 질적으로 완전히 다른 사람들이다. 이들은 일제 강점기에 일제의 식민사학과 싸운 박은식, 신채호, 정인보 그리고 해방 후의 문정창과 같은 한국의 정통 사학자들의 후예들이다. 하늘이 장차 누구의 손을 들어 줄지 두고 볼 일이다.

나는 이들 재야 사학자들에게 희망을 건다. 어차피 이 세상은 나라 전체 인구의 0.001프로밖에 안 되는 특출한 고급 인재들로 구성된 핵심 세력에 의해 움직이게 되어 있기 때문이다. 나는 그들이 우리 국민과 전체 인류를 위해 바른 일을 한다고 본다. 그들이 올바른 일을 하는 이상 장차 많은 국민들이 그들을 지지해 줄 것을 조금도 의심치 않는다.

그렇게 될 때 반도식민 사학자들은 그들의 매국 행위를 깨달은 국민들의 성난 바다에 침몰하는 운명을 걷게 될 것이다. 그들이 그렇게 되기 전에 스스로 잘못을 깨닫고 진로를 바꾸는 것이야말로 이완용과 박용구보다 몇천 배 몇만 배 되는 가공할 만한 매국(賣國) 행위에서 벗어나는 유일한 탈출구가 될 수 있을 것이다.

왜냐하면 이완용, 박용구는 사욕을 만족시키기 위해서 단순히 나라를 팔아먹었지만 반도식민지 사학자들은 우리 민족의 역사 강역을 경쟁국에 팔아먹음으로써 우리의 민족혼을 팔아먹고 있기 때문이다. 단순한 매국은 우리가 힘을 회복했을 때 잃은 나라를 되찾을 수 있는 여지라도 있지만, 민족혼을 팔아버리면 우리 민족 자체가 만주족이나 거란족처럼 와해되어 없어져 버리니까 다시 일어설 수 있는 기회조차 잡을 수 없게 된다.

이런 것을 생각하면 우리가 지금 세종시 문제 따위로 국회 운영을 마비시키고 국회 폭력을 휘두를 때가 아니라는 것을 알아야 할 것이다. 북한이 경제난으로 붕괴될 때 중국이 동북공정의 노선에 따라 북한은 말할 것도 없고 한반도 전체를 삼켜 버릴 수도 있는 위기 상황이 언제 닥칠지 모르는 일이다.

나는 우리 국회가 세종시 문제에 매달려 여야 간에 드잡이를 하고 주먹다짐을 하기보다는 미국과 중국과 일본 사이의 빅딜에 의해 대한민국과 '조선민주주의인민공화국'이 통째로 중국으로 넘어갈 수도 있는 위기를 사전에 막아야 한다는 것을 강조하는 바이다. 설마 미국이 그런 일을 할까 하고 의문을 갖는 사람들이 있을 것이다. 그러나 국가와 국가 사이에는 영원한 적국도 변함없는 우방도 없고, 있는 것이란 오직 국가 이익밖에는 없다는 냉혹한 국제 현실을 직시해야 한다.

그렇지 않아도 지금부터 꼭 105년 전인 1905년에 미국과 일본 사이의 가즈라·태프트 협정이라는 빅딜에 의해 대한제국(大韓帝國)이 1910년에 통째로 일본에 넘어간 치욕의 역사를 우리는 갖고 있다. 그러한 역사를 갖고 있으면서도 또 그런 역사를 되풀이한다면 우리는 지구상에 생존할 자격이 없는 것이다.

그런 과거의 잘못을 반복하지 않기 위해서는 우리의 과거사를 이웃 경쟁국에 팔아먹은 매국 행위를 하지 말아야 한다. 동시에 아직도 일본의 이익을 위해 충실히 봉사하는 제도권 식민 사학자들을 과감하게 제거해야 한다. 그러기 위해서는 역사 찾기 대업에 여야는 물론이고 국민 전체가 발 벗고 나서서 온갖 지혜를 다 짜내야 한다. 백주 대낮에 저질러지는 불의를 보고도 계속 팔짱만 끼고 있을 수 없는 것이다.

가장 빠르고 쉬운 길은 제도권의 반도식민지 사학자들이 지금이라도 민족적 양심을 되찾아 개과천선(改過遷善)하는 것이다. 그러나 그들은 재야 사학자들이 아무리 날카롭게 그들의 잘못을 지적해도 못 들은 체 말없이 엎드려서, 일제(日帝)가 가르쳐 준 식민 사관을 강단에서 달달 외우기만 해도 학교에서 봉급이 나오고, 그들의 저서에서 오는 인세 역시 계속 축적될 것이다.

그러한 그들이 스스로 반성하기를 바라는 것은 오뉴월에 축 늘어진 소불알이 떨어지기만을 기다리는 것과 같다. 이럴 때는 매국 사학자들의 민족에게 끼친 폐해를 깨달은 국민들이 역사 찾기 시민연대를 만들어 구국의 길에 나서는 길밖에는 없다. 우리의 과거사는 우리의 정신 자원의 핵심이다. 그 정신 자원이 바로 민족정기요 민족혼이다. 민족정기가 살아 있어야 선진국에 진입할 수도 있고, 강대국으로 부상할 수도 있다.

대륙 사관, 반도식민지 사관, 만주반도 사관

『삼국사기(三國史記)』,『삼국유사(三國遺事)』,『고려사(高麗史)』,『세종실록지리지(世宗實錄地理志)』,『환단고기』, 중국의 『이십오사(二十五史)』「동이전(東夷傳)」과 「조선전(朝鮮傳)」, 각종 지리지(地理志),『중국고금지명대사전(中國古今地名大事典)』을 비롯한 온갖 전적(典籍)들은 우리 민족의 역사가 애초부터 아시아 대륙에서 시작되었고, 지난 9천 1백 년 동안 내내 대륙의 주인이었고 중요한 역사는 중국 대륙에서 진행되었음을 말해 주고 있다.

그럼 한반도에서는 언제부터 역사가 시작되었을까? 우리나라 국가 통치의 중심이 한반도에 들어온 것은 이씨조선 말기부터이다. 그런데도 불구하고 일본이 왜곡 날조한 식민사관(植民史觀)에 따르면 한국의 역사는 한(漢)나라가 만든 한사군(漢四郡)이라는 한나라 식민지가 평양에서 시작되어 처음부터 끝까지 한반도 안에서만 모든 역사가 이루어졌다는 것이다.

그래야 한국을 먹기 좋게 요리할 수 있으니까 그렇게 한국사를 자기네 구미에 맞게 제멋대로 왜곡 날조해 버린 것이다. 한국 제도권 한국사 전공 사학자들은 지금도 일제(日帝)가 만든 바로 그 알량한 엉터리 사관(史觀)을 옹골차고도 끈질기게 고집하고 있다. 우리나라 각급 학교에서 학생들이 배우는 한국 역사도 바로 이러한 사관으로 쓰여진 것이다. 바로 이러한 사관을 가리켜 반도식민지 사관(半島植民地史觀)이라고 한다.

그런가 하면 일부 한국의 재야 사학자들 중에는 아직도 중국의 만리 장성 이북의 북중국, 만주, 한반도가 본래 한국 역사의 본고장이라고 보는 사관(史觀)을 갖고 있는 사람들이 있다. 그리하여 만주와 북한 지방은 고구려, 충청도와 전라도는 백제, 경상도는 신라의 본고장이고 이곳을 바탕으로 중국 대륙에 일시 진출했던 것으로 본다. 이것을 만주반도 사관(滿州半島史觀)이라고 한다. 그러나 이것 역시 대단히 잘못된 역사관이다. 왜냐하면 각종 전적과 역사 기록들은 그렇게 말하고 있지 않기 때문이다. 따라서 그것은 역사의 진실이 아니다.

그럼 역사의 진실은 무엇인가? 한국 민족의 대부분의 역사는 처음부터 중국 대륙에서 시작되어 이씨조선 말기까지 계속되어 강화도 조약이 체결된 1876년 이후에 비로소 한반도로 통치 기관의 중심이 이동해 온 것이다. 이것은 모든 역사서와 기록으로 알 수 있다. 한국 역사를 이처럼 기록과 유적을 중심으로 한 과학적인 관점으로 보는 사관(史觀)을 일컬어 대륙 사관(大陸史觀)이라고 한다.

이 대륙 사관이야말로 역사의 진실임과 동시에 우리의 침체되었던 민족정기를 되살리는 무엇보다도 강력한 촉매제(觸媒劑)가 될 것이다. 이러한 대륙 사관으로 무장하고 『삼국사기』와 『삼국유사』를 읽을 때 비로소 우리 역사의 모든 의문점들과 수수께끼들은 눈 녹듯이 술술 풀려 나가게 될 것이다. 이러한 대륙 사관이야 말로 중국의 동북공정에 가장 효과적으로 대처할 수 있는 우리의 정신 자원이 될 수 있다.

우리가 옷을 입을 때 처음 단추를 잘못 끼우면 그다음 단추들은 전부 다 잘못 끼우게 되어 있다. 한 민족의 역사도 이와 같다. 상고사가 잘못되면 그 이후의 역사는 물론이고 현대사와 미래사까지도 어쩔 수 없이 잘못되게 되어 있다. 그러나 상고사가 제 모습을 갖추게 되면 그동안 일 그러지고 은폐되고 구겨졌던 역사의 진실이 대번에 환히 백일하에 드러나 바로잡히게 되어 있다. 동시에 우리 민족의 앞날은 탄탄대로를 달리 듯이 만사형통하게 될 것이다.

하늘은 바로 이러한 사관을 갖고 정의를 위해 시종일관 노력하고 분투하는 사람들의 손을 틀림없이 들어 주게 되어 있다. 파사현정(破邪顯正), 사필귀정(事必歸正)은 우주가 운행되는 원리이니까. 진실은 비록 권력에 의해서라도 일시적으로 가릴 수는 있어도 영원히 가릴 수는 없는 것은 구름이 해를 일시적으로 가릴 수는 있어도 영원히 가릴 수는 없는 것과 같다. 잘못된 것을 바로 잡는 것은 세상을 바로 잡는 기초 조건이다.

꽃비 내리고 오색 무지개 뜨던 날

2009년 11월 15일 일요일, −2~5℃ 구름

새벽 6시, 위재은, 위선녀, 이동원, 하선우, 나 다섯이 등산차 위재은 씨의 택시로 집을 떠났다. 등산을 시작한 지 한 시간쯤 지나 7시쯤 우리 일행 다섯이 산 중턱 너럭바위에 앉아 잠시 쉬고 있을 때였다.

구름은 약간 끼었지만 날씨는 쾌청했다. 나는 산 밑 마을을 무심코 내려다보다가 하늘에서 잘게 썬 투명하고 흰 종이 조각 같은 것이 수없이 땅 위에 마치 눈발처럼 너풀대면서 내려오는 것을 보았다. 난생 처음 보는 광경이었다. 비록 눈처럼 내려오기는 했지만 습기가 전연 없이 가볍게 나풀나풀 내려오는 작은 조각들은 분명 눈과는 달랐다.

손에 받아 보았지만 손에 닿자마자 흔적도 없이 사라졌다. 또 눈 같으면 기온이 영하이므로 분명히 땅에 내려와 쌓여야 하는데 전연 그렇지 않았다. 땅에 내리자마자 역시 흔적도 없이 사라지는 것이었다. 나는 무심코 "이게 뭐지?" 하고 물었다. 그러나 아무도 선뜻 대답하지 않았다. 잠시 후 이도원 씨가 말했다.

"혹시 이 근처 공장 지대에서 날아오는 공해 물질이 아닐까요?"

"나도 처음에는 그렇게 생각했는데 왜 그런지는 모르겠지만 그런 것 같지는 않습니다."

"그러고 보니 저도 그런 것 같지는 않습니다. 도대체 난생 처음 보는 것이라 무엇인지 모르겠네요" 하고 다른 일행들도 이구동성으로 말했다.

도대체 이것이 무엇일까 하고 나는 내 자성에게 숙제를 준 채 다시 산을 오르기 시작했다. 정상까지 올라갔다가 내려오는 네 시간 동안 내 머릿속에서는 온통 그것이 무엇일까 하는 화두로 가득차 있었다. 그러다가 등산을 끝내기 한 시간쯤 남겨 놓은 지점에서 쉬고 있을 때 문득 해답이 떠올랐다. '꽃비'라는 낱말이었다. 그 순간 나도 모르게 내 입에서는 "꽃비입니다"라는 말이 튀어나와 버리고 말았다.

"꽃비라니요?"

"불경 같은데 자주 등장하는 말입니다. 부처가 설문할 때 상서로운 조짐으로 꽃비가 내렸다고 하는, 바로 그 꽃비입니다. 신약성경에도 예수가 제자들에게 세례를 줄 때 하늘에서 비둘기 같은 성령이 내렸다는 구절이 있는데 그와 비슷한 현상입니다."

이때 이미 대주천 수련을 하기 전부터 영안이 열린 위선녀 씨가 말했다.

"저는 그때 우리의 머리 위에 오색 무지개가 뜬 것을 아주 선명하게 보았습니다."

"그렇다면 우리 일행에게 무슨 경사스러운 일이 일어날 것이라는 징후가 아닐까요?" 하고 하선우 씨가 말했다.

"글쎄요. 우리에게 경사스러운 일이라면 우리 모두가 자기 자신의 존재의 실상을 깨달아 성통공완하고 견성 해탈하는 일이겠지요. 그런 일이라면 얼마나 경사스러운 일이겠습니까? 열심히 수련하라는 하늘의 격려로 받아들인다면 수행에 보탬이 될 것입니다."

우리는 이런 얘기를 나누면서 하산 길을 서둘렀다. 하산을 거의 끝낼 무렵 이도원 씨가 물었다.

"선생님, 무지개가 뜨는 것은 자주 보아왔지만 꽃비가 내리는 것은 난

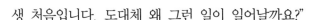

생 처음입니다. 도대체 왜 그런 일이 일어날까요?"

"나는 이런 현상은 기공부하는 사람들에게 흔히 일어나는 일종의 기적(氣的) 현상이라고 봅니다."

"그럼 구체적으로 어떤 때 그런 일이 일어날 수 있을까요?"

"기적 현상은 기체식(氣體食)하는 사람에게 흔히 일어납니다."

"기체식이란 무엇입니까?"

"사람이 어머니의 모태에서 세상에 태어나 보통 6개월 동안 먹는 음식을 우리는 액체식(液體食)이라고 말합니다. 모유나 우유나 미음 같은 액체로 된 식사를 말합니다. 영아는 6개월간 모유를 먹다가 이유식(離乳食)을 거쳐서 밥과 반찬 같은 고체식(固體食)을 하게 됩니다.

대부분의 사람들은 평생 이 고체식을 먹다가 요즘은 대부분이 8, 90세 전후에 사망합니다. 그런데 운기조식(運氣調息)을 하여 진리를 깨닫고 성통공완(性通功完)한 구도자는 고체식만 하는 것이 아니고 기체식(氣體食)을 하게 됩니다.

단전호흡을 하여 소주천, 대주천, 연정화기(煉精化氣), 양신(養神)과 출신(出神)을 자유롭게 할 수 있을 정도가 되면 기체식을 한다고 할 수 있습니다. 이러한 구도자들은 보통 21일에서 40일까지 식음을 전폐하는 단식을 해도 능히 생존할 수 있습니다. 단식을 해도 살 수 있는 것은 음식에서 우리가 섭취하는 영양소를 공기 속에서 섭취할 수 있기 때문입니다. 이것이 바로 기체식입니다.

우리가 평생 코와 피부로 마시면서 살아가는 공기 속에는 수분을 비롯하여 우리 인체에 필요한 각종 영양소가 다 녹아 있습니다. 기체식을 하는 사람은 바로 이 때문에 고체식을 하지 않고도 살아갈 수 있습니다.

바로 이런 사람들 주변에서는 가끔 후광이 비친다든가 하는 기적(氣的) 현상이 일어날 수도 있습니다."

"그럼 석가나 예수 같은 성인들도 기체식을 했다는 얘깁니까?"

"석가는 호흡 수련을 통하여 깨달음을 얻었고, 예수 역시 12살에서 30세까지 인도의 히말라야에서 수행을 쌓았다니까 당연히 호흡 수련을 통하여 깨달음을 얻었을 것입니다. 그래서 예수는 광야에서 40일간 단식을 한 일도 있습니다.

오늘 등산에 참가한 일행 다섯은 정도의 차이는 있지만 다 같이 단전호흡을 하면서 생식을 하고 있습니다. 이것 자체가 이미 기체식을 일부 생활화하고 있다는 것을 말합니다. 이러한 집단에게 기적 현상은 언제나 일어날 수 있다고 보아야 할 것입니다."

"꽃비는 그렇다 치고, 그럼 오색 무지개 역시 기적 현상일까요?"

"물론입니다."

"그렇다면 너무 흥분할 일도 아니군요."

"그럼요, 수련 열심히 하라는 하늘의 격려로 받아들여야 할 것입니다."

2012년 지구 종말은 과연 있을까요?

우창석 씨가 말했다.

"요즘 2012년에 지구 종말이 온다는 말이 파다하게 나돌고 있는데, 과연 그런 일이 있을 수 있을까요?"

"2012년 지구 종말론은 두 가지가 있습니다. 그중 하나는 니부르(Niburu)라는 행성이 2012년에 지구와 충돌한다는 내용입니다. 니부르는 지금으로부터 약 6천 년 전 수메르인이 태양계에 존재한다고 주장한 행성입니다.

이 행성이 2003년에 지구와 충돌할 것이라는 예측이 나돌았지만 그런 일은 일어나지 않았습니다. 그런데 지난 해 2월 일본의 고베대학 연구팀이 명왕성 바깥에 태양계의 10번째 행성이 있을 가능성을 제기한 뒤, 이 미지의 행성이 니부르이며 2012년 지구와 충돌할 것이라는 설이 급속히 퍼졌습니다.

또 하나는 마야인이 만든 고대 달력에 기인한 것입니다. 바로 이 달력이 지금의 기준으로는 2012년 12월 21일에 멈췄다는 내용입니다. 마야 문명은 다른 어떤 문명보다 역법에 뛰어났습니다. 현대 달력보다 더 정확하게 태양의 공전 주기와 일식, 월식을 계산했습니다.

그러나 미항공우주국(NASA)은 홈페이지에서 이 두 가설이 모두 다 과학적인 근거가 없다고 일축했습니다. 2012년에 지구와 충돌하려면 니부르는 지금쯤 맨눈으로도 관찰할 수 있을 만한 거리에 와 있어야 하는데 그런 행성은 없다는 얘기입니다. 마야 달력 역시 2012년 12월 21일에 끝나지 않고 곧바로 새 주기가 시작되었다고 미항공우주국은 말했습니다."

"그런데도 왜 지구 종말론은 인류 역사 이래 그렇게도 끈질기게 나돌까요?"

"천문학자들은 지구가 이 우주에 태어난 것은 약 45억 년 전 빅뱅을 통해서라고 말합니다. 비록 지구가 생성기와 성장기를 지나 쇠퇴기에 접어들었다고 해도 우주에서 완전히 소멸되려면 앞으로 몇십억 년이 걸릴지 아무도 모릅니다. 그러한 지구의 종말이 언제라고는 아무도 장담할 수 없습니다."

"지구의 종말이 아니라 인류의 종말이 온다고 말할 수도 있지 않을까요?"

"빙하가 온 지구를 뒤덮어 버리는 기상 이변이 와서 인류가 혹 전멸할 수도 있겠죠. 그러한 일은 지구상에서 일어난다고 해도 수천만 년에 한 번 있을까 말까 합니다. 그렇다면 우리 인류가 언제 있을지 모르는, 그 확률이 적어도 수천만 년에 한 번 있을까 말까 하는 일을 가지고 지금부터 호들갑을 떨 필요가 있을까요? 그럴 필요는 없다고 봅니다. 내가 생각하기에는 수천만 년 아니면 수십억 년 뒤에나 있을까 말까 하는 지구 또는 인류의 종말이라는 것은 우리가 논할 가치도 없다고 봅니다."

"그럼 무엇 때문에 종말론이 항상 문제가 되는 것일까요?"

"종말론에 홀리는 사람이 있고 그것으로 이득을 얻는 사람들이 있기 때문입니다."

"그럼 종말론 따위는 사실상 없다고 보아도 될까요?"

"그렇습니다. 그들이 말하는 인류의 종말이나 지구의 종말 같은 것은 사실상 무시해도 됩니다. 그러나 인간 수명이 다하여 죽어 가는 사람이 있는 한 개개인의 종말은 언제나 있습니다. 우리 개개인의 육체적 죽음이 바로 그에게는 지구의 종말이니까요. 죽음은 그 개인에게는 지구상에서의 이생의 모든 삶을 정리하고 지구를 떠나는 것이기 때문입니다."

"그럼 개인에게는 누구나 지구의 종말은 있다는 말씀인가요?"

"그렇습니다. 그러나 하나는 전체요 전체는 하나고, 시작도 끝도 없다는 진리를 깨달은 구도자의 입장에서 보면 삶도 없고 죽음도 없으니까 종말 같은 것은 있을 수 없습니다. 아무리 육체가 죽는다 해도 마음까지는 죽지 않으므로 진정한 의미의 죽음 같은 것은 있을 수 없기 때문입니다."

"그럼 진정한 의미에서의 종말 같은 것은 결국은 없다는 말씀인가요?"

"그럼요. 알고 보면 이 우주에는 그리고 우리의 일상생활에는 시작도 끝도 없습니다. 있는 것이란 끝없는 변화의 과정뿐입니다."

저자 약력

경기도 개풍 출생
1963년 포병 중위로 예편
1966년 경희대학교 영어영문학과 졸업
코리아 헤럴드 및 코리아 타임즈 기자생활 23년
1974년 단편 『산놀이』로 《한국문학》 제1회 신인상 당선
1982년 장편 『훈풍』으로 삼성문학상 당선
1985년 장편 『중립지대』로 MBC 6.25문학상 수상

저서로는 단편집 『살려놓고 봐야죠』(1978년), 대일출판사, 민족미래소설 『다물』(1985년), 정신
세계사, 장편 『소설 한단고기』(1987년), 도서출판 유림, 『인민군』 3부작(1989년), 도서출판 유림,
『소설 다군』 5권(1996년), 도시출판 유림, 소실선집 『산놀이』 ①(2004년), 『가면 벗기기』 ②(2006
년), 『하계수련』 ③(2006년), 지상사, 『선도체험기』 (1990년~2020년), 도서출판 유림 및 글터, 한
국사 진실 찾기(2012), 도서출판 명보 등이 있다.

약편 선도체험기 21권

2022년 7월 8일 초판 인쇄
2022년 7월 15일 초판 발행

지 은 이   김 태 영
펴 낸 이   한 신 규
본문디자인 안 혜 숙
표지디자인 이 은 영
펴 낸 곳   글터
주   소   05827 서울특별시 송파구 동남로 11길 19(가락동)
전   화   070 - 7613 - 9110 Fax02 - 443 - 0212
등   록   2013년 4월 12일(제25100 - 2013 - 000041호)
E-mail geul2013@naver.com

ISBN 979 - 11 - 88353 - 48 - 4   04810   정가 20,000원
ISBN 979 - 11 - 88353 - 23 - 1(세트)